凤凰枝文丛 ／ 孟彦弘 朱玉麒 主编

平斋晨话

戴伟华 著

凤凰出版社

图书在版编目（ＣＩＰ）数据

平斋晨话 / 戴伟华著. -- 南京 : 凤凰出版社,
2023.12
（凤凰枝文丛 / 孟彦弘，朱玉麒主编）
ISBN 978-7-5506-4005-4

Ⅰ．①平… Ⅱ．①戴… Ⅲ．①随笔－作品集－中国－
当代 Ⅳ．①I267.1

中国国家版本馆CIP数据核字(2023)第189800号

书　　　　名	平斋晨话
著　　　者	戴伟华
责 任 编 辑	单丽君
书 籍 设 计	徐　慧
责 任 监 制	程明娇
出 版 发 行	凤凰出版社(原江苏古籍出版社)
	发行部电话025-83223462
出版社地址	江苏省南京市中央路165号，邮编:210009
照　　　排	江苏凤凰制版有限公司
印　　　刷	苏州市越洋印刷有限公司
	江苏省苏州市吴中区南官渡路20号，邮编:215104
开　　　本	880毫米×1230毫米　1/32
印　　　张	10
字　　　数	184千字
版　　　次	2023年12月第1版
印　　　次	2023年12月第1次印刷
标 准 书 号	ISBN 978-7-5506-4005-4
定　　　价	68.00元
	(本书凡印装错误可向承印厂调换,电话:0512-68180638)

戴伟华

江苏泰州人，字小实，号平斋。广州大学人文学院教授，广东省政府文史馆馆员，广东省优秀社会科学家，广东省和广州市非物质文化遗产保护专家委员会委员。兼任中国刘禹锡研究会会长、中国唐诗之路研究会副会长。从事中国古代文学研究，喜爱书法，并承担本科书法教学工作。在《中国社会科学》等学术期刊发表论文100余篇，出版学术著作《唐方镇文职僚佐考》等9部。

弁　言

"凤凰台上凤凰游"，是李白《登金陵凤凰台》之诗句，昔年我江苏古籍出版社立足南京、弘扬文史，而更名所由也。

"碧梧栖老凤凰枝"，是杜甫《秋兴八首》所吟咏，今日我凤凰出版社为学林添设新枝，而命名所自也。

30多年来，凤凰出版社围绕中华传统优秀文化，彰显传承文明、传播文化、服务大众、贡献学术的出版理念，坚持以整理出版中国文、史、哲古籍及其研究著作为主的专业化方向，蒙学界旧雨新知之厚爱、扶持，渐已长大成为"碧梧"，招引了学界"凤凰"翩然来栖。箫韶九成，凤翥凰翔！嘤其鸣矣，求其友声！

"凤凰枝文丛"是本社与学界同人共同打造之文史园地，除学术研究论文外，举凡学人往事、经典品评、学术札记之文化随笔，旧学新知，无所不包。是作者出诸性情而诗意栖息之地，读者信手撷取而涵泳徜徉之处。

"凤凰鸣矣，于彼高冈。梧桐生矣，于彼朝阳。"

愿"凤凰枝文丛"成为我们共同的文化家园。

2019.5.22

目录

致敬，我们的 1977 级

梦想成真疑是梦，还忧梦醒寸心惊。

冬阳融尽枝丫雪，喇叭始闻榜上名。

今年距恢复高考后首届学生入校已 41 年，我还能记起接到入学通知时的兴奋。大队部的喇叭响起，党支部书记在喊我的名字，并告诉村里人，我考上大学了。那天，我的名字第一次通过扩音器传送，在方圆两里的村庄上空不断回响。

结果来之不易，我心绪难平，担心消息误传，通知书未到手，心里仍是不踏实的。此诗重现了我当时的心情。

父亲念过私塾，应该是有梦想的，一直未放松过对子女的理想教育。我从小体质较弱，跟在大人后面干活挣工分，实在挑不了重担。有一次挑着两半桶泥浆，一个踉跄，摔得鼻青脸肿。父亲说，如果学会吹笛子、口琴，也能在村里宣传队混口饭吃。所以，我口琴吹过，笛子也吹过，但没几天就放弃了，实在没有音乐才能。父亲有些失望，我心里清楚。有一天我对着茶杯上的图案，画了兰竹图，父亲很高兴，不知从哪里找到一本欧阳询《九成宫》，让我学写字。据某插队知青说，我写的字像模像样。父亲的毛笔字写得好，我兄弟二人在这方面受到父亲影响。母亲性格温和通达，乐于助人，在村里有很好的口碑，她在村里也是少有的能认字、会算账的女性之一。听父母说，我从小比较文静，也爱听故事。

中学毕业时，正好村里民办小学缺老师，家里就托人照顾，让我做了小学代课老师，那是1975年。父亲的理想教育，让我也有了梦想；母亲的性格，使我对待人和事比较平和。两年多的民办教师经历，让我有机会读到书。其实，所谓读书，就是接触到后来可能对我有影响的一两本书。同事张老师是中等师范学校毕业的，能说会道，我经常去他家。他有一本《古文观止》的下册，封皮和内页稍有残损。经我请求，他竟把书借给了我。记得开篇是李密的《陈情表》，一字一字读过去，第一次知道古代有这样情理兼备的美文。我开始背诵，不到一年时间，我似懂非懂地能背诵其中十多篇的全文了。参加高考，作文题是《苦战》，取自叶剑英《攻关》诗"苦战能过关"，我竟然把王勃《滕王阁序》的句子用上了，将"关山难越，谁悲失路之人；萍水相逢，尽是他乡之客"作了修改，变为

"关山难越,谁为苦战之人;萍水相逢,尽是攻关之士"。作文得分高,应是这一古文句子的活用引起改卷老师的关注,被加了分。高考改变了我的命运,让我有了进入扬州师范学院读书的宝贵机会。比起那些一起割草放牛、一起脱粒晒稻的兄弟姐妹,我真是太幸运了。

我们赶上了读书的好时光。本科阶段教我的老师很多,他们为了教我们这些高考改革后的第一批学生,可谓尽心尽力。听说系里还修改了教学计划,安排骨干教师去上课,决心培养好这届学生。那时的老师仿佛和学生在同一跑道上比赛,竞试身手。每次往返宿舍与教室,我都会从老师们居住的筒子楼经过,特别是晚自修结束回来,总能看到老师认真读书研究的情景:陈晨老师斜倚在窗外诵读,李人鉴老师伏案书写……至今令我难忘。

赵继武老师的文人风范

进入学校后,我们想了解老师们的情况,比如他们发表了哪些论文。当年没有电脑,更没有检索工具,全靠打探。听别人说,赵老师属于旧派学者,长于诗词创作,毛笔字也好,因为在泰州中学工作过,我家距泰州五六公里路,算有点地缘关系。拜访赵老师,我是做了功课的。先把赵老师的论文找来几篇看看,其中关于苏轼的一篇发表在《江海学刊》上,另外有两篇都发表在《扬州师院学报》上。文风朴实无华,偏重文献,如《读杜甫〈北征〉小记》

一文只是讨论"此辈少为贵,四方服勇决"两句的注释,文末的讨论给我留下深刻印象,赵老师认为:"个别字句的解释,对整个作品来说,有时是小事,但有时又是大事。例如在上述《北征》的这几个诗句中间,两种注释产生了两个杜甫,谁是历史上真实的杜甫,谁是带着几分塑造加工的杜甫,这个问题不弄清楚,对于评价杜甫,乃至仅仅评价《北征》这首诗,都很难获致一个符合历史实际的结论。这就不是小事了。"《关于〈中国文学史〉中几个问题的商榷》一文,是对书中几处引文的批评,一类是引文出处不正确,另一类是引文与主旨关联度不高。这在提醒我们,读懂作品并不是容易的事。在有注释帮助时,还要看注释有无依据,是否正确可信。写文章要有依据,引文及出处都要准确无误。

除了读赵老师的论文,我还准备了几首诗。做了上述准备后,我选择某日下午3点钟去拜访赵老师,估计这个时间赵老师午睡后已经起来了。赵老师家住一楼,只有一间房有阳光,但不大,兼作客厅、餐厅及卧室,迎面矮柜中放着不多的几部书,柜子上方挂着先生手写的新诗词。门朝南,右边临窗放着一张小四仙桌,窗外有棵芭蕉树。左边靠窗一个小书桌,紧挨桌子则是小床。我坐在门和桌子之间的木凳上。先生喜欢喝茶,手把小紫砂壶,就慢慢讲开了。去拜访赵老师次数多了,也就很随意,谈的话题也不完全是学问和诗词创作了。有次我带上沈祖棻《宋词赏析》（上海古籍出版社，1980年）去赵老师家，他一脸沉重，告诉我他和沈祖棻是中央大学的同学，沈祖棻以一阕《浣溪沙》见赏于汪东老师，汪老师为其《涉江词稿》作序。沈先生去世时，赵老师作《闻旧同学沈祖棻教授于武汉惨罹车祸，诗以吊之》：

易安才调擅英年，桃李江南更几千。
白下春风开讲席，珞珈山月暗书筵。
车尘顿溅词人血，彩笔空兼漱玉传。
回首梅莽旧同学，晨星海内足凄然。

那次赵老师谈到中央大学的同学，说殷孟伦的功夫好，学术成就很高，他是为有这些同学而骄傲的。

赵老师谈到身边学者较多的是蒋逸雪先生，蒋先生著作有《陆秀夫年谱》《刘鹗年谱》《南谷类稿》等。

赵老师有《文园燕集送蒋翁逸雪兼迎卞君孝萱》：

杯筯今日送兼迎，万感沉冥付醉醒。
北客归来鲈鲙美，南徐别后暮云深。
荆山信抱千金璞，竹径谁为二仲邻。
莫向尊前话离合，墙根且使卧空瓶。

卞孝萱先生是1976年回家乡扬州师院执教的。赵老师说，卞先生是有学问的，能回家乡教书是扬州师院的福气。我听过卞先生的讲座，声如洪钟，大致是讲随范文澜先生撰写《中国通史》的唐代文化部分。卞先生的演讲有深度，有境界，有魅力，我听后很受鼓舞，信心大增。

我的毕业论文《许浑研究》有幸在赵老师指导下完成。赵老师让我一首诗一首诗读过去，尽量做笔记，读完作品后再找相关的评论，借助评论重读诗歌。这样的往复，是一次良好的学术训练。赵老师指导得很具体，他说许浑在晚唐是有地位的，《诗薮》讲："俊爽若牧之，藻绮若庭筠，精深若义山，整密若丁卯，皆晚唐铮铮者。"这不是随便说的，你看许浑诗作，"整密"是其他三人不及的，并随手举例说明。像这首诗，《和人贺杨仆射致政》，首联"莲府公卿拜后尘，手持优诏挂朱轮"讲致仕，颔联"从军幕下三千客，闻礼庭中七十人"讲幕宾，颈联"锦帐丽词推北巷，画堂清乐掩南邻"讲礼部同年门生事，尾联"岂同王谢山阴会，空叙流杯醉暮春"讲宴饮。开篇入事，因杨仆射致仕起，结句切合宴饮，内容一一呼应诗题。我在论文撰写中慢慢体会到许浑诗"整密"的特点以及和杜牧、李商隐、温庭筠诗歌的区别。

赵老师认为，研究者如不懂得写诗，论诗会有隔靴搔痒之病。学诗是赵老师对学生的一般要求，这方面我虽下了功夫，但收效不大。赵老师常常在我的诗稿上写满批语，一首诗从初稿到定稿改动很大。每次除了当面听赵老师的修改意见，我会反复揣摩赵老师改诗的用心。刚学写诗，我爱用悲伤语，似乎能动人。赵老师有次批语是"人当青春年少，何必作悲秋之叹"。这使我认识到，健康向上应是人生的态度。今天收到《春风吹过四十年——1977级大学生诗词选》（湖北人民出版社，2018年），收有我的5首诗词，也算是向母校老师们交了一份学习诗词写作的作业。赵老师是诗人，我们曾有计划出版赵老师的诗词集，和蒋寅兄商量，先择数首在《中国韵文学刊》发表。因蒋寅兄推荐，在2017年第2期刊出了12首。

史年椿老师的醇厚和李廷先老师的率真

对我日后从事古代文学研究影响大的还有史年椿老师。史老师为人厚道，平淡自然。我因和李宁老师同乡，而李老师和史老师是平房的邻居，门靠门，加之李老师对同乡比较热情，所以主动介绍我认识史老师，后来史老师给我们上课，我是课代表，去史老师家里就多起来。史老师会给我讲华东师范大学的老师们，因为他在华东师大进修过。史老师讲，看一篇论文，不要光看内容，更要看注释，注释是读书的指示牌。在信息传递相对落后的二十世纪七十年代末、八十年代初，这样的教诲是让人终身受益的，即便在今天，我养成的看文章注意注释的习惯还保持着。在唐诗研究方面，史老师推荐给我看的是施蛰存先生的《唐诗百话》，他认为施先生讲唐诗，那是行家解说，不糊弄人，有个人的见解。史老师说，读书作文不一定处处追求创新，一本书、一篇论文，有几处闪光点就很好了。

李廷先老师记忆力好，对我也比较爱护，读书时我也常去李老师家请教。李老师和赵继武老师在学术路径和方法上似有不同，性格也不同。

赵老师儒雅，身材瘦削，两眼有神，拄着拐杖走进课堂，一个回转环视的动作十分有戏剧味，然后他打开保温瓶，向旋开的瓶盖中注水。赵老师一手好板书，文气诱人，课后我总不忍心轻易擦去，而要观摩很久。李老师爽直，长相有些特别，他高兴时告诉我，祖上应是犹太人。又说，大唐皇帝是有外族血统的，也许是其祖先。说着说着，会摇摇手："啊，靠不住，靠不住的。"他上课，讲诗歌背景很贴切，讲诗时，总会说"这首诗好啊，好啊"。李老师抑扬顿挫的声腔，能让人感受到诗的魅力所在。赵老师讲课有些写论文的味道，比如版本不要搞错，引文要正确，特别是举例论证，让学生感到单调，有些学生听课走神，赵老师以提问来警示，学生通常答不上来。其实赵老师如以诗家之心去分析作品，一定能细致深入到位，我想那会是他同学沈祖棻分析宋词的模样，可惜很少看到他在课堂上这样做。会听赵老师的课，收获很大，他授课中的一言两语，击中要害，皆自己的体悟，自己的见解。总之，赵老师毕业于中央大学中文系，注重诗词艺术的讲授和旧体诗写作；而李老师是西南联合大学历史系毕业，注意对历史事件的讲述。

两位先生对我都好，希望我学业有成。我从两位先生身上学到不少知识和治学方法。李老师经常对学生说："我考考你，如果你答出来，不用考试，给你高分。"这当然不可能兑现。听说78级的同学有一次存心去考李老师，问李老师"李尔王是什么时代人"，李老师答曰"应是晚唐人"。有些同学很得意，心想真把李老师整住了。其实，李老师耳背，他没有听清楚，就作了回答。李老师当然知道李尔王是莎士比亚作品名，也是主人公的名字。这里讲一则趣事，有一次，李老师忘记了上古代文学大班课，我赶到他家，请李老师来上课。李老师尚未起床，师母一听说情况，赶紧叫起李老师。他好像很紧张，没有吃早餐就迅速赶到课堂。当时中文系对教学抓得很紧，如果出现教学事故会有点麻烦。那个大班课有四个班级，近两百人呢。我跟大家说，我去找老师，大家不要走出教室。这样，老师免去了麻烦。后来，我报考李老师的硕士，在报到时，才听人说，李老师为了赶上享受副厅级待遇办离休了。

吴周文老师的亲切

对我们77级2班同学来说，最熟悉的是教习作课的吴周文老师。吴老师比较关心学生，学生和他走得最近，我还向吴老师借过洗衣服的木盆。吴老师讲课，绘声绘色，间或拖着长腔，眼神透过镜片常会传送出神秘的光芒。吴老师的习作课有深度、有特色，这和吴老师的研究相关，可以说是教学和科研结合起来的典范。吴老师教我们习作正是自己的研究进入高峰状态之时。1980年他在《文学评论》发表《论朱自清散文艺术》与《论杨朔散文的艺术结构》两篇长文，引起学术界的广泛注意并产生强烈反响。2013年我们班回母校聚会，编了一本纪念册，在《师恩》一栏的3篇文章中就有2篇专文是写吴老师的。徐贞同《陈酿一杯醉百年》深情回忆吴老师的习作课。徐贞同是写作课的课代表，她体会最深。她说，吴老师授课主旨鲜明，针对我们的习作"望闻问切"，辩证施教。吴老师给学生批改作文认真细致，而课堂上有针对性的评讲更为学生所期待。王慧骐读书时就有名气，已发表不少诗歌和散文，他在《记吴周文老师》一文中，讲自己向吴老师请教，受益良多。

当年谁都盼望在习作课上让吴老师点评自己的作文，夫人陈秋琴《向青春致敬》一文中讲述大学时代的二三事，说自己的作文《一封没有发出的信》被吴老师点评是如何幸福。为了有机会让吴老师点评，我订了《小说选刊》，有个暑假未回家，而是埋头创作，写小说。开学后，我以村里一位经常被人嘲弄的小人物为原型，完成作文，吴老师说，很生动。但他了解我在古代文学方面的兴趣，认真和我谈话，他说："综合考察，你还是要专注做古代文学研究，不适宜投太多精力去创作，写小说。"吴老师语重心长，为我确立了今后学习和努力的方向。后来，吴老师时不时会对我说："当年给你的建议是对的。"

回想大学读书时光，真不容易。我们大多数人都来自乡下，即使是城里人，也没有接受过良好的教育。刚进校时，大家在宿舍里讨论问题，经常出现一些尴尬场面，比如茅盾和沈雁冰是不是一人？温庭筠是男是女？搞不清楚。可见知识多么贫乏。穷则思变，那就去补。真是饥不择食，什么都是好的，什么都要吃下去。我抄写的外国文学名著提要与重要章节、外国文艺理论家名言名段就有几大本。

那时大家心态特别好：心齐，为班级争上游；有困难，互相帮助，尽力而为；不懂，没有人笑话，去学；勤奋，平常事，大家都一样；好书，大家分享，没有人保守。

当时学校最缺的是图书馆的藏书，有人借到一本名著，比如《复活》，其他人看到了，就会和他说，等你还时，我去借。如对方告诉你，已有人先和他说了，那好，再和等候的同学说一声，文明排队。同学相处也很单纯，有求必应。有一段时间我想读完《李太白集》写篇论文，知道班上陈玲玲同学和图书馆一位老师是亲戚，就和她说，能否利用关系借出来两个星期。陈玲玲爽快地答应了，没几天就帮我借来。除借书外，就是买书。我们大致买两类书：一类是老师推荐的，如沈祖棻《宋词赏析》、李泽厚《美的历程》，这样的书，需要夜里去排队，等到早晨书店开门才能买到，文昌楼新华书店摸黑排队的大多是中文系学生；一类是特价书，这类书适合我们用的还有一些，如我的藏书中宋末元初学者邓牧的《伯牙琴》是 1 角 6 分钱淘来的。

倚仗着年轻，记忆力好，我恨不能把所有的知识都装进大脑，除背诵古文唐诗宋词外，中外文艺家批评的名言也记。毕业考试，只考两门，古代文学和现代文学。在公布的成绩中，我的现代文学排名第一，古代文学排名第二。我格外重视毕业考试，因为这可能是我能否留校任教的参考。古代文学相对熟悉一些，但现代文学不能大意。事后想想现代文学答卷能得高分，与我背诵外国文学批评名句有关。一般同学复习时都会认真背诵书本上的内容。但在答卷时，我不仅写了教科书上的内容，还临场发挥，用了别林斯基和车尔尼雪夫斯基的话帮助阐述题意。李关元老师曾对我说，你引用别林斯基和车尔尼雪夫斯基的话来答卷，这很好，得了高分也是应该的。

因为对古代文学有了兴趣，我对古代汉语学习也就有了要求。一是背诵《古汉语常用字字典》。我每天早早起床，拿着《古汉语常用字字典》，背一条（一字）做个记号。第二天，在废纸头上写上已背诵的字，并记上一个字有几个注释的数字，温习昨天背诵过的内容，然后再背诵几个新字，明天再温习。如此循环，两个学期利用晨读时间我竟把一部字典背诵完了。

二是试着编一本《读成语学汉字》。成语相对易记易学，那么将古汉语用例换为成语，自己学习方便，也利于同学学习。后来因其他事，这件事半途而废了。但在编写过程中，我进一步理解了汉字的意思，对阅读古籍很有帮助。

四年时间过得真快，我没有虚度。除了学校组织集体去看了几场电影，我都没有一个人进影院看过一场。四年中我的生活也比较简单，没有想过吃穿二字。毕业时，我是向周裕国同学借的呢料制服照了张标准像。买书花了不少钱，一部《李太白集》5元1角，一部《杜诗详注》8元6角，这都是大钱，那时每月生活的日用费是两三元。

四年读书中，我也有教训：目标不明确，缺少远见。当有同学去选修外语时，我有畏难情绪，以基础差为借口，没有报名。这一短板使我在后来的学习和研究中，乃至于在个人事业发展中吃了大亏。其实，学外语的时间完全能挤出来。

我和陈秋琴常会在家里谈起上课的老师，老师们的音容笑貌如在眼前。王世华老师把本是枯燥的古汉语讲得有声有色；李关元老师和孙露茜老师总是琴瑟和鸣，相辅相成，让学生羡慕不已；匡启镛老师衣着发型整饬，仪表不俗，让人顿生敬重之心；徐炳昌老师经常在课上出一道题，手远远地指着学生说："蒋国才，你来说说。"徐老师非常器重蒋国才同学。周而琨老师慢声细语，薛龙宝老师神采飞扬，诸燮清老师起落大方，外国文学老师讲课风格各异，但都有自己的见解。佴荣本老师、徐金城老师先后任辅导员，两位老师工作有方、和善有德、包容有度，在日后一直关注和帮助我们成长。以上所述挂一漏万，老师们的教育之恩铭记于心。

我从农村出发，一路走来，学习和工作的每个阶段都得到老师、同学、同事、朋友的关爱和帮助。在此，谨以《感谢》一诗，向曾经一起学习生活四年的 1977 级同学，向曾经关心、帮助、指导过我的所有师长朋友，表达我深深的敬意和谢意：

感谢一柄荷叶，
在风雨交加的清晨，
因忘记带伞，
庇护我走上征程。

感谢一片新绿，
在缺少阳光的季节，
飘来窗前，
让我嗅到春的气息。

感谢一滴水珠，
在困顿孤寂的日子，

映射大千世界，
启示我想象别样的风景。

感谢你的一次回眸，
在我无助无奈的时候，
你的微笑，
胜过千千万万的呼唤。

感谢身边的人身边的事，
也许微不足道，
但在我心中却留下，
刀刻的痕迹。

从此东山无故人

2020 年 4 月 8 日去新河浦与老友告别，回来的路上，夫人略有感伤，说"从此东山无故人了"。多好的诗句，太切合当下的情和事。我希望她以此一句成一诗或一词。我说古人写诗词未必从头写，有时是因为有好句才去写的。她回来后，想想这不到两年的时间两家发生的事，打磨许久，真成一首《减字木兰花》："羊城晚送，却似明窗前日梦。河浦邻家，映照红灯蝴蝶花。　莺娇燕妙，绿瓦黄墙春正笑。北望星辰，从此东山无故人。"是啊，记得朋友刚来时我们两家在从化乡下品尝农家菜，还在流溪河边留影。

不到两年，"云之云兮"公众号推出许多篇散文，我们差不多都能先睹为快。作者季云，我们习惯以"季总"称呼她。季总是央企中层领导，曾是一大区的总经理，我总觉得她读书读错了专业。不过现在好了，她退休后从北京来广州，全职为丈夫做好后勤，而且有了时间写作，已出版两本散文集，第二本就是《月上东山》，书名是以集子中一篇散文命名的。这篇文章在公众号发出时，正是广州疫情严重的时刻，我夫人留言："文章写得真好。特别是广州疫情严重时刻，这篇文章会唤起广州人对这座城市打心底的热爱，从而去守护这座城市。争相转载，意义重大。"文中写到我的外孙女田田。田田是个乖孩子，好像从小就懂事。夫人非常疼爱田田，每逢她生日，总要琢磨出一首词来庆贺外孙女生日，这已成了田田生日必得的好礼物。我会认真抄出来，用镜框装起来，放在显眼的地方。比如《鹧鸪天·贺外孙女四周岁生日》："识之认田藕膀柔，墨浓画兔有神留。木棉树下扮猴相，轮滑闲行意气遒。　　花定妒，鸟应羞，踏歌起舞紫金游。梧桐新绿江南醒，听得湖边喜鹊啾。"《卜算子·贺外孙女五周岁生日》："葳蕤绿晚春，乐动盈庭苑。犹忆皇宫红墙暖，攀上长城远。　　清供图惊人，虎仔通神返。矫健怡然舞姿稳，且喜翻书卷。"知情人一看，句句有故事。4岁"识之认田"，田田，是小名，大名中有"之"字。田田去看季奶奶时，靠自己爬上八达岭长城，因而有"攀上长城远"之句。

田田虽小，却对东山有隐约的记忆。那年春节，我们一家人特地去了东山新河浦，田田攀上围墙的铁栏杆，指着楼顶说那是中秋赏月的地方，并问季奶奶什么时候回来，我们说季奶奶已去北京了，爷爷也回北京工作了，季奶奶想我们，已约我们去北京。田田迫不及待地说："那赶紧去啊！"季奶奶和爷爷很喜欢田田，专门准备了一本书，都在书上签了名，并勉励田田"好好学习"。田田也觉得珍贵，收藏到宝物箱中了。

田田有故事。4岁时，妈妈在沙发上睡觉，田田给妈妈盖了一床毯子，边盖边说："妈妈关心我，我关心妈妈，这日子过得真好呢！"中午爸爸在客房睡觉，妈妈在客厅睡觉，田田起床后先来找妈妈，妈妈说还想睡一会儿。大概半小时后，妈妈起来发现家里静悄悄，田田自己一个人在主卧的椅子上坐着晃脚，妈妈问田田不无聊吗？田田说："有小动物陪我，不能吵到爸爸妈妈。"今年田田会用较为抽象的词，如"感觉""孤单"等，刚下过雨，和妈妈走在路上，她会说："妈妈，有没有下雨呀？我感觉有雨，但实际上没雨。"妈妈要她去找爸爸，回复是："爸爸不在，床上只有一条孤单的被子。"

在《致敬，我们的1977级》中我提到"我和陈秋琴常会在家里谈起上课的老师"，回忆起在扬州师范学院中文系读书的光景，也会说到女儿读小学时表演节目要写台词，都是秋琴在写，这活儿不容易做，既要出彩，又要易懂。情急之下，她还是写了一些可以流传的作品，比如"用粉笔在黑板上写下光亮的清晨，我们在用心排练希望的明天"。

月上东山，自然想起扬州，想起二十四桥明月夜。

五仙居

五仙居，其实只住着四仙，因我天天晚上要从四楼走下来，加入他们的行列乱侃一通，故名。他们不是仙，是很世俗的人。他们说在此读书快活似神仙。

五仙居里的人，来路很杂：赛君来自新疆，汉族，有个叫得响不过有点怪的名字"塔里木"，会讲维吾尔族语、会跳维吾尔族舞。他是通过少数服从多数的选举原则产生的五仙居的头儿。黄君来自云南，留着大胡子，乐于一边做活一边喝啤酒，据说他对头儿的位置常怀觊觎之心，会讲云南某些地区"猎头"的事来吓人。傅君来自江西，善于讲故事，写过一本很有反响的如何讲故事的理论书。王君来自上海，对书法、印章颇有讲究，兼收藏古董。我是本校人，常常介绍祖师任中敏先生的一些趣闻，大家听后哈哈大笑，连连说："喝酒，喝酒！""喝酒"在五仙居里是表示赞美之意。

五仙居的人，也有相同的地方：男性；都有了小家庭；都是扬州大学中国文化研究所的博士生。还有一个共同的特点，大学都是 77 级，因此也就有了一个常谈常新的话题。

对于每一个 77 级（1978 年 3 月入学）的大学生来说，其幸运非同一般。那是粉碎"四人帮"后恢复高考的第一届。许多人刚刚放下手中赶羊的鞭子、铁锹，带着一身泥土走进了大学课堂。

五仙居的人爱谈 77 级，每人各有侧重。黄君常常发感慨：因为没有社会关系，他成了多次推荐上大学的竞争失败者。在一次次的等待中，也经受了一次次的考验，他没有颓唐，而是等待着新的希望。他同情有的人一等就是五年、十年，不知不觉中，女儿已入小学，为父的才去读大学。

王君常常会假设：如果不是改革高考制度，这辈子能否读大学？为了获得推荐上大学的机会，他放弃过好的工作安排，不去公社当文书，而要去养猪，并努力把猪养得肥肥的。猪养肥了，可还是未能上大学。上大学的名额被一个把猪养瘦的人占去了。他很诙谐地讲这件事，诙谐中有几分苦涩。

而我很乐意去咀嚼上大学前的有滋有味的生活：烈日当头，劳动休息时，可以找一棵杨树，顺着柳荫躺在田埂上。若有一丝风吹来，浑身舒坦，货真价实的逍遥游。

五仙居的人都很要求进步，都很珍惜读书的机会。读书虽清苦，但比起当年风吹日晒的日子要舒服得多、愉快得多。翻出他们的博士生登记表和自述，赛塔里木入大学前在阿拉山口放羊、种地，而古时候流放的犯人也不会到这荒凉的地方。我从地图上好不容易找出中国和哈萨克斯坦交界处的那个阿拉山口，紧挨着艾比湖，那是一个咸水湖。黄君是个具有传奇色彩的人，一个人骑自行车走遍了云南，他说有一次疲劳之极，倚着一块"石头"就睡，醒来一看，下临万丈深渊，自己倚的原来是一棵小树。他描述上大学前的工作也是骂声连天，东川矿哪是人待的地方，苦还不算，连女人的气味都嗅不着，人和石头一样一碰就冒火花。傅君是江西铅山人，铅山是大词人辛弃疾晚年归隐处："一壑一丘吾事，一斗一石皆醉，风月几千场。须作猬毛磔，笔作剑锋长。"傅君上大学前，在鄱阳湖上当船工，由于有力气和智慧，很快晋升为船老大。然而，在柴油机的轰鸣中、在起重机链条的转动中，他学会了叙事，船工们单调和繁重的劳动需要润滑剂，他知道诗、小说的原始功能，并充分地加以发挥。

五仙居的人都感到幸运，赶上了恢复高考，赶上了改革开放。一晃就是二十年，今天大家都取得了博士学位，都成了教授，成了各个学校的学术骨干和带头人，成了各自学术领域中颇具影响的学者。五仙居的人习惯于忙碌，因为前面的路还长，有许多事等着他们去做。

昨日，送走了客居五仙居的最后一位赛君，他又回到了乌鲁木齐的艺术学院。临别时，他动情地说："五仙居，正如一首歌中所唱的：谢谢你给我的爱，今生今世我不忘怀。"

　　是啊，五仙居的生活丰富多彩，五仙居怎能忘怀？我们为五仙居，为 77 级，为改革开放，"喝酒，喝酒"！

学术斗士任中敏先生

董理庋藏，得任中敏先生书信一通，其内容大致痛斥所居环境，而附言数句，诚挚动人。附言形式亦特别，粘八分邮票于纸上，希望对方寄回所需资料，并以钢笔书写附言云："我脑贫血已十分严重！惟望最后一稿《敦煌歌辞总编》明春可以出版，过此便无留恋，可以撒手去矣！"任先生时年89岁。89岁的老人，念念不忘的是自己的学术事业，学术是生命。学术结束，生命方可结束，生命不息，战斗不止！

看着先生的遗迹，我仿佛遥望任先生远逝的身影，一幅画面浮出：个头不高，深度镜片，中装，呢帽，挥拳呼喊，"扬州人不是豆腐""要抬得起头，过得了江"，声如洪钟。"过江"在旧式扬州学者那里有特殊意义，扬州地处长江北岸，国民政府首都在南京，能有建树，过长江到南京的人，非等闲之辈。卞孝萱先生曾对我说，学问不能

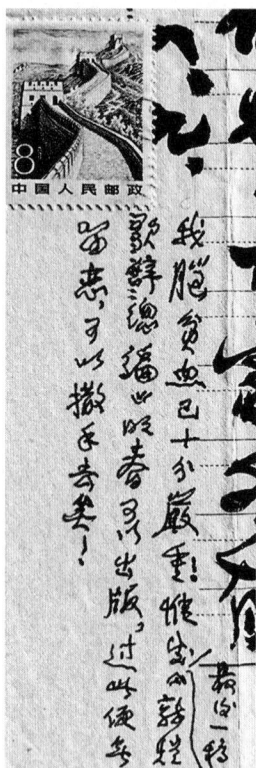

任中敏先生信笺（局部）

妄自尊大，有些人是过不了江的，并勉励我要做过江学者、做传世学问。任中敏先生性格刚烈、倔强，俨然一位"斗士"。朱自清概括其为"戆"，他在《我是扬州人》一文中曾介绍这位同乡同学："我的朋友任中敏（二北）先生，办了这么多年汉民中学，不管人家理会不理会，难道还不够'戆'的！"

披荆斩棘：从"二北"到"半塘"

先生名讷，字中敏，以字行，扬州人。1918 年，22 岁的任中敏考入北京大学国文系，遇词曲大师吴梅。吴梅被誉为"曲学之能辨章得失，明示条例，成一家之言，导后来先路"的一代宗师，也是把通俗文学引入大学讲堂的第一人。吴梅对任中敏分外赏识，任先生亦专意于词曲，后遂寓居苏州吴梅家，历时两年，尽读奢摩他室词曲珍本。这是任中敏先生学术生涯的积累和起步期，由此，他开始了九十五年岁月中的第一个学术阶段：建立"任氏散曲学"。厚积而发，1923 年到 1930 年前后，任先生迎来了学术上的首个丰收期。

1924 年，以奢摩他室录得的大量资料以及学习心得，任先生整理出《读曲概录》。1925 年，编选出版第一部元曲选本《荡气回肠曲》，署名王悠然（即夫人王志渊笔名）；编辑《元名家散曲六种》《元曲三百首》。1930 年，编著《新曲苑》三十四种。1931 年，编著《散曲丛刊》十五种，正式提出"散曲学"的概念。《散曲丛刊》与《新曲苑》广搜前人曲学研究资料，资料整理与理论创建并行，被誉为近代散曲学奠基之作。任先生又著《词曲通义》，将词曲合并，作比较研究，由此奠定了近代散曲研究的基础。1935 年，任先生著《词学研究法》，一反传统词学以文学文本为中心的研究模式，提出建立全面立体的文化研究路径。

一位披荆斩棘的学者，将勇往直前的斗士精神融入学术体系的建构。任先生的论著出手不凡，魄力雄健，全面整理了古代散曲文献，系统总结了历史理论，传统散曲学的研究模式由此转换，最终促成了散曲研究的现代转向，具有里程碑式的意义。

任先生有两个别号，一曰二北，二曰半塘，可谓其研究范围与学术发展轨迹的凝练反映。"二北"指北宋词与北曲。"半塘"则是 1958 年出版《唐戏弄》时的署名。当时任先生被划为"右派"，著作本无望付梓，但出版社意识到这部书巨大的学术价值，便与任先生商议，以笔名付印。任先生说："曹寅在扬州搞《全唐诗》，我不敢同他比并，且这本书只论戏剧，不论俳优、百戏，只是一个'半边体'，就署'半唐'吧。"出版社排印时又以"塘"代"唐"，遂定"半塘"之号。如果说"二北"指的是任先生作为散曲研究家的学术阶段，"半塘"则意味着他又迈向了一个全新的领域：唐代音乐文艺学。

唐代文学是一个历史悠久、积淀深厚的研究领域，近代以来，已经形成了相当稳定的研究范式，学者的工作很多时候只是在既有的研究框架内深耕细作。任先生的唐艺学研究则完全是颠覆性的。

1956 年，年届花甲的任先生写下了一篇《唐代音乐文艺研究发凡》（见《教坊记笺订》），展示了大气包举、架构齐备的唐代音乐文艺研究总规划，提出包括敦煌文学研究、唐代戏剧研究、唐代燕乐歌辞研究三个部分共十五稿的研究计划。到二十世纪八十年代为止，虽然社会风云变幻，历经动荡，任先生的计划最终完成的部分有敦煌文学研究：《敦煌曲校录》《敦煌曲初探》；唐代戏剧研究：《唐戏弄》《优语集》；唐代燕乐歌辞研究：《教坊记笺订》与《唐声诗》上下篇。

任先生的超卓之处在于其研究视野与思路的整体转换，具体而言，体现于两点："主艺不主文"与"歌辞总体观念"。

首先谈一下"主艺不主文"。"艺"指伎艺，"文"指文本。任先生试图扭转文学研究以文本为中心的路径，把文学看作一种社会活动，联系其功能及其艺术表演的背景来研究其内容和形式。在他看来，只有这种研究才能揭示各种文学形式得以形成的原理，以及某些文学样式得以繁荣的原因。文学研究常被区分"外部研究"与"内部研究"，大多数情况下从文本出发的内部研究能够深入解决问题。但是，对于根植于音乐文艺活动的"词"或者"曲子"，其文体的外部特征是音乐表演形式的反映，决定文体形态的本质因素在于伎艺。若坚持所谓的研究分内部外部，无异于缘木求鱼。这也是贯穿在任先生唐艺学研究过程中的最重要的学术思路。

其次是"歌辞总体观念"。此点在任先生的著作中被反复提及，但表述得最周至的还是《唐声诗》中的一段话："两宋接近唐、五代，文化启承繁密，诗、词虽因乐分，而总体关系难割。……（《全宋词》）全集之中，不但诗、词、曲三体同见，仍然丛脞不纯，其虽取唐代诗调以为准则者，亦或明或昧，自相刺谬，显然便是问题。倘于诗、词、曲三体之个性外，不忘其尚有公性在——同是歌辞，同为声、容而用，不当相排。……《全宋词》所失，在诗、词、曲三体之间；刘大杰《中国文学发展史》'词的兴起'章内所失，则在乐府、诗、词三体之间，亦正因缺乏'歌辞'总体观念故。"这段话清晰阐述了"歌辞总体观念"提出的学术背景与问题指向。以诗、词之别为例，传统上，齐言为诗，杂言为词。但这个判定标准显然是不妥当的。比如唐圭璋先生主编的《全宋词》"林逋存目词"中收入了《瑞鹧鸪》（众芳摇落独鲜妍），此作取自黄大舆《梅苑》，显然宋人亦目之为词，但从体式上看，它却是一首典型的七律。类似的例子还有很多。这时仅从文本入手并不能有效解决问题。任先生非常善于寻找复杂事物间的联系，进而揭示其本质与规律。他拈出诗、词、曲三体的共同属性：皆为歌辞，在"歌辞"概念的统摄下，文本间个别字词增减造成的体式差异不再具有本质分判意义，研究的中心转向探索音乐体裁、伎艺表演形式与辞章文体样式之间的联系，进而梳理、建构整个"歌辞系统"发生、演进之过程。

敢于争鸣："唐词"与"唐曲子"

任先生说过："要敢于争鸣——枪对枪，刀对刀，两刀相撞，铿然有声。"在这个意义上，他是一位真正的战士，勇于争鸣，敢于战斗。在词学研究上，他坚持唐代"曲子辞"的概念。中国现代词学史中，曾发生过一场激烈论争："唐词"与"唐曲子"之争。论争的起点是任半塘先生1980年发表《关于唐曲子问题商榷》，明确反对"唐词意识"，提倡"唐曲子"，"词"作为一种文学样式的名称已经存在近千年，已经约定俗成地成为一种成熟文学体裁的正式称谓，有其固定的内涵。用"词"这一称谓来涵盖唐五代的燕乐歌辞（即"曲子辞"），客观而言，并没有偏离研究对象的本质。任先生当然意识到了这一点，他之所以反对"唐词"之名，坚持使用"唐曲子"的概念，有其自足的学理。"唐曲子"是涵盖于任氏"唐艺学——唐代燕乐歌辞研究"系统之下的一个概念。这一研究系统指向了两个主要问题：一是探索燕乐杂言歌辞（词）与齐言歌辞（近体诗）两者之间的关系，考察千古以来"诗余词变"观点的正确与否；二是歌辞的内容、形式与其功能和艺术表演背景有关，试图结合艺术表演背景来探索文体形态生成的原因。这正是"主艺不主文"的研究思路，把词当作歌辞之一体，并结合其表演来加以研究。这也是任先生反对"唐词"，提倡"唐曲子"的根本原因："词"这一称谓偏重于表现文辞的一端，而"唐曲子"这一名称则由音乐性、艺术性主导，它"既能反映曲子、大曲、谣歌等音乐体裁的相互关系，又能反映清乐、燕乐等音乐阶段的相互关系"。只有"曲子"这一名称，才能契合任氏"唐艺学"的学术视野与研究路径。所以说，"唐词"与"唐曲子"之争，反映的是两种学术视野、研究路径之间的争鸣。

在人生的最后阶段，凭着勇气和责任感，任先生完成了《敦煌歌辞总编》。任先生曾编著数百万字的《唐宋音乐集成》，惜毁于"文革"，但他以耄耋之龄，又发奋编著了皇皇巨著《敦煌歌辞总编》。此书共收录敦煌歌辞1300首，比《敦煌曲校录》足多一倍有余。

知道任先生经历的人，都会敬佩其坚毅刚正。任先生入川，定居成都，但长期没有工作。他便请夫人王志渊女士料理扬州口味的五香豆，自己亲自挑着上街去卖，特别是到附近的小酒楼去转悠，由于性格直爽、童叟无欺，销路竟然很不错。这样才暂时解决了生活上的问题。困窘之中，任先生仍坚持著述。每日放下扁担，便提起笔杆，"唐代音乐文艺学"的构想就形成于这个时候。

斗士，不仅敢战，还要斗勇斗智。他应战"敦煌学在日本"的说法，用缩微胶片完成了《敦煌歌辞总编》；应战王国维《宋元戏曲考》，完成了《唐戏弄》。

至大至刚：弃政从教，千锤百炼

任先生做胡汉民的秘书，算是他的一段政治生涯。他在北京大学读书时，已是一位北大青年斗士。他参与五四运动，面对迟疑者言："严惩国贼，还顾什么后果！"火烧赵家楼，被当局拘捕。不过，任先生天性正直，爱憎分明，胡汉民非常了解他这位秘书和助手，诚恳劝说："你性格耿直，不宜服务政界，不若弃政从文。"

任先生选择了弃政从教，教育可以救国，并把斗士精神贯穿于教育之中。据说他办汉民中学，最初设想是和黄埔军校对着干的。九一八事变，他仍掌镇江中学，颁发"一切为民族"的校训，并撰校歌"一息尚存，此仇必报，铁血撼扶桑"。后办汉民中学，一个月后，日寇进逼，即从上海西迁，历经艰难险阻，到达桂林。任先生对学生提出："聪明正直，至大至刚。严格考试，严正做人。清白鲜明，临难不苟。刻苦耐劳，牺牲奋斗。永怀斡地排天志，各要千锤百炼身。"在寒冬，任先生脱至衬衣，带领学生跑步，并大声训导："抗日将士在前线冰天雪地中浴血奋斗，我等何惧天寒！"任先生全心投身教育，精诚感人。但于右任却认为任先生有学术研究天赋，感叹说："你不干研究，搞教育，可惜了！"

沉寂了30年，当任先生回到故乡扬州，执掌扬州师院博士点，在化育英才上有了主动权，他的斗士精神再度释放。1981年，任先生被批准为首批博士生导师。此时，他已经是85岁高龄。1983年，招收了第一届博士生。王小盾老师入学之初，任老就提出要求："你跟我学习，一天要工作 12 个小时；一年 365 天，只放春节 3 天假。"王老师后来回忆说："我理解并接受了这些要求。因为他本人就是用小跑的步伐度过一生的，我必须适应他的生活节奏。另外，他已经 87 岁了，生命留给他的时间并不确定，所以他有强烈的紧迫感。……他的本意是：每天给我一次鞭策，使我不至于成为宰予。"王老师没有辜负任老的厚望，两年时间就完成了高质量的博士论文。

最能反映任老"斗士"风格的是答辩现场。1985 年 12 月 1 日，任半塘先生的首届博士生论文答辩，作为答辩委员参加论文答辩的有王季思、唐圭璋、孙望、金启华、王运熙、龙晦等国内知名教授。在答辩会前，任老用毛笔写了八页纸的"大字报"，"坚决反对'唐词意识'"，"'唐词'的说法就等于'宋帽唐头'，是'明版《康熙字典》'"，并要求张贴在答辩会场。领导和工作人员左右为难，最后只好将标语贴在会场旁边的办公室墙上，供大家观看。这样的答辩场景大概是 40 年来博士答辩难以再现的景观。

学人雅艺：篆书名世，傲视古今

任先生不以书法名，然书法为世所重。据传当年做胡汉民秘书，胡之题写，多有任先生代笔。

任先生工篆书，不让古人，亦无愧今人。他多次书写唐代舒元舆《题李阳冰玉箸篆辞》，是有期许的，舒元

任中敏先生书《题李阳冰玉箸篆辞》

舆云："斯去千年，冰生唐时。冰复去矣，后来者谁？后
千年有人，谁能待之？后千千（年）无人，篆止于斯。呜
虖！主人为吾宝之。"舒元舆题辞大意是说，李斯去世后

千年有唐代李阳冰擅写篆书，李阳冰之后又有谁能擅写篆书？再过一千年呢？如有人擅篆，那又是谁呢？如果无人，那篆书只能到李阳冰为止了，故持有李阳冰篆书的人一定要珍爱。任先生认为"元舆以牡丹诗名，不及此辞典重"，他借古人之辞，实际上是想说，李阳冰之后，谁擅篆书呢？如有人那是谁，如无人则止于我，主人也要珍爱。这幅书法作品落款为"中敏书于成都，七五年春，齿逢七九"。于此，我忽然想到韩愈《原道》"孔子传之孟轲，轲之死，不得其传焉"的话。

斗士历经磨难，必有胜利后的喜悦。看看任先生86岁为《唐声诗》所写后记，其慷慨激昂之词依然令人震撼，深受鼓舞："校事既毕，自我欣赏曰：善哉《唐声诗》！严限主题，穷原尽委，洵至'涣然冰释，怡然理顺，而自会于沦肌浃髓'！诚无愧于其好伴侣《唐戏弄》，并无怍于其大家庭《唐艺发微》！堪为'声诗学'作人梯之初阶，仰而攀登，何患不跻！后之来者，其有意乎？"诗情豪迈，音声铿锵，字里行间洋溢着斗士凯旋的自豪和荣耀。

魂兮归来，先生仍然是一位斗士！先生1897年6月6日出生，1991年12月13日逝世。谨以此文纪念任先生逝世28周年。

车锡伦老师宝卷研究与传承掠影

　　由广州大学承办的"俗文学文献整理与研究全国学术研讨会"在广州裕通酒店举行。从会议日程中看到，在山西大学工作的尚丽新师妹来了，她先前说有可能来，这次提交给会议的论文是和车锡伦老师合作的《宝卷中的"和佛"研究》。

　　我在餐厅找到丽新，她赠我一本与车老师合著的《北方民间宝卷研究》以作纪念，新著近70万字。车老师是研究宝卷的专家，在海内外享有盛誉。我读本科时，车锡伦老师教过古代文学。记得早年间，台湾"中研院"请大陆学者当客座教授，其中就邀请了车锡伦老师代表大陆学者去讲宝卷和民间文学。车老师是山东人，性格比较直率，是一个古道热肠的人。可惜，他的境遇却有些不尽如人意。关于他的生活，我了解不多，他有两个小孩，师母去世后重新成了家。但是他在学术上的贡献是不可磨灭的，其《中国宝卷研究》一书获得教育部第六届高等学校科学研究优秀成果一等奖殊荣，为扬州大学做出巨大贡献。车老师并未在学术评价体系中的所谓权威期刊上发表过一篇论文，以副教授身份获得人文学科最高奖，这是我所知的教育部评奖史上的唯一例外。了解车老师境遇的人，会更敬佩车老师学术研究的执着和坚韧。车老师应是那种让人最尊敬最崇拜的一辈子只把一件事做好的学者典范。

我在扬州的时候就曾为车老师惋惜，车老师学问如此专、精，但他却是以副教授的身份退休，想来也让人悲伤。在我和尚丽新的交流话题中，谈得最多的就是车老师了。我印象中，车老师有一本论文集，是他宝卷研究总结性的论著，因为经费没有落实，未能出版。当时我和他通电话谈起此事，后来我又去信给车老师，希望他把文稿发给我，我来替他想办法，可惜车老师始终没有回复我的邮件。这一次丽新向我提到车老师要来广州参加俗文学会议一事，我俩心情是很矛盾的。车老师是1937年出生的，年纪很大了，身体多病，动过大手术。毫无疑问，我们当然很想邀请车老师来广州，也可以见面聊聊，想看看能否帮助他解决一些实际问题。但我也跟丽新表达了我的担忧，因为车老师年事已高，旅途上有很多不便。后来尚丽新告诉我："师母、师兄和所有人都不想让他去。他自己去预售票的地方买票，动车没卧铺，他自己也不敢买了。"虽然非常遗憾，但这也是对老师尊敬和负责的做法。

20多年前在扬州大学，我在职攻读博士学位，成了王小盾老师的开门弟子。我因家在校园，后来几届的同门无论年纪大小，就有了更多接触。丽新性格朴实，很文静，话不多。在我记忆中，她是一个刚硕士毕业的女孩，来自山西。王老师的学生中不少口才极佳者，如驰骋百家讲坛的方志远，做过一校之长的傅修延、赵塔里木等杰出代表。再次见到丽新，她依然很沉稳，话不多，这在王老师的学生中是另一类代表，像何剑平师弟也是这样。他们常会说"这是很好的""不是这样"，这便成了他们对问题的回答，或是对事物性质简单的判断。

　　昨天，尚丽新来我家，我们共同看一个明万历的宝卷抄本。她对学问的认真在谈话中就可以看出来。我对宝卷不太了解，有时会插上一两句话询问她，比如：这个时候宝卷的存在应该是一种什么情况？她很平静，只是简单地回答我：可能有另一种情况存在，可能不是这样。我觉得这是她对学问客观、平和的态度，这与她的生活状态也是相符的。在谈话中，她偶尔谈及某某很不幸、遭受了许多不公，也只是只言片语地提到，不会细说。她看宝卷入神，每当她看到一个曲调时，总是认真地数着它的分段、押韵，她会自言自语或者告诉我，《懒画眉》《铠子腔》《一江风》，这些调子结构不同，有14句、20句，或是24句，指着"文徵明"字样说，这应是万历手抄本。她是一个很容易进入学术角色的人。

今天我认真读了丽新为《北方民间宝卷研究》写的后记，感慨颇多。她做北方民间宝卷的研究，从2007年立项，到2015年出版，其中所经历的艰辛，应该是他人无法感受的。因为宝卷研究和传统文学研究不一样，宝卷的资料是散落的，单是对资料的收集便是一个费时费力、劳神辛苦的过程。闲谈中我又问起她正高职称解决没有，她告诉我，还差一篇权威期刊的论文，说宝卷研究的论文写得再好，也难能找到高端刊物发表。当时我想安慰她说，车老师以副教授退休，但学术研究成就是业界公认的。我并未说出口，心中在祈祷，愿她一切顺利。如今我印象中的尚丽新已经大大消减了当年的锋芒和锐气，她变得更加平和、冷静。正如她的后记所说，经历过许多，她觉得过去的一切都好像没有发生一样。"泥上偶然留指爪，鸿飞那复计东西。"作为她的师兄，如今看到她的著作，和她交谈后，便忍不住想表达一些感想。

我感谢丽新赠予我的新作，想和她合影留念，当我拿起书放在胸前突出的位置时，她其实是很不愿意的，说："戴老，不要这样明显。"因为我是王老师的第一届学生，年纪比他们要长，所以他们习惯称我为"戴老"，以显示年龄的差异。王老师培养学生有方，博士生大多能写出有影响的学位论文。

丽新已经是一位卓有成就的学者、专家，但每次提到车老师的时候，我总能感受到她发自内心的虔诚、对老师的敬重。我跟她说，这本书是你和车老师共同署名的，你肯定也做了大量工作，因为车老师毕竟年龄很大了。她的回答真的令我既感动又吃惊，她说："车老师，那可是大家！车老师只要讲一句话、稍微点拨一下，那便是一个新的研究课题。车老师的一两句话就够我做几年，甚至更长时间的工作。没有车老师的指点，这本新作就很难问世。"丽新对宝卷的了解是全面独到的，她也是继车老师以后又一位年轻的宝卷研究专家，但她依然如此谦逊、质朴。我能感觉到车老师在她心中就是一座高山，一座只可仰望的高山。丽新谦逊的为人、对老师的尊敬令我动容。

我的感慨是从丽新新作的后记中引发出来的，所以这里把她的后记相关内容引出来，贡献给大家：

2007年，我申请到国家社科基金项目"北方民间宝卷研究"（07BZW065），从此结束了散兵游勇的快乐和自由，进入到压力的漩涡中。人到中年，读书再也不可能是一件单纯的事情了，生活是一片琐屑的汪洋，混杂着柴米油盐、鸡毛蒜皮泥沙俱下地滚滚而来。其间悲悲喜喜，真好似"三过门间老病死，一弹指顷去来今"（苏东坡《过永乐文长老已卒》）。终于经历了中年人应有的忧患，……感谢车锡伦先生的指导，虽然很惭愧。先生在宝卷研究领域造诣精深，更兼老树春花，能得到先生的精心指导是莫大的幸事！近七年间与先生往还的电子邮件竟然达到了

15万字，处处凝聚着先生的心血！先生对我的帮助，可谓正直无私！更何况先生和师母一直饱受老病之苦！七年前，带着年轻人的锐气从古代文学的研究转入宝卷的研究，现在看来，当时的决定不免轻率。宝卷研究的难度远非我能想象。内外交困之时，深深陷入焦虑之中，很难得到内心的平静，所幸关键时刻得到师友高人的点拨，让我惜福随缘，以"流水不争先"之心，尽自己的力量做些事情。但愿，在今后的问学生涯之中，能保持平和之心，或有机缘让自己还有提高的机会。

我很高兴与丽新同门，她在研究宝卷的学术之途上遇到车老师，真是福缘，祝愿她做出更多好成果。在此也祝车老师健康快乐！

适门生问宝卷研究事，口述车老师与丽新宝卷研究之一二。

忆许绍光先生

许绍光先生，曾任教于扬州师范学院，无锡宜兴人，方言极重，人极温厚。我读本科时，他没有教过我们77级的课，后来成了我的同事。我在教研室试讲时，他提过意见，我实际上未听明白，他一边说一边指着自己的嘴巴，似乎问我有没有听懂。许先生年纪大了，1982年，我试讲时，他已76岁，可能是年老怕风寒，总是戴着白口罩，和人说话时会把口罩拉到下巴位置。真正与许老师接触就是在教研室试讲现场，几位教先秦两汉的老师围坐在课桌旁听我试讲，然后提意见。

听说许先生的字写得好，是跟胡小石学的，后来也得到证实。侯镜昶先生来扬州师院讲书法，提到许先生。侯先生是大学毕业后被选为胡小石研究生的，书法学胡小石，出版过《书学论集》。侯先生1934年生，1986年去世。许先生1906年生，1998年去世，与侯先生同乡，都是无锡人，是侯先生的前辈。一听到许先生字写得好，我就特别敬佩，况且他是胡小石的书法学生。和许先生交谈请教中，我表达了对他的敬意，他是很高兴的。1986年，我向许先生求字，他一口答应，让我兴奋了几天，那时向许先生求字的人极少，故许先生传下来的字也极少。许先生除了给我册页上题字外，另书楹联一副，我珍藏至今。

关于许先生生平我知之甚少，近读楼培《柳诒徵、汪辟疆致蒋礼鸿、盛静霞书札四通略考》(《文汇学人》2019年11月29日)，我脑海中又浮现出许先生远逝的身影。

1947年11月19日柳诒徵致蒋礼鸿、盛静霞书信中曾提及"仲荦到青，自明在皖，均通缄札，明两则不时相见也"，仲荦，王仲荦；自明，洪诚；明两，许绍光。许绍光与诸人在重庆中央大学皆有同事之谊，且都为柳诒徵所亲近。

1948年3月25日柳诒徵致蒋礼鸿、盛静霞书信中又提及"明两回里养疴，春来未通书，校课属辛培代庖"，大概1948年后许绍光才因病离开中央大学。

许绍光，字明两，1935年中央大学中文系毕业，1949年前被聘为中央大学副教授，与徐复同事。1963年8月从镇江师专调入扬州师院中文系，研习《史记》。1983年9月任讲师，1986年11月才被评为副教授，并退休。因许先生个子不高，行走在校园里，远望亦似任中敏先生。据季国平兄回忆，任先生90大寿，谭佛雏老师即

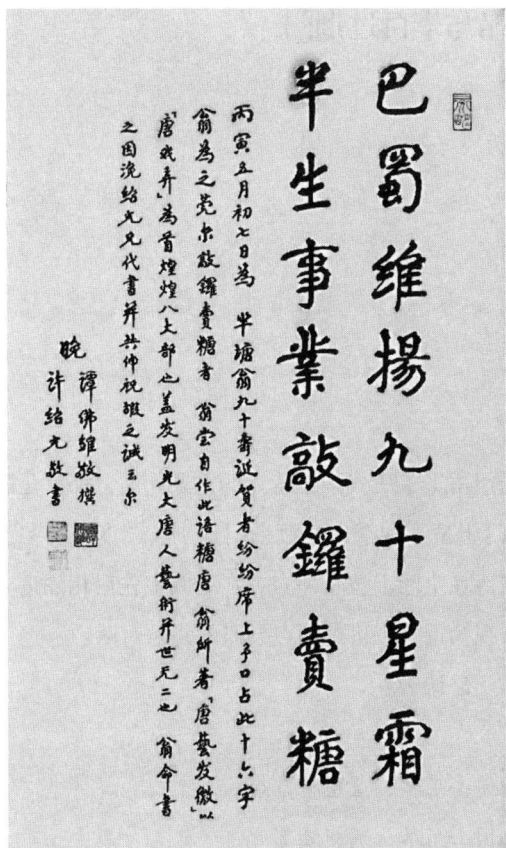

谭佛维撰文，许绍光书写，为任半塘先生祝寿寿辞

席赋辞"巴蜀维扬，九十星霜。半生事业，敲锣卖糖"，任先生十分兴奋，事后谭佛维老师约请许绍光先生挥毫，任老将这幅字终身挂在书房。

陈子昂与李白过荆门

荆门留下了唐代两位诗人的重要作品，那就是陈子昂《度荆门望楚》和李白《渡荆门送别》，"度"与"渡"意同。二诗在空间上位于一点，在时间上先后相隔近半个世纪，可视为近半个世纪同点异时的诗歌对话。

陈子昂诗云：

遥遥去巫峡，望望下章台。
巴国山川尽，荆门烟雾开。
城分苍野外，树断白云隈。
今日狂歌客，谁知入楚来。

李白诗云：

渡远荆门外，来从楚国游。

山随平野尽，江入大荒流。

月下飞天镜，云生结海楼。

仍怜故乡水，万里送行舟。

　　陈子昂诗写于调露元年（679），李白诗写于开元十二年（724）。如果说李白没有读过陈子昂这首诗，写诗时没有潜在的比照对象，那么我们在比较二诗时就相对简单些，将基点放在同一写作地点即可。但换一个思路来思考，李白有可能知道同乡前辈陈子昂曾写过关于荆门的诗，这样推论的理由有三：其一，李白尊敬同乡前辈陈子昂，崇敬之余应读过陈子昂的诗歌。其二，由水路出川，必经荆门，而在此处留下来的诗不多，李白经荆门理应想起陈诗。其三，这两首诗句法、联法上确实存在相似之处而又有变化，至少在艺术上构成了李白向陈子昂隔时对话的关系。二诗都用五言律诗形式，且都符合五律的格律要求，非常严格；二诗句法上亦严整规范而有变化，中间对仗的两联就非常讲究节奏与停顿。陈子昂诗可以这样来读："巴国—山川—尽，荆门—烟雾—开。城—分苍野—外，树—断白云—限。"当然也可以这样："巴国—山川尽，荆门—烟雾开。城—分苍野外，树—断白云限。"如此，李白诗也有两种读法："山—随平野尽，江—入大荒流。月下—飞天—镜，云生—结海—楼。""山—随平野—尽，江—入大荒—流。月下—飞天镜，云生—结海楼。"值得注意的是，李白把"1—4"句式"山—随平野尽，江—入大荒流"用在领联，与陈子昂用在颈联作了区分，这可视为李白刻意为之。题目是"度荆门"与"渡荆门"三字，李白当是模仿陈子昂，但也有较劲的欲望；在内容上本有许多可重复的方面，因同一地点所观之景当有共同之处，但从诗中感觉到李白在认真回避。关键字"尽"，实在是最准确描述了川楚分界的特征，无法避开。

诗题中的荆门即荆门山。荆门山之所以能催生诗人的作品，是因为其山形奇特，且与虎牙山相呼应。《文选》载郭璞《江赋》云："虎牙嵘竖以屹崒，荆门阙竦而磐礴。"《水经注·江水》卷三十四中说："江水又东，历荆门虎牙之间，荆门在南，上合下开，暗彻山南，有门像；虎牙在北，石壁色红，间有白文，类牙形，并以物像受名。此二山，楚之西塞也。" 李善《文选》注："盛弘之《荆州记》曰：'郡西溯江六十里，南岸有山，名曰荆门，北岸有山，名虎牙，二山相对。楚之西塞也。'" 荆门在峡州宜都市西北五十里，位于长江南岸，与北岸的虎牙山隔江对峙，古来称为"楚之西塞"，是往来蜀、楚的咽喉要道。这样，荆门就不止有地理上的意义，还烙上了文化的意义。它是长江中下游区域间的交往通道，是出蜀入楚的关隘，更是巴蜀人寻找新空间的起点，由荆门可以通向更为广阔的世界。

陈、李二诗都采用了卒章显其志的结构，这给我们分析二人性格提供了依凭。从结句中看出陈子昂的"自信"和李白因前途未卜而产生的"迷茫"。

先说李白。李白因诗中多大言，行为狂放，而以豪放著称。这一评价不错。但人的性格有变化，李白的豪放是慢慢养成的，从摧眉趋走之小吏到"天子呼来不上船"之酒仙，是一个漫长的过程。

事实上，李白年轻时是自卑的。《唐诗纪事》载："东蜀杨天惠《彰明逸事》云：元符二年春正月，天惠补令于此，窃从学士大夫求问逸事。闻唐李太白本邑人，微时募县小吏，入令卧内，尝驱牛经堂下，令妻怒，将加诘责。太白亟以诗谢云：'素面倚栏钩，娇声出外头。若非是织女，何必问牵牛。'令惊异，不问。稍亲，招引侍研席。令一日赋山火诗，思轧不属，太白从傍缀其下句。令诗云：'野火烧山去，人归火不归。'太白继云：'焰随红日去，烟逐暮云飞。'令惭止。顷之，从令观涨，有女子溺死江上，令复苦吟，太白辄应声继之。令诗云：'二八谁家女，漂来倚岸芦。鸟窥眉上翠，鱼弄口傍珠。'太白继云：'绿鬓随波散，红颜逐浪无。因何逢伍相，应是想秋胡。'令滋不悦。太白恐，弃去。"杨天惠求访李白逸事，即今日所谓田野调查，其访得情节应接近事实。可见李白从小讨生活不容易，以稚嫩的小诗让人转怒为亲，也因小诗惹得县令不高兴而自己逃离。为什么"因何逢伍相，应是想秋胡"令县令不悦呢？

"逢伍相"，即遇到伍子胥。春秋时，伍子胥逃离楚国，投奔吴国。途中饥饿难忍，有女以饭相赠，伍子胥要求姑娘保密。姑娘抱石沉水而死。李白后来撰写《溧阳濑水贞义女碑铭并序》："逼迫于昭关，匍匐于濑渚。舍车而徒，告穷此女。目色以臆，授之壶浆，全人自沉，形与口灭。""怨秋胡"事见《列女传》，事情是这样的："洁妇者，鲁秋胡子妻也。既纳之五日，去而官于陈，五年乃归。未至家，见路傍妇人采桑，秋胡子悦之，下车谓曰：'若曝采桑，吾行道远，愿托桑荫下餐，下赍休焉。'妇人采桑不辍，秋胡子谓曰：'力田不如逢丰年，力桑不如见国卿。吾有金，愿以与夫人。'妇人曰：'嘻！夫采桑力作，纺绩织纴，以供衣食，奉二亲，养夫子。吾不愿金，所愿卿无有外意，妾亦无淫佚之志，收子之赍与笥金。'秋胡子遂去，至家，奉金遗母，使人唤妇至，乃向采桑者也，秋胡子惭。妇曰：'子束发辞亲往仕，五年乃还，当所悦驰骤，扬尘疾至。今也乃悦路傍妇人，下子之粮，以金予之，是忘母也，忘母不孝。好色淫佚，是污行也，污行不义。夫事亲不孝则事君不忠，处家不义则治官不理，孝义并亡，必不遂矣。妾不忍见，子改娶矣，妾亦不嫁。'遂去而东走，投河而死。"

　　女子因水涨而溺死江上，县令直写其事，就事论事，甚好。而李白用了伍子胥和秋胡二典，并不得体，此女子溺死与贞节、守信无关。县令不悦还因为与他治政有关，治下尚有类于伍子胥、秋胡这般之事，县令岂能高兴。

李白出身单寒，在川东是客居，李父即以"客"为名，也是他处处自卑的原因。李白家无谱牒，他每一次叙述身世，如对李阳冰和其子伯禽的叙述都有不同，在闪烁其词，要彻底弄清真相非常不易。因而，一旦了解李白出川前的境况，则不难理解其在诗中曲终奏出的乡思和悲情。

再说陈子昂。《旧唐书》本传云其"家世富豪"，从小养成了豪家子弟任侠使气的性格。后来他上书皇上，口气很大："会高宗崩，灵驾将还长安，子昂诣阙上书，盛陈东都形胜，可以安置山陵，关中旱俭，灵驾西行不便。曰：'梓州射洪县草莽愚臣子昂，谨顿首冒死献书阙下。臣闻明王不恶切直之言以纳忠，烈士不惮死亡之诛以极谏。故有非常之策者，必待非常之时；得非常之时者，必待非常之主。然后危言正色，抗义直辞，赴汤镬而不回，至诛夷而无悔。岂徒欲诡世夸俗，厌生乐死者哉！实以为杀身之害小，存国之利大，故审计定议而甘心焉。况乎得非常之时，遇非常之主，言必获用，死亦何惊，千载之迹，将不朽于今日矣。'"由此可见，他底气十足，以雄大的气概危言正色，抗义直辞。

调露元年（679）陈子昂走出川蜀，由涪江下行经梓州、遂州、合州，至渝州入长江东行，进入楚地。第一次出川，陈子昂写下了《度荆门望楚》。文如其人，子昂诗文，皆以一气贯之。"巫峡""章台""巴国""荆门"以一"度"字贯穿，可见舟行之速，体现出陈子昂出蜀展望未来的喜悦之心。巫峡、巴国与章台、荆门对举，"尽"是一个断裂的分界线，巴国地界于此尽，天地为之一宽，从此进入新的世界。年轻的陈子昂满怀豪情，自信充溢，尾联用了楚狂接舆的典故，以狂才自况。初唐士子的自信与狂傲在陈子昂身上体现得淋漓尽致，而这种性情的背后则是远离文明中心的巴蜀之地的狂放民俗。这样的比喻，陈子昂在后来的《感遇》组诗中也运用了。此诗从远景到近景，均是大开大合，豪情直抒，质朴豪壮。

李白同样描写了第一次出川入楚的感受，写出巴地山川尽于荆门的情状。但两人不同的是，陈子昂个性豪侠，充满自信，敢做敢为，且渴望通过入仕建功立业；而李白个性洒脱，向往自由，但心理准备不足。从诗题看，陈子昂是《度荆门望楚》，"望楚"二字为远望楚地之意，饱含殷切期待，对新生活的向往、对自己前程的希望。诗题与尾联"今日狂歌客，谁知入楚来"遥相呼应，体现了诗人的自信与豪放。而李白诗题为《渡荆门送别》，相较之下，李白在出川入楚之际，想到的是亲人万里相送的情景，虽即将进入楚地，但离乡愈远而思乡之情愈切，心中更多是对过往生活的留恋。对过去的留恋意味着对新的环境尚未做好相应的准备，同时也是缺乏自信的体现，这便迥异于陈子昂对楚地的向往。"送别"二字同样与尾联"仍怜故乡水，万里送行舟"相对应，表现出诗人对前途未卜的迷茫无措。陈子昂与李白，一前瞻，一回望，显露出二人不同的性格特征，即陈子昂外放而自信，李白内敛而迷茫。有意思的是，身为富豪之子的陈子昂诗中并未写送别之事，大有我本狂歌客，单身入洛阳之势；而出身单寒之家的李白却有人相送至荆门，事实如何，不可考实，至少诗歌告诉我们有人在"送别"。从结句看，二人所呈现的性格和感情是不同的。陈子昂云"今日狂歌客，谁知入楚来"，李白云"仍怜故乡水，万里送行舟"，对比较为鲜明。这一情绪和他们以后的行为非常一致。陈子昂单刀直入，速赴洛阳，文学上很快加入高氏林亭和王明府山亭宴的唱和，政治上向武则天上书进谏；李白则游历楚越若干年，而后入京。陈之自信，李之恋乡，分别在诗的结句中体现出来。

　　"荆门"在地理上是川楚分界线，其上游是两岸高山，其下游则是一马平川。站在这一分界线上的诗人，看着山川风物对比分明，气象无比阔大，感叹不已。无论是"巴国山川尽，荆门烟雾开"，还是"山随平野尽，江入大荒流"，都是对眼前景象的绝佳描写。不知这两位川东才子当时是否意识到：这一地理上的分界线实际上也成了他们命运的分界线。

李白的婚姻

　　无论是"大 V"李白，还是"小号"杜甫，各有各的难处。说起李白的不幸，会让你掉泪。这样一位才子，哪里会受人管束，可是他在山东成家，遇到一位很现实的女人，不得不"摧眉折腰"。

　　婚姻不成功是人生最大的悲剧。一个人的悲剧如果是因为政治原因、社会原因，那也是一时的。如果有个温暖的家，也不需要有多大的地方，有人快乐着你的快乐，忧伤着你的忧伤，就很容易用温暖化解在外面受到的不公，平衡自己的心态。

　　要搞清楚李白的婚姻悲剧，还真得要"立案侦查"，要从蛛丝马迹中不断地寻找线索。通常情况下，历史上曾发生过的事，总会留下痕迹，请你相信。李白有一首非常著名的诗歌《南陵别儿童入京》，是这样写的：

会稽愚妇轻买臣，余亦辞家西入秦。

仰天大笑出门去，我辈岂是蓬蒿人。

"仰天大笑出门去，我辈岂是蓬蒿人"说得很简单，也很痛快。意思是，仰望青天，大笑着出门离开家。诗歌和我们讲话不一样，如果用我们今天的话来讲，就是我仰天大笑出门去，因为我高兴，我是一位了不起的人，不是你所说的蓬蒿人。"仰天大笑出门去"是一个动作，"我辈岂是蓬蒿人"是回答别人的。这句话大家都知道，也喜欢引用，当你离家的时候可以这么讲，意味着你要出去干一番大事业。谁都能引用，古今共鸣。

但是，这里面有一个问题，这不是单独的一句话，它是一首诗中的一句话。这首诗前面两句话是："会稽愚妇轻买臣，余亦辞家西入秦。"下面才讲道："仰天大笑出门去，我辈岂是蓬蒿人。"前面引用汉代人朱买臣的一个故事来说话，故事是这样讲的：

朱买臣家里穷，好读书，不治产业，所以落得夫妻两个人以打柴为生。他的老婆也是能够同患难的——朱买臣在前面挑一担柴，她背一些柴跟着，并不以为苦。两人的离婚，只是因为发生了一点口角。朱买臣砍柴不忘读书，担着柴还咿咿呀呀唱个不停，想来古人读书、读诗都是要朗诵或者吟唱出来的。这种"回也不改其乐"的态度，让他老婆在大庭广众之下觉得很难堪，屡次劝告朱买臣不要在外头吟唱，想唱就回家悄悄地唱！但是，朱买臣只顾自得其乐，不考虑妻子的感受，担柴草去卖时照唱不误，他无非是宣泄一下怀才不遇的情绪。他的妻子认为这是羞耻的事情，请求离他而去。朱买臣笑着说："我50岁一定能富贵，现在已经快50了。你辛苦的日子过了很久，等我富贵之后再报答你。"妻子愤怒地说："像你这种人，终究要饿死在沟壑中，怎能富贵？"朱买臣不能挽留她，只好任凭她离去。

这个故事很生动，也很有教育意义。现在我们再回头看李白的那首诗，李白说朱买臣的太太很蠢，轻视了朱买臣。下面一句话说"余亦辞家西入秦"。当年朱买臣50岁的时候到长安去做官，现在李白也要离开家到长安去了。这是一件历史上的真实事情，当时的唐玄宗召见李白。李白只是一个文人而已，被皇帝召见是一件了不起的事情。所以，李白在写这一首诗的时候，很容易想到他的境遇和汉代朱买臣的境遇是一模一样的。也就是说，李白和他当时的老婆关系不好。李白一生娶了四个老婆，这个老婆是第三任，李白在写这首诗的时候，他和老婆的感情已经到了崩溃的边缘。现在我们回头看，朱买臣的妻子骂他：像你这种人最后只能饿死在沟中，怎么能富贵呢？现在我们才知道"蓬蒿人"是骂人的话，是李白妻子常骂李白的话。唐代说人没有出息就说他是"蓬蒿人"。

由此我们可以推论，李白在和山东的这个老婆一起生活的时候，受尽了老婆的气，这个老婆整天在家骂他：你不就是能写诗吗？写诗又不能卖钱。你不就是能喝酒吗？喝酒不仅不能喝来钱，而且要花大把大把的钱，像你这种只会喝酒写诗的人，怎么能富贵啊？你只不过是一个"蓬蒿人"而已，一辈子到死也不会有什么出息的。我们回想一下，李白现在为什么这么快乐？他以前为什么没有那么快乐？他现在有了一个皇帝召见的好借口，要逃脱苦海。不幸的婚姻对每个人都是很痛苦的，谁不想逃出来啊？现在有机会逃出来，而且有一个冠冕堂皇的理由，非常体面，事实给了他老婆一个响亮的耳光。所以，他"仰天大笑出门去"，向他的老婆反击。这件事情我说得好像有头有尾的，不知道你们信不信？我讲究一个方法原则，仅仅凭这一条理由是不能够断定李白的婚姻不幸，我们还要找不同的证据。还是找这首诗，拿这个题目来说，里面都有深意，为什么？

这首诗的题目是《南陵别儿童入京》。李白和山东的这个妻子生了两个小孩，大的两岁，小的一岁吧。他在山东住的地方离别儿童，这就很奇怪了：他写这样一首诗给小孩根本没有意义，写诗是要给别人看的，为什么他要写给两三岁的小孩呢？我觉得是借写这一首诗发泄一下。另外，他为什么不写给他老婆呢？按照唐代人的习惯，这里应该写《南陵别妻儿入京》，老婆尽管不识字，但可以讲给她听，可他没有这样写，为什么啊？他恨他老婆。我估计这两个人已经是形式上的婚姻了，他根本不理他老婆，所以题目是《南陵别儿童入京》，而且在诗歌中大骂他老婆，说他老婆是有眼无珠，不能认同他的前途。这是另外一个证据。

李白到了长安以后很长一段时间，写给山东家中的诗歌仍然不写给老婆，而写给他只有几岁的小孩。下面这首《寄东鲁二稚子》，题目一看就知道，只寄给小孩，不寄给老婆。诗中说："娇女字平阳，折花倚桃边。折花不见我，泪下如流泉。小儿名伯禽，与姊亦齐肩。双行桃树下，抚背复谁怜？念此失次第，肝肠日忧煎。"诗中只有两个小孩，没有小孩的母亲。在李白的想象当中，山东的那两个小孩过的简直就是孤儿的生活，为什么？你看"双行桃树下，抚背复谁怜？"两个小孩子走在桃树下，有谁会抚摸他们的背可怜他们、爱护他们呢？这首诗从题目到内容都可以看得出来李白的情感。

李白在京，凡写与家庭有关的诗，都是一个腔调。他有《赠武十七谔》，是赠给一个人的，这个人大概要从长安到山东去。诗里面有一句："爱子隔东鲁，空悲断肠猿。"看得出来，李白只要提到儿女，就很动情。他想念儿女时总是很悲伤，哗啦啦地泪流满面。还有一首《送杨燕之东鲁》，诗里面也写道："二子鲁门东，别来已经年。因君此中去，不觉泪如泉。"

再看看《送萧三十一之鲁中，兼问稚子伯禽》："我家寄在沙丘傍，三年不归空断肠。君行既识伯禽子，应驾小车骑白羊。"李白总是提到山东的家，但这是一个残缺的家，有孩而无父无母。这首诗是送萧三十一到山东，并让萧三十一去看望他的小孩伯禽，"君行既识伯禽子，应驾小车骑白羊"，意思是你这次去不知道能不能认出我的小孩来，说不定他也会驾着小车骑在白羊身上玩了。从这些诗可以看出，李白确实不喜欢他的老婆。

平心而论，我们不能去责怪李白的老婆，山东是儒学之邦，鲁女当勤苦务实，而李白疯疯癫癫，不是邀月狂饮，就是呼啸山林，两人能合得来吗？李白为什么要在山东成这个家？不得而知。不过可知的是李白自己说过去山东的原因，那是"学剑来山东"，也许成家是顺带的事，真是把婚姻当儿戏了。这次山东婚变成了李白心中之痛，挥之不去，所以他恨老婆，也恨起山东的儒生来了，特意写了一首《嘲鲁儒》的诗说："鲁叟谈五经，白发死章句。问以经济策，茫如坠烟雾。"看来李白真的是受到了不小的刺激，伤不起啊！

杜甫的凄凉

时下又议论起杜甫，又提到一个陌生人樊晃。2013年8月号《文艺争鸣》刊载拙作《杜甫：一个被边缘化的当代诗人》，论文是从《河岳英灵集》失收杜甫诗歌说起的，有人认为《猛人杜甫：一个小号的逆袭》只不过是拙文的延伸。杜甫应该属于那种身前忍受寂寞、身后享尽荣宠的诗人。在这热闹戏谈杜甫时，有必要介绍拙文中的亮点和读者分享。

《河岳英灵集》为什么会不收杜甫诗，这确实是文学史上的一大悬案。杜甫在中国诗歌史上声名卓著，与李白并称。但在杜甫生活的时代，他的诗名不彰，甚至被边缘化了。一个显著的事实呈现在我们面前：《河岳英灵集》几乎网罗开元、天宝之际重要诗人，独独遗漏了杜甫。

首先让人想到的是杜甫和编选者的关系，这是从编者审美兴趣的角度切入的。《河岳英灵集》编选者是殷璠，他的工作自然可以归入私人行为。杜甫的诗歌不被选入，可能和编选者的编选目的、所收作品的内容和风格不符。这一猜测在逻辑上最为合理，也最易为人们接受。但问题在于，已选的二十四位诗人作品的内容和风格是否排斥杜诗？显然不是，也不可能。这二十四位在成就上基本上能代表一个时代的诗人，其面貌和作品风格是多元的，显示出《河岳英灵集》编选者的高远见识和兼收并蓄的开放态度。从风格、创作倾向方面去寻找原因，更不靠谱。这有同于校勘学中的理校，不得已方可用之，而且结论不是唯一的。还有，因为二十四位诗人不可能有共同的风格和创作倾向，从杜甫的诗风、取向上考虑并不妥当。

当去寻找这一失收原因时，主观的想象和推测无补于事情真相的揭示。有材料显示这与殷璠所处地域有关，换句话说这与杜甫诗歌的传播相关。大历年间，樊晃（曾为润州刺史）曾经集杜甫二百九十首诗为《杜甫小集》，他在《杜工部小集序》中，简略地叙述了杜甫的基本生平，并且提到，杜甫有文集六十卷，在江汉之南一带流传，"江左词人所传诵者，皆公之戏题剧论耳，曾不知君有大雅之作，当今一人而已"。樊晃的话很清楚地说了当时杜甫诗在润州，也就是江南一带的流传情况。而《河岳英灵集》编选者殷璠正是丹阳（润州）人，他为条件所限，不可能全面占有杜甫诗歌材料，所见杜诗只是当年流传于江左的游戏之作，不合其"风律兼备"的标准，只能阙而不录。

因此杜诗失去了一次与《河岳英灵集》结缘的机会。这是今天研究杜诗在当时传播、研究《河岳英灵集》作家群时，感到深深遗憾的事。

杜甫在他生活的当下，其诗歌没有受到应有的关注。即使在政治中心长安奔走十年也未寻找到好的政治出路，其日子颇为艰辛，一言难尽。据他自己说："饥卧动即向一旬，敝裘何啻联百结。"（《投简咸华两县诸子》）"有儒愁饿死，早晚报平津。"（《奉赠鲜于京兆二十韵》）也就是说，自己贫困潦倒，饥饿的时候就去睡觉，不去麻烦别人，衣服破了就破了，也不烦去缝补了。像自己这样一个腐儒穷愁饿死，早晚去为我通报死讯吧。可见，杜甫在当时诗名未显。可以说，困守长安十年，他不是为了写诗，而是为了政治前途。

值得注意的是，从《饮中八仙歌》也可以侧面了解杜甫在长安时的心理状态。《饮中八仙歌》诗中描写了八个酒仙。第一个是贺知章。他在唐代名声很大，官做到秘书监，性情豪放，晚年行为放旷不拘检，自号"四明狂客"。据说李白在长安拜见他，他很高兴，"解金龟换酒为乐"。诗中说他喝多了酒，骑在马上摇摇晃晃有如乘船，醉眼昏花，跌入井中，甚至在井里睡着了。描写虽有夸张，估计离事实不远。第二个是李琎。他是唐玄宗的侄子，很受宠幸。所以他敢饮酒三斗去朝拜天子，也只有他才敢因贪酒改换封地到酒泉。第三个是李适之。他在天宝元年为左丞相，天宝五载被李林甫排挤罢去相位，在家与亲友会饮，并赋诗一首："避贤初罢相，乐圣且衔杯。为问门前客，今朝几个来?"杜甫"衔杯乐圣称避贤"就是化用其诗。第四个是崔宗之。他是吏部尚书崔日用之子，一位潇洒美少年，端起酒杯，白眼望天，有如玉树临风。第五个是苏晋，他一方面嗜酒，一方面斋戒坐禅，在酒面前，他禁不住诱惑："醉中往往爱逃禅。"第六个是李白，这是诗中重点写到的人物，用了四句来刻画。一是因为李白天宝初入长安，名声很大，后玄宗"赐金"让其"还山"，杜甫对李白印象最深，并将李白被逐美化为"天子呼来不上船，自称臣是酒中仙"；二是杜甫是诗人，对李白心存敬仰，故诗中盛赞："李白斗酒诗百篇。"第七个是张旭。他以书法名世，故突出其醉书，他三杯入口后，便会脱帽露顶、乘兴挥毫。第八个是焦遂。他以雄辩称，乘着酒兴，思如泉涌，妙语连珠，惊动四座。

人们一般会认为杜甫在写八个朋友或熟人，其实不然，八仙和杜甫并不相干，八仙是杜甫仰慕的对象，今日谓之明星。以前人解此诗，因题有"饮中八仙"字，都以酒解之。程千帆先生《一个醒的和八个醉的》一文，区分了作者和所描写对象在存在状态上的差异，这启发我们从另一角度去区分作者和饮中八仙的差异，即其所处地位不同。"饮中八仙"是高贵者，或出身名门，或地位尊贵，或擅长一技，或以貌压众。而作者地位低下，他以欣赏的态度描写高贵者的神采，以仰慕的态度赞美成功者的风姿。饮中八仙，各以其特有的风貌名震京师，可谓"京城八杰"，各显神通。他们都是长安的名人，是名人的代表。杜甫只是以酒为线索，写出对名人的崇拜。全诗的视角是仰视，不是平视，也不是俯视。也可以说这首诗表达了杜甫自己的悲观情绪和失落感。真是不知身前身后事，想起杜甫心微凉。

吕温的幸运

　　闲来翻书，以度时日。暑期快结束了，留存在脑中的只有几个名字，吕温算一个。

　　吕温本可以让很多人记住他的名字，因为他是"永贞革新"中的主要人物。可是"二王八司马"中却漏掉这个骨干分子。据《旧唐书》记载，吕温在王叔文掌权的146天中，正好出使吐蕃，逃过一劫，不仅未被远贬，从吐蕃回来后还做了户部员外郎，官阶从六品上，相当于中央一个部的司长。看上去好像是运气特好，但运气为何独眷顾吕温一人？其实所谓运气是偶然性中包含必然性，这是哲学家告诉我们的规律。

　　因为好奇，不免要从史书中去研究和考证与吕温有关的细节。据史载："元和元年，使还，转户部员外郎。时柳宗元等九人坐叔文贬逐。唯温以奉使免。"也就是说，吕温被任命为员外郎，正是朝廷清理和处置革新派人物的关键时刻，正在风头上。其他一些虾兵蟹将可以不追究，吕温不能不追究。

吕温和革新派的核心人物翰林学士韦执谊关系极好，因此吕温进士登科后，由于韦执谊的引荐，很快进入智囊团的核心。"顺宗在东宫，侍书王叔文劝太子招纳时之英俊以自辅，温与执谊尤为叔文所眷，起家再命拜左拾遗。"吕温在革新集团中地位如此，应该接受调查和问责。更有甚者，他留使吐蕃时，"时王叔文用事，故与温同游东宫者，皆不次任用，温在蕃中，悲叹久之"。吕温自叹没有赶上机会，他的那些东宫朋友都由王叔文越级提升了。史书是客观地记下这一细节。吐蕃遥远，不是有人揭发谁知道，他自己不会主动坦白交代的。这两件事够吕温心烦的，一件是他身为革新准备工作的核心人物参与了密谋策划；一件是他人在吐蕃心系革新，并叹息失去升迁的机会。

革新派遭到惨重打击，是因为他们的革新行动本身必然会损害既得利益者，特别是宦官和旧僚的利益。斗争是残酷无情的。他能说得清楚，才能脱得了干系。这必须有超人的能力和智慧。对他有利的一面是，革新派真正干事的一百多天里他人在吐蕃，这是事实。也正因为如此，吕温可以做彻底交代，甚至反戈一击，以图有功。果然他有功而升迁了。

吕温其人，因未列入"二王八司马"，很少有人关注他。此人虽天才峻拔，文采赡逸，但"性多险诈，好奇近利"。有一件事为史书所载，他要陷害李吉甫，"吉甫以疾在第，召医人陈登诊视，夜宿于安邑里第。温伺知之，诘旦，令吏捕登鞫问之，又奏劾吉甫交通术士。宪宗异之，召登面讯，其事皆虚"。可见吕温会设圈套，无中生有去陷害人。好在宪宗亲自审查，李吉甫才免去一次重创。

于此，我对吕温何以与革新派划清界限，并逃过惩罚，大概有了答案。吕温与八司马相比，是幸运的，但幸运之中却暴露了他的人品。

刘禹锡玄都观诗

文学史在分析刘禹锡性格时，往往会以游玄都观诗为例。刘禹锡从贬所征还，游玄都观，作诗一首。据说此诗被人解读后，告诉当政，刘又遭外贬。"紫陌红尘拂面来"以及"百亩中庭半是苔"两首诗到底反映了刘禹锡怎样的性格？是否如通行文学史所说的"倔强"呢？问题并不是那么简单。关于刘禹锡两题玄都观诗本事的说法流传甚广，中间尚有疑惑不解处，以记载时间先后将材料罗列如下：

——刘禹锡自说。《再游玄都观绝句》："百亩中庭半是苔，桃花净尽菜花开。种桃道士归何处？前度刘郎今独来。"诗《引》云："余贞元二十一年为屯田员外郎，时此观中未有花木。是岁，出牧连州，寻贬朗州司马。居十年，召至京师，人人皆言有道士手植仙桃，满观如烁晨霞，遂有前篇，以志一时之事。旋又出牧，于今十有四年，复为主客郎中。重游玄都，荡然无复一树，唯兔葵、燕麦动摇于春风耳。因再题二十八字，以俟后游。时大和二年三月。"

——《本事诗》说。"刘尚书自屯田员外左迁朗州司马，凡十年始征还。方春，作《赠看花诸君子》诗曰：'紫陌红尘拂面来，无人不道看花回。玄都观里桃千树，尽是刘郎去后栽。'其诗一出，传于都下，有素嫉其名者，白于执政，又诬其有怨愤。他日见时宰，与坐，慰问甚厚，既辞，即曰：'近者新诗，未免为累，奈何？'不数日，出为连州刺史。其自叙云：'贞元二十一年春，余为屯田员外，时此观未有花。是岁出牧连州，至荆南，又贬朗州司马。居十年，诏至京师，人人皆言有道士手植仙桃满观，盛如红霞，遂有前篇，以记一时之事。旋又出牧，于今十四年，始为主客郎中。重游玄都，荡然无复一树，唯兔葵、燕麦，动摇于春风耳。因再题二十八字，以俟后再游。时太和二年三月也。'诗曰：'百亩庭中半是苔，桃花净尽菜花开。种桃道士归何处，前度刘郎今独来。'"文中"太和"乃"大和"之误。

——《旧唐书》说。"元和十年，自武陵召还，宰相复欲置之郎署。时禹锡作《游玄都观咏看花君子诗》，语涉讥刺，执政不悦，复出为播州刺史……大和二年，自和州刺史征还，拜主客郎中。禹锡衔前事未已，复作《游玄都观诗序》曰：'予贞元二十一年为尚书屯田员外郎，时此观中未有花木，是岁出牧连州，寻贬朗州司马。居十年，召还京师，人人皆言有道士手植红桃满观，如烁晨霞，遂有诗以志一时之事。旋又出牧，于今十有四年，得为主客郎中。重游兹观，荡然无复一树，唯兔葵、燕麦，动摇于春风，因再题二十八字，以俟后游。'其前篇有'玄都观里桃千树，总是刘郎去后栽'之句，后篇有'种桃道士今何在，前度刘郎又到来'之句，人嘉其才而薄其行。禹锡甚怒武元衡、李逢吉，而裴度稍知之。大和中，度在中书，欲令知制诰，执政又闻诗序，滋不悦，累转礼部郎中、集贤院学士。"

刘禹锡自说未涉及他人与自己的仕途。如依刘《引》所述写作本事，则二诗仍触景生情，寄托感慨。诗《引》交代作诗缘由，以记时记事为主。《本事诗》说，除刘自序内容外，添加了"紫陌红尘拂面来"诗传播及其严重的政治后果。《旧唐书》说大致承《本事诗》，但稍有不同，不仅保留《本事诗》有关第一首诗"紫陌红尘拂面来"的效果记载，又增添了第二首诗"百亩中庭半是苔"引起的后果，以及"人嘉其才而薄其行"的直接评价。

为准确分析刘禹锡的性格，这里对三则材料作了比较。材料一以自序交代作诗原因；材料二添加了第一首诗在传播中产生的影响；材料三在《本事诗》的基础上，保留了第一首诗传播影响的记载，又添加了第二首诗在传播中的影响，而且两次提到"执政不悦"。《旧唐书》的最大改动是增加了社会舆论以表示修史者对此事的评价，所谓

"人嘉其才而薄其行"，这其实是很重的一句话。对历史事件的记载，常处在一种不断递补的过程中，有时会让人们更加明白事情的始末和真相，有时也会因添加不妥做了错误的引导，而让人们陷于迷惑之中。

就材料探讨刘禹锡性格有两条线索，结论是有差异的。一是如刘自述，他就事论事，只关注诗歌写作，先后两次都是即景叙事抒情，有寄托。至于二诗所产生的影响，他并不知情。这样可以归纳刘之性格：自信中稍有自负。二是综合《本事诗》和《旧唐书》记载，二诗均被人过度阐释，产生不良后果。这样即可归纳刘之性格：自信而且固执，甚至不明智。但这里有一问题：刘是想入朝做官的人，他如果明知第一首诗已惹下麻烦，为何又写第二首诗再去找麻烦。这样岂不是自寻烦恼，有意做事与愿违的事，此于情于理难通。

两题玄都观诗确实给我们解读古代作家性格带来了许多启发。三则材料其实有两种传播路径：一是刘之自述，《本事诗》和《旧唐书》也是尊重这一材料的，都如实引用，个别地方文字稍异；二是《本事诗》和《旧唐书》新增内容，虽是传闻，也一定有真实的成分。这样，对写作者而言，他并不一定知道诗歌写作引起的后果，也就是说他并没有将诗与自己被贬联系起来，故"紫陌红尘拂面来"诗记一时之事，后因再题"百亩中庭半是苔"诗，以俟后游再有题作，如此而已。至于《本事诗》和《旧唐书》所记则反映了另一事实，有人利用刘禹锡诗做文章，有意把诗中的描写和情绪上纲上线，对刘陷害并得手。记录者则将传闻尽量和刘两度作诗两度被贬进行了因果联系。这样推理情理上容易被人接受，将刘两次被贬归结为两次题诗的影响。如果说如《本事诗》所载，第一首诗已产生严重后果，那么，刘禹锡写作第二首诗就是明知故犯了，这样是否低估了刘禹锡的政治智慧？毕竟，他跟随杜佑多年，又经历了"永贞革新"的浮沉。

一般情况下，文学史著作都会引这两首诗来说明刘禹锡的性格，但如何解释，还可以讨论。如果刘禹锡是在不知道第一首诗的传播影响的情况下，时隔十多年又写下第二首诗，那只能就诗歌内容和刘之自述来推论其性格，这样可以说刘诗表现出感伤（第一首）、自信（第二首）。如说二诗表现出倔强的性格，似为不妥。

苏轼的智慧

　　苏轼才华横溢，自诩其作文"如万斛泉源，不择地皆可出。在平地滔滔汩汩，虽一日千里无难"。苏轼的文学创作无体不佳，确有天赋之才，但他也偶有力不从心之时。章定《名贤氏族言行类稿》卷二十六载有苏轼《与章质夫》书："慎静以处忧患，非公爱我之深，何以及此，谨书之座右也。《柳花》词妙绝，使来者何以措辞。本不敢继作，又思公正柳花飞时，远出巡按，坐想四子，闭门愁断，故写其意，次韵一首寄去，亦告不以示人也。"信中提到的柳花词和次韵词，就是章质夫《水龙吟》和苏轼同词牌的《次韵章质夫杨花词》。从这一段话中，至少可以体会两层意思：一、苏轼敬重章质夫。章质夫教导苏轼"慎静以处忧患"，苏轼感佩之深且书之座右。不是关系密切或特殊，章质夫也不会讲如此深刻且对东坡有针对性的话语。二、苏轼和作，应经过一段时间酝酿。初读章质夫词，苏轼不敢和。因章词妙绝，使和者无从下笔。大概过了一段时间，苏轼才寄去和作。从第一层意思看，苏轼必以认真严肃的态度和章词，而且要顺从章词的意思措辞；从第二层意思看，初不敢和，终又和之，则必有和之理由，就是需要避开章词的路数，而有创新。既从章词入，又必须从章词出，何其难哉！

事实上，苏轼在初读章词时，应心服章词之妙绝，自愧不如，"不敢继作""何以措辞"。从苏轼读章词到写成和作，可以看出苏轼的创作心理，在章词面前只有两种选择：一是失败的放弃。一是知难而进，争取胜利。从写作过程看，苏轼在反复思考，希望找到突破点，如同布鲁姆《影响的焦虑》所描述的那样，诗人在"焦虑"中，企图经过种种尝试去摆脱他人影响而胜过他人。诗人创作的"焦虑"很少得到文献的支持，而人们在品评作品高下时会感受和印证这种"焦虑"。《词苑丛谈》载："资政殿学士章楶，字质夫，以功名显，诗词尤见称于世，尝作《水龙吟》咏杨花。东坡与之帖云：'柳花词妙绝，使来者何以措辞。'《曲洧旧闻》云，章质夫作《水龙吟》咏杨花，其用事命意，清丽可喜，东坡和之，若豪放不入律吕，徐而观之，声韵谐婉，便觉质夫词有织绣工夫。晁叔用云，东坡如毛嫱西施净洗却面，与天下妇人斗巧。质夫未免膏泽。"晁冲之，字叔用。章质夫"诗词尤见称于世"，苏轼要胜过他真的很难。前人在比较两篇作品时，未能搔到痒处。那么，苏轼的和作是如何转败为胜的呢？如何找到制胜的武器呢？核心在哪里？先看作品：

原作章质夫《水龙吟》：

燕忙莺懒花残，正堤上、柳花飘坠。轻飞点画青林，谁道全无才思。闲趁游丝，静临深院，日长门闭。傍珠帘散漫，垂垂欲下，依前被、风扶起。　兰帐玉人睡觉，怪春衣、雪沾琼缀。绣床旋满，香球无数，才圆却碎。时见蜂儿，仰粘轻粉，鱼吹池水。望章台路杳，金鞍游荡，有盈盈泪。

苏轼《水龙吟》（次韵章质夫杨花词）：

似花还似非花，也无人惜从教坠。抛家傍路，思量却是，无情有思。萦损柔肠，困酣娇眼，欲开还闭。梦随风万里，寻郎去处，又还被、莺呼起。　不恨此花飞尽，恨西园、落红难缀。晓来雨过，遗踪何在，一池萍碎。春色三分，二分尘土，一分流水。细看来，不是杨花点点，是离人泪。

章质夫《水龙吟》咏杨花词工细委婉，确有他人不能到处，杨花柳絮飘扬无形，写好并不容易，章词中"傍珠帘散漫，垂垂欲下，依前被、风扶起"，杨花飘落过程中又被风吹起，经作者一描写，柔美动人；"时见蜂儿，仰粘轻粉，鱼吹池水"的情景，一经道出，生动传神。黄升《唐宋诸贤绝妙词选》卷五："'傍珠帘散漫'数语，形容尽矣。"魏庆之《诗人玉屑》卷二十一云："所谓'傍珠帘散漫，垂垂欲下，依前被，风扶起'，亦可谓曲尽杨花妙处。东坡所和虽高，恐未能及。"尽管如此，二词还是有高下之分的，章词中写柳絮在风中飘落的状态以及蜂、鱼的表现不仅生动而又贴切，但全篇还是有松散处，不是紧密扣住咏絮的。许昂霄《词综偶评》坚持认为："（东坡）《水龙吟》与原作均是绝唱，不容妄为轩轾。"而王国维《人间词话》云："东坡《水龙吟》咏杨花，和韵而似原唱；章质夫词，原唱而似和韵。才之不可强也如是。"王国维的话已隐含分高下的意思。

苏轼是和章楶词的，章词在前已使苏轼难以下笔。第一，既要合原唱之意，又不可全依原唱。章词写杨花，大致在赋物，苏词借杨花以言情。章词实处大于虚处，苏词虚处大于实处。换句话说，苏词在虚处用力以避开章词的实处之长。如章词写杨花在空中飘转之状，其传神，其韵致，东坡自知不能超过，就在虚处做文章，"似花还似非花"起句避开章词，已将杨花虚化，正如刘熙载《艺概》卷四所言："东坡《水龙吟》起云'似花还似非花'，此句可作全词评语，盖不离不即也。"杨花在似花和非花之间，这一不确定性的两可判断，造成"模糊性"的效果，给全词带来虚空朦胧之美，故其笔下美人描写也是具朦胧美的："萦损柔肠，困酣娇眼，欲开还闭。"而且往虚处写，以梦境入词："梦随风万里，寻郎去处，又还被、莺呼起。"词的意思跳跃性很大，因梦寻郎，本有希望，可是梦被啼莺唤醒，好梦难成。梦中寻郎，已是虚幻的美丽，可是这虚幻的满足也不能让女主人享有，真是幽怨凄凉。下片仍在虚处用力，"愈出愈奇"（张炎《词源》卷下）。苏词虽同章词也写到水和萍的关系，章词实写"鱼吹池水"，在飘满杨花的水面，见到鱼不时用嘴来拨弄水。平时水面清静，鱼也有类似动作，因平常并不引人注意，当水面浮满杨花时，鱼用嘴拨弄水面的动作非常明显，人易察觉到。而苏轼就得避开，他写"一池萍碎"，用"柳花入水，经宿化萍"，其中就隐含此物变化为彼物的神秘，因神秘呈现遗貌取神之妙。"春色三分，二分尘土，一分流水。细看来，不是杨花点点，是离人泪。"前者是杨花之"遗踪"，"春色三分"者，言春色大势已去，更遗憾的是残存的"春色三分"，两分已沾泥，一分已落水。章词和苏词都写到泪，因"泪"是韵字，无法回避，章词的"泪"是实写，是真实的女子"盈盈泪"；苏词的"泪"是虚写，以杨花喻泪，再由泪去说人，章词写泪是直接的，苏词写泪层次丰富，以虚入实，粗看杨花自是杨花，细看杨花是"离人泪"，"点点"二字回应章词的"盈盈"，章词的"盈盈泪"是挂在美人的脸上，而苏词的"点点是离人泪"，那是散落在满世界的。

第二，要在前人韵中翻腾，用其韵而不可全同其意。如上阕结句，章词为"傍珠帘散漫，垂垂欲下，依前被，风扶起"，苏词为"梦随风万里，寻郎去处，又还被、莺呼起"，同用"起"韵字，而章在本题，言花飘落之状，苏与本题若即若离，以梦宕开，写人的思念之苦。一在物，一在人，各逞其能，各得心机。《词洁》卷五挑出苏词的毛病："'抛家傍路'四字欠雅。'缀'字趁韵不稳。"这里提到用韵，章词"雪沾琼缀"，说杨花飘落在兰帐玉人的春衣上，如雪如玉一样粘在衣服上。章词的"缀"是已然之事，而苏词的"缀"是预设而难以实现之事，这是二者的区别。说苏词"趁韵不稳"不知是何道理。

苏轼初见章词，自惭未能续和，那是没有信心与之抗衡或求超越，处于劣势，自甘失败；而后找到切入点，找到战胜章词的写作策略，从虚处落笔，以虚取胜。故读苏轼词，必须结合章词来分析，参透"虚""实"二字方能深入领会章、苏二词差异以及苏词的高妙："情景交融，笔墨入化，有神无迹矣。"（黄苏《蓼园词选》）从中亦可领悟苏轼转败为胜的写作智慧。只要能和章词平分秋色，苏轼在此次创作角逐中就已经获胜；如后人认为苏词韵胜，高出章词，那更是苏轼作词时所期待的结果。

米颠的颠狂

米芾，字元章，时人号海岳外史。曾为尚书省礼部员外郎，因人称尚书省为南宫，故又称米芾为"米南宫"。他是北宋著名书法家，在书法史上有重要地位，其字成为人们追慕模仿的范本，被称为"米字"。米芾行事与众不同，在他那个时代有着非常突出的个性，从其绰号可以知其大概。好端端的一个人，被起了许多绰号，是好是坏？不能一概而论。绰号是一个人的标签，有如商标一样，是有专一性、专利性的。《书史会要》说米芾："博文尚古，性好洁，世号'水淫'；违世异俗，每与人迕，人又名'米颠'；伟岸不羁，口无俗语，顾然束带，一'古君子'。"

"水淫""米颠"之外，还有"狂生"，黄庭坚《书赠俞清老》中说到米芾身穿唐服，行事言语，皆随其心意，故"人往往谓之狂生"。其实"古君子"也可以算是绰号。米芾另外有个绰号叫"活卦影"，胡应麟《跋米颠自荐启》："芾每一出，小儿群噪随之，至呼为'活卦影'。"卦影，是以图画来解释吉凶的，后来以画怪象为常，如鸟为四足，兽添两翼，人物是戴儒者的帽子而身穿和尚的衣服。米芾好怪，常戴高帽，穿唐装，人称"活卦影"。

绰号多不是一件坏事。因绰号形象、有特色，容易被人记住，绰号连同人自身就活在了人们的记忆中，历史上的名人如果没有绰号，不免有些遗憾。

"水淫""活卦影"等是外在表现，最能反映米芾性格的是"米颠"和"狂生"。"颠"也好，"狂"也好，都是指米芾行为不依循常理，任情恣意，不受拘束。当时人们对其颠狂是有概括的，《独醒杂志》记载："言者谓其倾邪险怪，诡诈不近人情，人谓之颠。不可以登朝籍。"可见，米芾为颠狂付出了代价，"不可以登朝籍"，就是不能做官，所以米芾一生仕途不顺。这一点在官家文书中都得到证实，他被贬淮阳军，敕文中即言"惟尔险怪诡谲，好为奇言异行"。其实，米芾心知肚明，国人也都知道官场的游戏规则，为什么古往今来很多人不改变自己而去适应官场？

米芾的颠狂不只是心中的傲世，还渗透在生活的方方面面，连衣着也有讲究，"喜服唐衣冠，宽袖博带"。曾戴着高檐的帽子出行，坐不了轿子，干脆让人揭去轿顶。有洁癖，时称"洁疾"，世号"水淫"。水淫，过分用水洗涤，洗涤用品也不让别人碰。

在人们眼中，他是生活在当下的古人，有人说他是唐代人，也有人说他是东晋人。总之，不去追逐时尚，而以复古的方式作秀。

在高雅的圈子里，米芾被视为超凡脱俗之人，令人企羡。苏轼曾言，米芾其人有"迈往凌云之气"，其文"清雄绝俗"，其字"超神入妙"。赵秉文评："世皆知元章能书，书一艺耳，亦何足道。然非有仙骨，视声色富贵不足以概其心者，亦不能造微入妙。"其赞美米芾有仙骨，视声色富贵为浮云。赵秉文何许人也，金朝文学家、理学家，宫廷大秘，一代文士领袖。他敬仰米芾，其书法亦学米南宫。

世俗则谓米芾精神不正常，是疯，是呆。他有许多人不能解的言语和行事，如世传米芾与人写信，末尾写到"芾再拜"，这本是客套语，而后成为格式，可是米芾很较真，写至"芾再拜"，即放笔于案，整衣正冠，一拜再拜。可见迂腐之极。

又有世传米芾拜石，有两个版本，一说是称石为"石兄"，"无为州治有巨石，状奇丑，芾见大喜曰：'此足以当吾拜！'具衣冠拜之，呼之为兄"。这见于《宋史》，也是最流行的说法。一说是称石为"石丈"，"知无为军，初入州廨，见立石颇奇，喜曰：'此足以当吾拜。'遂命左右取袍笏拜之，每呼曰'石丈'"。这见于宋人的《石林燕语》。其实两种说法还是有区别的，前者说米芾对着"奇丑"之石，称"石兄"；后者说米芾对着"奇"石，称"石丈"。"石兄"谓石为兄，而"石丈"如何解释？"丈"如指人，当为长辈之意，如"丈人"，俗谓岳父。《汉书》中载，匈奴谓"汉天子，我丈人行也"。皆含长辈之意。"石兄"是对平辈，"石丈"是对长辈，呼"石兄"是戏言，呼"石丈"或有尊称之意。而呼奇丑之石为"兄"，可否有对自己相貌的自嘲？但记载中很少有对米芾相貌的记录，只是神态上的描述，如《宋史》说他"风神萧散，音吐清畅"。米芾爱石是有名的，有朋友担心他因此玩物丧志，曾力劝其放弃，"米元章守涟水，地接灵璧。蓄石甚富，一一品目，加以美字。入书室则终日不出。时杨次公为察使，知米好石废事，因往廉焉"（《宋稗类钞》）。

米芾颠狂，趣事很多，难免真假混杂，事实与附会并存，好事者如明代胡应麟曾欲将米颠事数十百条汇辑为一编，以资笑谈，以至于"江湖上何人不知有米颠子耶"？

米芾颠狂，为文士生存方式展示出别样的风采。我也怀疑，其中是否有不得已而为之的因素。蔡肇《米南宫墓志》说他死前上书辞职，原因是"痒生其首"。又有书载"疽发卒"，是因疽而卒的。顺着这一线索，可以想到魏晋风度，想到那个同样犯颠狂病的嵇康，他在《与山巨源绝交书》中说自己不想做官，其中有一条理由："危坐一时，痹不得摇，性复多虱，把搔无已，而当裹以章服，揖拜上官，三不堪也。"

魏晋人喜服五石散以求长生，其药性热，服后会浑身瘙痒，故衣服要宽松，以方便随时搔痒；如穿官服，实在难受。是否米芾也一直患有瘙痒症，喜欢穿"宽袖博带"的唐服，方便其搔痒？从其死因看，"痒生其首"，头上症状最为严重，故戴高帽，中间空隙大会减少瘙痒的痛苦，不然何必去揭轿车的顶呢？进一步说，拜石等行为有可能是和衣冠奇异相配套的系列计划。否则，为了搔痒之便而去穿宽大的唐装和戴高大的帽子，在其个人身上显得太突兀，甚至会暴露隐私。当奇异行为和生存智慧结合起来时，才是文人"颠狂"本质的呈现。

颠狂是要有本钱的，一般人不拘小节，世以为疯，是精神病患者，有可能被送进精神病院；而有本领的人放荡不羁，世以为酷，是范，是风度。米芾颠狂是风度，因为有本钱。首先有名人捧场，捧过米芾的名人很多，一般人是没有资格去捧的。比如苏轼，苏轼也很自傲，但当他听儿子诵读米芾《宝月观赋》，未及一半，从病榻上跃然而起，感叹与米芾相识二十年，而未能尽知米芾的才华。二是皇帝也在捧，《春渚纪闻》记载芾为书学博士时事："一日上与蔡京论书艮岳，复召芾至，令书一大屏，顾左右宣取笔研，而上指御案间端研，使就用之。芾书成，即捧研跪请曰：'此研经赐臣芾濡染，不堪复以进御，取进止。'上大笑，因以赐之。芾蹈舞以谢，即抱研趋出，余墨沾渍袍袖，而喜见颜色。上顾蔡京曰：'颠名不虚得也。'京奏曰：'芾人品诚高，所谓不可无一，不可有二者也。'"研，就是砚。皇帝赐其端砚，这是了不得的荣宠。这里还说到蔡京在捧，盛赞其"人品甚高"，说米芾人品高，也是稀罕事。三是后人在捧，捧的人更多，明代张肯就说："能书又能诗，书品超迈入神，诗称意格高远，杰然自成一家。尝写诗投许冲元，直言不袭古人，生平未尝录一篇。投豪贵遇知己则不辞。元丰中至金陵，遇王介甫，过黄州识苏子瞻，皆不执弟子礼，其高誉道如此。"他们捧得有理。

也有瞎起哄、瞎捧的。《宣和书谱》赞美米芾诗效王羲之，诗追李太白。说米芾诗追李太白就是瞎捧。人一有名，就有人恭维，这是常情常理。不过中国知识分子在常态下还是讲良知的，《石洲诗话》说得比较公允："其实米固有英灵气，而自别一路人，其精力不专聚于诗也。其平生精力，大抵全在书画。"《诗薮》也认为米诗虽雄丽豪爽，但和宋人的七律诗不同，所以不太流传，实有批评之意。对其书法评论也是如此，黄庭坚充分肯定米芾的贡献，但他说米芾书法"如快剑斫阵，强弩射千里，所当穿彻"。《书史会要》也采用黄说："然异议者，谓其字神锋太峻，有如强弩射三十里。又如仲由未见孔子时风气。"这里加了"神锋太峻"的话，"太峻"无非想说米字不够含蓄圆润。仲由，孔子高足，好武好斗，经孔子教育培养后有所改变，才成了"孔门十哲"之一。

颠狂和疯病不同，颠狂是主观清醒，疯病是失去理智。米芾的颠狂是清醒的颠狂，是智慧的颠狂。说到米芾，不得不说投水获书的故事，《石林燕语》载："米芾诙谲好奇，在真州，尝谒蔡太保攸于舟中，攸出所藏右军《王略帖》示之，芾惊叹，求以他画换易。攸意以为难，芾曰：'公若不见从，某不复生，即投江而死矣。'因大呼，据船舷欲坠，攸遽与之。"为了获得自己十分喜欢的字帖，米芾用了心计，他不会投江而死的，他心里明白这是略施小计而已。黄庭坚解释米芾之狂，其实是故意为之，作惊世骇俗的姿态。有一件揭穿米芾伪装的事，值得玩味，《鸡肋编》记载："有好洁之癖，任太常博士，奉祠太庙，乃洗去祭服藻火，而坐是被黜……宗室华源郡王仲御家多声妓，尝欲验之。大会宾客，独设一榻待之，使数卒鲜衣袒臂，奉其酒馔，姬侍环于他客，杯盘狼藉，久之，亦自迁坐于众宾之间，乃知洁疾非天性也。"米芾不是以好洁著称吗？在此，好色之需已胜过好洁之需了。

米芾之颠之狂，用之于艺术，便有了艺术上的创造精神，求新意识，不拘陈规，不蹈旧俗。他有一次写了一首诗，其中有"饭白云留子，茶甘露有兄"，人不解"露兄"出自何典，就向他请教，他很轻松作答："只是甘露哥哥耳。"假如有人追问"云子"为何，他也会解释："只是白云的儿子。"在书法史上米芾领一代风骚，可谓开宗立派，创造了"米字"，其后人米宪记载，米芾字画流传甚广，

"内而秘府，外而巨室，远而遐方异裔，幽而山区海聚，人皆秘玩，一纸殆逾十金"。这绝无夸大之词。在"2002年秋季艺术品拍卖会"上，从海外征集回国参拍的国宝级文物——北宋米芾《研山铭》手卷成为全场竞拍亮点，并最终以 2999 万元的价格落槌，创下了中国传统书画拍卖成交价最高纪录。

有人谓之是疯狂的炒作，是拍卖行的颠狂之作。事实证明，2999 万元远远不能表达米芾《研山铭》的价值。米芾《研山铭》很难用钱来估量，未来米字价格如何，何人能知？如要究底，那就问米芾吧。问米芾，颠狂到何时？

李清照的修改

　　婚后的李清照是幸福的，从《金石录后序》的记载中可以看出知识型夫妻平等和谐、志同道合的快乐。这一时期的作品已脱卸去少女的轻盈，而表现出沉稳和深情，那些思念丈夫赵明诚的词篇，婉转曲折，真切动人。《凤凰台上忆吹箫》就是其中的一首。这首词有两个版本，《全宋词》所收为宋曾慥《乐府雅词》本：

　　香冷金猊，被翻红浪，起来人未梳头。任宝奁闲掩，日上帘钩。生怕闲愁暗恨，多少事、欲说还休。今年瘦，非干病酒，不是悲秋。　　明朝，这回去也，千万遍阳关，也即难留。念武陵春晚，云锁重楼。记取楼前绿水，应念我、终日凝眸。凝眸处，从今更数，几段新愁。

　　而通常被人所引用的为《漱玉词》本：

香冷金猊，被翻红浪，起来慵自梳头。任宝奁尘满，日上帘钩。生怕离怀别苦，多少事、欲说还休。新来瘦，非干病酒，不是悲秋。　　休休，这回去也，千万遍阳关，也则难留。念武陵人远，烟锁秦楼。惟有楼前流水，应念我、终日凝眸。凝眸处，从今又添，一段新愁。

　　这两个不同版本的词应当都出于李清照之手，至于二者有不少相异之处，可能是两个原因造成的：第一个原因容易想到，即一首是原词，一首经过修改；第二个原因可能是记写之差异，即一种版本是原作，另一版本则是暂时找不到原作而回忆出来的，后找到原作，因而两本并存了。比较两首词，首先要肯定的是二词均佳，其次可以从中体会遣词造句的技巧。《乐府雅词》本和《漱玉词》本比较，大致可以看出，前者为最后定本，而后者为原作。两本并存于世，而且李清照创作此词是送丈夫赵明诚的，词作有了修改，原因一定发生在李、赵二人之间。

　　因此，这两首词并存就有了如下意义：第一，在李清照之前，男女两性之间的诗歌写作有多种情况，一种是夫妇之间的唱和或酬赠之作，那是在各自表达自己的情感，如秦嘉夫妇的赠答诗。秦嘉《留郡赠妇诗》五言三篇，以五言述伉俪情好，这里抄录一首："人生譬朝露，居世多屯蹇。忧艰常早至，欢会常苦晚。念当奉时役，去尔日遥远。遣车迎子还，空往复空返。省书情凄怆，临食不能饭。

独坐空房中，谁与相劝勉。长夜不能眠，伏枕独辗转。忧来如循环，匪席不可卷。"其妻徐淑有《答秦嘉诗》："妾身兮不令，婴疾兮来归。沉滞兮家门，历时兮不差。旷废兮侍觐，情敬兮有违。君今兮奉命，远适兮京师。悠悠兮离别，无因兮叙怀。瞻望兮踊跃，伫立兮徘徊。思君兮感结，梦想兮容晖。君发兮引迈，去我兮日乖。恨无兮羽翼，高飞兮相追。长吟兮永叹，泪下兮沾衣。"徐淑诗之诗式并没有用秦嘉诗之五言诗体式以相呼应，而是用句句带"兮"的歌诗体。

还有一种是寄内诗，那是丈夫写给妻子的，据说李商隐的《夜雨寄北》即是，诗云："君问归期未有期，巴山夜雨涨秋池。何当共剪西窗烛，却话巴山夜雨时。"

更多的是男性写给非夫妻关系的异性，这在唐诗和宋词中很多，如柳永《河传》："翠深红浅。愁蛾黛蹙，娇波刀翦。奇容妙妓，争逞舞褪歌扇。妆光生粉面。　　坐中醉客风流惯。尊前见。特地惊狂眼。不似少年时节，千金争选。相逢何太晚。"

以上作者是男性或以男性为主体，而李清照这首词和他们不同，作者是女性，是夫妇中的女性。这就具有了特殊的认识价值。

第二点，更为重要，两首词分别代表了两个不同的认识角度，即原词是李清照个人对夫妻离别的感受和情感判断；而改作则主要代表了赵明诚的体验和认识，也就是说赵明诚是此词的第一个读者，也是向李清照提出修改意见的指导者或建议者，重要的改动部分应是充分吸收了赵明诚的意见。从词作修改中可以了解赵明诚初读此词的感受，同样也可以让我们想象李、赵二人在切磋时的认真和找到最恰当表达情感词句时彼此欣赏的情景，快乐甚至可以代替离别的烦恼，这在《金石录后序》的记录中可以找到印证："后屏居乡里十年，仰取俯拾，衣食有余。连守两郡，竭其俸入以事铅椠。每获一书，即同共勘校，整集签题。得书画彝鼎，亦摩玩舒卷，指摘疵病，夜尽一烛为率。故能纸札精致，字画完整，冠诸收书家。余性偶强记，每饭罢，坐归来堂烹茶，指堆积书史，言某事在某书某卷第几叶第几行，以中否角胜负，为饮茶先后。中即举杯大笑，至茶倾覆怀中，反不得饮而起。甘心老是乡矣！故虽处忧患困穷，而志不屈。"两位知识型的情侣在智能比拼中获得了特殊的享受和欢乐。当然二人性格都有些急躁，《金石录后序》中提到"侯性素急"和"余性不耐"语，在平常生活中有些摩擦或斗气也是正常的，但因此而附会出他们的婚姻曾有过危机则不可信，从《金石录后序》的叙述中可知二人的幸福时光，李清照不会难为自己说虚假的话，这是由她的性格决定的。

为什么视《漱玉词》本为原作呢？这是在比较二词写事抒情谁更为合情合理的分析中得出的，当然我们仍然认为两首词在抽象的语境中都是优秀之作。原作有"任宝奁尘满",联系上下文和当时情景,甚为不妥。赵明诚要离家,从另一版本获知,离家约一年("今年瘦"),离别是在"明朝"。在离别之前一日,李清照预想明日和丈夫的分别,无论如何也不会让宝奁尘满。而改作用"闲掩"二字,就非常恰当,既然不梳头,也就不要开奁照镜子,贺铸《菩萨蛮》有"开奁拂镜严妆早",可见宋代女子梳妆的镜子,有一种是置于奁中,照镜时需打开奁匣。这里"任宝奁闲掩"的意思是,任凭镜奁闲置而关着。原词下片"休休"承"新来瘦,非干病酒,不是悲秋",夫妻之间的离愁,既然如此含蓄,上面为什么还要说得很清楚,说什么"离怀别苦"呢?不如改作"闲愁暗恨"说得模糊,而且宽泛。原作"休休"二字关联不紧,不如改作"明朝"二字点明分别的具体时间重要,少了这两个字,不仅具体时间无着落,而且全词的脉络也不够明晰。阳关,古曲《阳关三叠》的省称,泛指离别时唱的歌曲。"这回去也"句,即这次离别,就是十分挽留,唱千遍《阳关三叠》,也是留不住的。原作"念武陵人远",不如改作"念武陵春晚"含蓄婉转,原作"烟锁秦楼"意思虽好,并不完全适合李清照夫妻,她们并非神仙之侣,也不想做神仙之侣。改作"烟锁重楼"就灵活许多,且"重楼"与"春晚"相应。武陵,当喻丈夫此行之地,改作"武陵春晚,烟锁重楼"隐含对丈夫此行的担忧。原作"惟有楼前流水",不说人,只说水,把丈夫说得有点无情，这不是李清照的本意。再说赵明诚也不能接受这样的表述。改作"记取楼前绿水"则语意不同，是希冀的口吻，商量的语气。希望丈夫不要忘了楼前水边有一个人在终日思念。原作"凝眸处，从今又添，一段新愁"意谓本有"愁"，料将又添"新愁"，赵明诚可不这样看，他认为在长别之前夫妻二人是快乐的，并无"愁"，故"从今又添，一段新愁"不太符合实情，而"凝眸处，从今更数，几段新愁"就符合他们夫妇的实际情况，就是说不一定本来有"愁"，从现在起又要添上"新愁"，而且是几段新愁。

题伊世珍《琅嬛记》卷中引《外传》云："易安以重阳《醉花阴》词函致明诚。明诚叹赏，自愧弗逮，务欲胜之。一切谢客，忘食忘寝者三日夜，得五十阕，杂易安作，以示友人陆德夫。德夫玩之再三，曰：'只三句绝佳。'明诚诘之。曰：'莫道不销魂，帘卷西风，人似黄花瘦。'政易安作也。"《琅嬛记》系伪书，其所述未必是事实，但它启发人们去想另外一个问题，从《金石录》后序记载中，可以看出李清照和赵明诚二人，都有对享受知识带来快乐的高雅意趣，而赵明诚却没有文学创作留存。为什么会这样呢？不得而知。而《琅嬛记》的叙述似乎给出一个答案，即赵明诚不是没有创作，而是创作才情不及李清照，故自弃其短。从李清照原词和改词来看，赵明诚是有艺术感悟的，只是不像李清照那样，能用文学语言表现内在情感，这也可能和赵明诚醉心收藏、精研金石有关。原词和改词都是写同一件事，都在抒写离愁，但又不同于一般写离愁的作品。其妙在离别之前预想离别和离别后的情景。还有一点是认识价值，设想原作为李清照自作，修改稿是吸收了赵明诚意见而成的，则两稿对照又能体察到李、赵夫妇二人的心理，对离别的不同感受。

文学研究中材料与判断同生共长

　　陈寅恪在《唐代政治史述论稿》中考证李唐先世时，对处理材料的方法有这样的概括："据可信之材料，依常识之判断。"简言之，即有据有理的判断。所谓依常识，就是合情合理。在当今的研究中，材料的有限使用大致做完，而材料的无限使用还有可拓展空间。比如，甲就是丁，这是材料的发现；而甲、乙、丙三种材料并无联系，但经过分析可知它们同时指向丁，这是材料的有效开发和利用，于此可能揭示一个尘封已久的事实，这一方法使用难度较大。

　　这里以《河岳英灵集》序中"开元十五年后，声律风骨始备矣"一句为例，分析材料与依常识之判断的关系。唐代诗歌"声律风骨始备"是一个过程，很难确定其时间点，故有人在论这段诗歌史时，有意将"开元十五年后"这一明确的表述修改为"开元十五年前后"这一较为模糊的时间表述。对《河岳英灵集》的这一问题应有所清理，一是从版本上找原因，但几种版本在此无异；二是怀疑原本表述有误，"后"应为"前后"。这一"理校"简单，但无依据。正确的方法应是寻找和分析"开元十五年后，声律风骨始备矣"的缘由。可以按"据可信之材料，依常识之判断"的方法，分两步走，这样的过程是技术分析的需要，而在真正的论证过程中，材料与判断同生共长，由材料而有判断，又由判断而不断寻找有效的材料，完善论证的结果。

以王昌龄为"声律风骨始备"的起点

关于"开元十五年后"，相关材料有：（1）《河岳英灵集》序："开元十五年后，声律风骨始备矣。"（2）顾况《监察御史储公集序》云："圣人贤人，皆钟运而生，述圣贤之意，亦钟运盛衰矣。开元十四年，严黄门知考功，以鲁国储公进士高第，与崔国辅员外、綦毋潜著作同时；其明年，擢第常建少府、王龙标昌龄，此数人皆当时之秀，而侍御声价隐隐，辖轹诸子。"序中"其明年"即开元十五年。

从顾况序依常识判断，可以说开元十五年的确切时间应与相关文人进士及第相关，而开元十四、十五年知贡举为同一人，两年进士登科者同一座主。储光羲、崔国辅、綦毋潜、常建、王昌龄皆为同门，彼此应熟悉。甚至可以认为"当时之秀"隐指"河岳英灵"。

那么，为何不直书"开元十四年后"？

第一步寻找可信之材料。《河岳英灵集》以王维、王昌龄、储光羲为代表诗人，其《序》言："粤若王维、昌龄、储光羲等二十四人，皆河岳英灵也，此集便以《河岳英灵》为号。""王昌龄"条下言："顷有太原王昌龄、鲁国储光羲，颇从厥迹。且两贤气同体别，而王稍声峻。"

第二步依常识之判断。从王昌龄条及顾《序》可知，原来的选本基础是开元十四、十五年进士登科者，代表人物是王昌龄和储光羲。后来选入人数渐多，有了王维，故总序以王维第一。本来可以写"开元十四年后"，但经选者及相关人士，主要是和储光羲反复斟酌和考虑，最终决定还是以"稍声峻"的王昌龄为"声律风骨始备"的起点，而昌龄开元十五年进士第，故云"开元十五年后"。由此可见编选者的眼力和严谨。

储光羲应助殷璠编纂《河岳英灵集》

在顾况序中，储光羲之"声价"在诸子之上，这是应酬语，还是实情？答案颇为有趣：在当时是实情，而造成这一结果的是殷璠。

殷璠材料很少留下来，但他与储光羲关系容易钩稽。可信之材料有：（1）殷璠丹阳人，编有《丹阳集》《河岳英灵集》《荆杨挺秀集》三集。唐代丹阳，隶润州。润州，今为江苏镇江。《新唐书·艺文志四》："《包融诗》一卷，润州延陵人。历大理司直……融与储光羲皆延陵人；曲阿有余杭尉丁仙芝、缑氏主簿蔡隐丘、监察御史蔡希周、渭南尉蔡希寂、处士张彦雄、张潮、校书郎张晕、吏部常选周瑀、长洲尉谈戣，句容有忠王府仓曹参军殷遥、硖石主簿樊光、横阳主簿沈如筠，江宁有右拾遗孙处玄、处士徐延寿，丹徒有江都主簿马挺、武进尉申堂构，十八人皆有诗名。殷璠汇次其诗，为《丹杨集》者。"可知《丹阳集》（《丹杨集》）是润州籍诗人的选集。（2）储光羲与《丹阳集》所入选诗人有交往，全貌无从得见，储光羲现存诗中有与丁仙芝等五人的诗。（3）殷璠所编三集皆选入储光羲诗，而且《丹阳集》十八人中仅有储光羲一人入选《河岳英灵集》。

依常识之判断可知：（1）殷璠与储光羲同乡必相识。（2）在现存诗歌中，有储光羲写给五位入选《丹阳集》同乡的诗。从储与《丹阳集》五人之关系可知，殷璠编《丹阳集》应得到储光羲的支持；而由上述材料（3）依常识之判断，殷璠敬重储光羲，故出现《丹阳集》十八人中只有储光羲一人进入《河岳英灵集》的结果。

合观"开元十五后"、储光羲与殷璠三选集之材料和判断，可进一步总体判断：由于同乡储光羲的支持，殷璠编《丹阳集》和《河岳英灵集》等三集，故《河岳英灵集》是以开元十四、十五年进士登科者为基础，渐次扩大收集范围而成现在所见之规模；由于储光羲和殷璠有特殊关系，储光羲应助殷璠编纂《河岳英灵集》。

所选诗人及其创作代表了一个时代

开元十四、十五年严挺之知贡举，开元十四年储光羲与崔国辅、綦毋潜同年进士及第，十五年常建、王昌龄、李嶷同年进士及第，六人皆为同门。像李嶷这样的诗人尽管是开元十五年进士状头及第，但在《河岳英灵集》诗人中算是较差的，其入选与储光羲应有关系；储光羲本人的诗学修养和诗学见解，他在诗人群体的交往中鉴赏力和判断力的不断提升，均融入《河岳英灵集》选诗、评诗以及所作《序》《论》之中。

《河岳英灵集》的编纂客观上是将储光羲推到开元诗坛的顶峰位置。如果编纂者故意贬低储光羲，不提"开元十四年"而提"开元十五年"，那在《序》中就不至于将王维、王昌龄、储光羲并举，也不会在品藻"王昌龄"时，将王昌龄和储光羲并举。王昌龄和储光羲的位置安排耐人寻味，尽管在《序》和"王昌龄"条下，王昌龄均列在储光羲之前，但在现存《河岳英灵集》入选作家的目次上，王昌龄置于储光羲之后，可见《河岳英灵集》的编选，一方面王、储并称，尊王昌龄；一方面又有私心不能委屈储光羲。作为唯一入选《河岳英灵集》的《丹阳集》诗人，保住储光羲的荣誉实在是非常重要，而编选《河岳英灵集》的意图之一，是将润州储光羲推向全国、推至时代高位。其客观意义不容低估，《河岳英灵集》入选诗人确实形成了一种特殊的关系网，他们以群体的创作实绩和继往开来的预期，推进盛唐诗歌向着具有建设性的健康方向发展，事实也证明《河岳英灵集》诗人及其创作代表了一个时代。"开元十五年后，声律风骨始备矣"一句话的真实的内容应是：开元十四五年后，声律风骨始备矣。

"据可信之材料，依常识之判断"这一方法有较高的运用价值，它对传统考据学是很好的补充。

芈月释"嬴"

今天看到微信《书法网》有《拆字做人》的文章，讲"嬴"字可拆分为五个字，分别为亡、口、月、贝、凡，各字含义合起来才能实现"嬴"的目的。与"嬴"形体上最相近字是"赢"，"嬴""赢"二字所表达的终极目标不一样，前者为"贝"，是财富；后者为"女"，是女人。

于此我想到近期热播的电视剧《芈月传》。事实上我只完整看了其中的两集，但芈月的陈词却给我留下了深刻印象。"朕当政，就真的有违天意?"被网上誉为"霸气的演讲"。这一演讲词出台的背景是，芈月命嬴稷面壁思过。刺客刺杀芈月，义渠王替芈月挡了一箭，受了重伤，住进了芈月的寝宫。嬴稷闻讯，大发雷霆。过后追查刺客，竟然是以蒙骜为首的禁军。变生肘腋，芈月觉察到政权岌岌可危，于是召集将士，在宣室殿前进行训诫，演讲大获成功，稳定了大局。

芈月的"训诫"，内在逻辑是诱之以利："你们当初当兵必定不是为了造反，你们沙场浴血，卧冰尝雪，千里奔波，赴汤蹈火，为的不仅仅是效忠君王，保家卫国，更是为了让自己活得更好，让自己在沙场上挣来的功劳，能够荫及家人，为了能让自己建功立业，人前显贵。"

回到历史现场，女子执政并非如此简单，仅靠一次演讲就征服十万将士，那当然是神话，幕后的尔虞我诈、机变权谋、血雨腥风才是现实。"最霸气的演讲"，气势恢宏，势不可挡，细想却有逻辑性松散之弊。宣太后发语是"朕当政，就真的有违天意"；毫无疑问，接下来一定回答这一问题才对。然而宣太后陈述的内在逻辑，完全偏离了女子执政是否"有违天意"这个她自己开宗明义的主题。

假如我是编剧或导演，应该会顺着"天意"写下去，用秦王"嬴"姓，大做文章。在芈月慷慨陈词后，添上如下"芈月体"的内容：

"朕当政，就真的有违天意？错！朕当政，正是天意的安排。我大秦国君何姓？'嬴'姓！将士们，你们谁说得出'嬴'字有何含义？我来替你们回答！亡，代表了我们令人尊敬的英勇将士们，为了国家子民，为了后世昌盛，浴血沙场、视死如归的英雄气概。口，生民活口，以食为天，乃天下大命之所系。月，是时间。我们尚需日月，再去经历和承受，有多少努力就会有多少回报，一统天下的盛世即使我们看不到，也必将由我大秦的子孙迎来！凡，平常，我泱泱大秦以万万百姓为本。百姓的利益就是我们的利益。最后，女！有'女'才是'嬴'。'嬴'者'赢'也。以'女'换'贝'，必是大秦赢得天下！"

这样演讲一定能达到"朕当政，顺天意"的效果。

"嬴"姓自有不凡的来历。据《史记》记载，秦之先世是颛顼的苗裔。"大费拜受，佐舜调驯鸟兽，鸟兽多驯服，是为柏翳，舜赐姓嬴氏。"到大费时，因辅佐舜驯服鸟兽有功，所以被赐姓为"嬴"。

先秦时期人们还是相信天命的，《史记·孔子世家》中记载了这样一个故事：孔子周游列国的时候经过一个叫作匡的地方，孔子赶车的弟子颜刻用马鞭指着城墙的一个缺口说，我从前和阳虎就是从这里进去的。匡人听了这话，以为那个曾经带兵侵扰过这个地方的阳虎又来了，便把孔子团团围住，一围就是5天，弟子惊惧。孔子跟他的弟子说："周的文化传统不都是我们来继承吗？上天如果要毁灭周的文化传统，那就不可能让我们来继承这种文化传统了，上天如果不要毁灭这种文化传统，那么匡人对我们也是没有办法的。"可见孔子是相信天命的，所以他说"生死有命，富贵在天""君子有三畏：畏天命、畏大人、畏圣人之言"。《左传·晋公子重耳之亡》记载了晋文公重耳出奔，流亡到回国夺取政权的经历，其中谈到"天赐"："（重耳）过卫，卫文公不礼焉。出于五鹿，乞食于野人，野人与之块。公子怒，欲鞭之。子犯曰：'天赐也。'稽首受而载之。"'"土块"是什么？有象征意义。"天赐土块"意味着上天要赐予重耳土地了，再延伸的意思就是要得到江山了。

女性当政，应有社会基础。春秋战国时代确有女性智慧超群，具远见卓识。《左传·晋公子重耳之亡》中记载重耳在齐国的经历：重耳来到齐国，齐桓公不仅为其娶妻姜氏，还给他80匹马。重耳对这种生活很满足。可是他的随从们认为这样待下去不可以，要出走，在桑树底下暗中商量。没有想到，采桑叶养蚕的女奴在桑树上，偷听对话后报告给姜氏。姜氏非常果断，做了两个决定，一是怕泄露计划杀了女奴；二是劝说重耳："您有远大的理想……怀恋享乐和安于现状，是足可以摧毁一个人的名声的！"重耳还是不肯走。姜氏和子犯便定下计策，把重耳灌醉后打发他上路。重耳醒过酒来大怒，拿起长戈就去追赶子犯。

姜氏果断地杀掉蚕妾的手段虽然残忍，但也可以看出她的大器与远虑，姜氏的政治眼光由此可见一斑。这样一种社会背景下，有天命观的支持，有女性参政的先例，加上芈月机智释"嬴"。"朕当政，就真的有违天意"的诘问已在天理上被粉碎了。相信编剧或导演当为芈月如此释"嬴"而点赞。

"芥舟"解

"芥舟"一词，源出《庄子·逍遥游》。《逍遥游》在阐明万物"有待"、未能逍遥时，认为展翅奋飞的鹏是有待的，接着又以水之载舟为喻，来说明同样的道理："且夫水之积也不厚，则其负大舟也无力。覆杯水于坳堂之上，则芥为之舟，置杯焉则胶，水浅而舟大也。"此处舟、芥、杯皆浮于水上，而"芥"究竟为何物，历来的解释有再讨论的余地。

翻开时下流行的代表性教材，其解释基本是一致的，朱东润主编《中国历代文学作品选》云："芥，小草。"刘盼遂、郭预衡主编《中国历代散文选》也是如此，近来注《庄》者也不例外，如曹础基《庄子浅注》、陈鼓应《庄子今注今译》。他们大致沿袭旧说。郭庆藩《庄子集释》卷一录成玄英《疏》云："芥，草也。"又录《释文》引李颐说云："小草也。"故朱季海《庄子故言》云："《方言》

第三:'苏、芥,草也,江淮南楚之间曰苏,自关而西或曰草,或曰芥。南楚江湘之间谓之芥。'《音义》引李云:'小草也。'与《方言》合。"如果把"芥"释为"小草",《庄子》文乃以小草为舟,但"小草"与"舟"之间很难找到共同之处(可以说同一属性)。

其实,成玄英虽释"芥"为"草",但在疏讲大意时已云:"夫翻覆一杯之水于坳污堂地之间,将草叶为舟则浮泛靡滞。"成玄英显然认为《庄子·逍遥游》中的"芥为之舟",并不是以小草全体作舟,而是以其部分草叶为舟。"芥"指"草叶",叶与舟在形体上还是有近似之处的。

罗劢权在《刳木为舟赋》中所写文字也可视为又一解,其云:"则知从古之君,为舟于水,若苇杭于河广之内,似芥叶于坳堂之里。"苇杭句典出《诗经》,芥叶句明显是用《庄》意。成玄英释芥为草叶与罗劢权的芥叶意思大致相合,只是一为草之叶,一为芥之叶。

按"芥"除成玄英承扬雄《方言》释为草,尚有一义,指蔬菜中之芥菜。芥菜,季春开小黄花,果实为长角,有如今之油菜果实而略小,种子辛烈,研为粉末,可为香辛料及药用。此即《说文》所云"芥,菜也"。罗劢权赋言"芥叶",或即芥菜之叶。古代草的范围很大,《论语》载孔子言学诗可知"鸟兽草木虫鱼"之名,此草包罗很广,今言蔬菜、花等物均在其中。芥菜,也自然入草类了。

故"芥,草也"包括类的草和专名的芥菜,它们有区别也有从属关系,且不可以今天草的概念对待上古的事物,否则,就很难解释古代的某些语词概念。如修订本《辞源》"芥"条列有二义:一、蔬菜名。"子如粟粒,味辛辣,研末后,作调味或药用";二、小草。"芥子小而值贱,常用以比喻轻微的东西"。《辞源》错在第二义"小草"中,又言"芥子小",此"芥子"当指第一义中"子如粟粒"之芥子。这里就混同了"芥"字二义。

当然,《逍遥游》中的"芥"作"草叶"或"芥叶"讲,比把"芥"仅释为"小草"于义为长。因为"小草"从形式到内容几与"舟"无涉,也可以说今注"芥,小草"是不正确的解释。

然而,如果进一步推敲"芥"指"草叶"或"芥叶"之义,犹有欠缺,就是还缺少"舟"之主要特点,如舟有"舟沿",今俗言"船帮"。《逍遥游》之"芥"应指芥实壳之半,芥实之壳小于今油菜籽壳,这是常用的整体代部分的修辞手法,如《仪礼·公食大夫礼第九》云:"豕胾芥酱鱼脍。"郑玄注:"芥酱,芥实酱也,内则曰脍,春用葱,秋用芥。"芥实,芥菜之实。《仪礼》用芥指代芥实部分,而《逍遥游》则用芥指芥实之壳,其用一也。有小说家写收获季节,小孩以油菜籽壳之半,放入小水塘中做小船游戏,此即《逍遥游》里早描写过的"以芥为之舟"的情景。细绎《逍遥游》,大凡《庄子》写到的浮于水上可作舟使用的物体，都和舟有同一属性，就是必有其沿，内凹而可盛物漂浮。其一，"置杯则胶，水浅而舟大也"。因水太少，杯子放进就粘住不走了。杯，有沿，内凹可盛物，后来王羲之《兰亭集序》中写他们欢娱之时，"引以为流觞曲水"。觞，盛酒之杯。流觞，就是把酒杯放在曲水上游，任其循流而下。其二，《逍遥游》又讲到庄子教惠施把五石之瓠做成大樽而浮于江湖之上。可知，为舟之"芥"和杯、大樽一样，应具有和"舟"同样的特征。只有释芥为芥实壳之半才符合此义。

于此，可以说："芥舟"之"芥"指芥壳，芥菜实之壳也。《淮南子·俶真训》有"视天下之间犹飞羽浮芥"语，高诱注："芥，中也。"历来注家以"中"字无解，遂疑"中"乃"屮""艸"之误，此未必正确。"中"疑为"甲"之误，芥甲，即芥壳，或解如本字，中，《广韵》："中，半也。"故"芥，芥中也"。芥中，即芥壳之半。不知当否，未敢自是，俟考。

嵇康与山巨源书

《与山巨源绝交书》为嵇康代表作，作为名篇进入文学史。有关嵇康与山涛有无绝交及由此产生对散文题目原初状态的讨论，首见于张云璈、王志坚的质疑，但言之过简。徐公持先生《嵇康〈与山巨源绝交书〉非绝交之书论》(《中华文史论丛》2008年3辑) 对此有专文论述，认为现存材料中并无山涛与嵇康断交的记载，题目所拟出于刘宋人之手。徐文是最早全面论述"嵇康与山巨源书"的性质及其文题的重要成果，论证有理有据，可成定说。本文并非对徐先生观点的商榷，而是对其观点和材料的进一步补充和申述。

一

题目在读者阅读过程中起到引导认识作品的作用。对诗歌如此，对散文亦复如此。中国文学作品在早期大多是没有题目的。名篇如李斯《谏逐客书》，初无文题。《史记·李斯列传》："李斯议亦在逐中，斯乃上书曰：'臣闻吏议逐客，窃以为过矣。昔缪公求士，西取由余于戎，东得百里奚于宛……今逐客以资敌国，损民以益仇，内自虚而外树怨于诸侯，求国无危不可得也。'秦王乃除逐客之令，复李斯官。"《文选》作《上秦始皇书》或《上书秦始皇》。

贾谊《过秦论》，亦复如此。全文最早附见于《史记·秦始皇本纪》篇末。贾谊《新书》卷一标示《过秦》，未有《过秦论》之名。《新书》为后人编辑而成。《汉书》作"昔贾生之过秦曰"，而《文选》作《过秦论》。

这类文章最初没有题名，和文章产生的背景相关联，它是在历史叙述中呈现出的内容，也可以说和文体相关联，如"斯乃上书"。这类文体在形式上是和书信相似的，书信本无题名，后人编辑文集或选集时才加上如《与山巨源绝交书》这样的题名以辨识。

古人书信格式与今有异，寄送对象的称呼常出现在信末。古代纸质墨迹遗存，可以帮助我们认识书信内容与题名的关系。如传世王羲之《快雪时晴帖》书札，反映了当时书信的真实样式。

启功《〈唐摹万岁通天帖〉书后》（《启功丛稿》）解释这一现象："《快雪帖》偏左下方有'山阴张侯'四

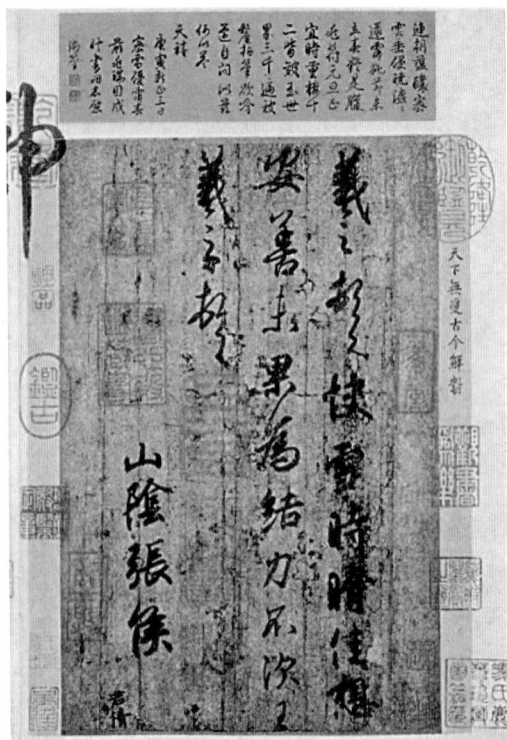

王羲之《快雪时晴帖》

字，观者每生疑问，我认为这是对收信人的称呼……古人
用素纸卷写信，纸面朝外，随写从右端随卷，卷时仍是字
面朝外。写完了，后边留一段余纸裹在外层，题写收信
人……这种写法，一直延续到明代文徵明还留有实物……
原封的样子虽仍未见，但可推知这是当时的一种习惯。"
后人如此，是实际需要，还是模拟古制，也不能详知。

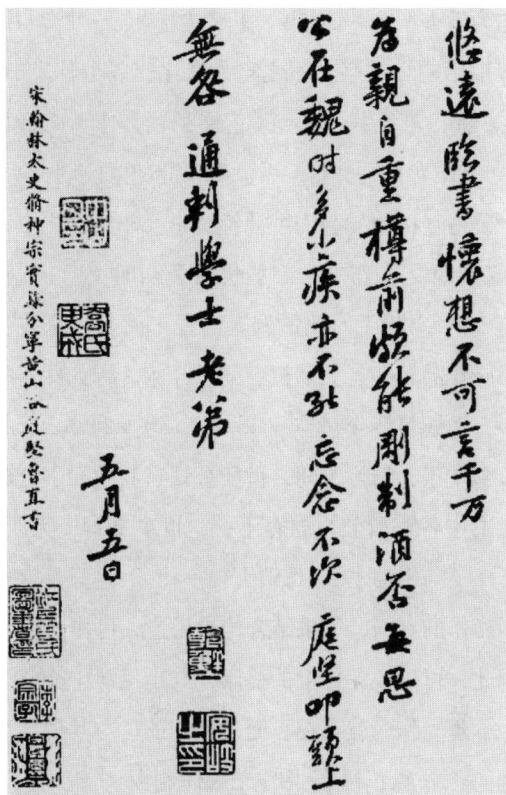

黄庭坚《致无咎通判学士》

　　如黄庭坚的书信。此信寄送对象亦写于信末，后题名为《致无咎通判学士》。未必如启功所说，可能只是模仿古制。

　　不仅是书信，其他散文作品也印证了文题为后加的编辑体例。如著名的《兰亭序》，核之现存墨迹，并无题名，题名亦为后人所加。《晋书·王羲之传》云："尝与同志宴集于会稽山阴之兰亭，羲之自为之序，以申其志曰……"《文选》题名《兰亭诗序》,《艺文类聚》作《三日兰亭诗序》。如是作者自题其名，后世则不能随意改动。

徐公持《嵇康〈与山巨源绝交书〉非绝交之书论》认为："汉魏时文士作书，一般仍沿袭当时文章体制惯例，作'与××书'者，此惯例至西晋末尚未完全改变。观今存书函作品较多者如陆机、陆云兄弟，皆如此。陆云书函最多，而题目皆作'与××书'，绝少例外。云与乃兄陆机亲密友于，情好无间，世所公认，其致兄书有数十通之多，书中各篇所叙，内容不一，世事文章，无所不包，而题皆作《与平原书》，可谓百篇一律。"这只是就今传书籍文本而作的判断，如果结合传世墨迹，可作修正。

因此，可以说，传世的嵇康《与山巨源绝交书》的文题，并不是写作时就存在，而是后加的。与其说"汉魏时文士作书，一般仍沿袭当时文章体制惯例，作'与××书'者，此惯例至西晋末尚未完全改变"，不如说，今存汉魏文士作书文本题名"与××书"，循之墨迹遗存，应为编辑文本时所加，是编辑体制，而非文章体制。

二

从传世墨迹考察文章内容与文章标题可能会使复杂问

题简单化。那么，嵇康与山巨源书信的题名是如何被添加的？从现有材料看，《文心雕龙》有"嵇康绝交，实志高而文伟矣"语，《文选》有《与山巨源绝交书》题名，因此在南朝之前已在作品编集时加了题名。这里引发出文学史上一个有趣的问题，即有些文学作品在进入编辑过程时，无论是作者自己还是别人编辑，都会据作品内容给那些本无题名的作品拟定题目或题名，这才使得作品有了包括内容和题名的完整形制，满足因题见义的需要，方便文学作品流传。《史记》载："高祖击筑，自为歌诗曰：'大风起兮云飞扬，威加海内兮归故乡，安得猛士兮守四方！'令儿皆和习之。"《文选》将此作品列入"杂歌"类，题为《歌一首》，实未拟题名。宋郭茂倩辑《乐府诗集》题名《大风起》。元祝尧编《古赋辨体》题名《大风歌》。元左克明编《古乐府》题名亦作《大风歌》。今人遂以《大风歌》为题名。以《大风歌》题名，确实是最优的。一是以开头"大风"二字名，不仅承旧制，而且大致表述了全诗内容及其风格；二是"歌"也较好地为作品文体特征定性；三是从接受者角度来看，也便于记忆。

《文选》题名为《与山巨源绝交书》，可能有三个直接的原因：一是因为文末一段有"既以解足下，并以为别"之句；二是受嵇康另一篇《与吕长悌绝交书》题名影响，《与吕长悌绝交书》所拟题名是正确的，因文章内容明确，并有"绝交不出丑言"语；三是受文章背景材料的影响。关于嵇康《与山巨源绝交书》的写作背景，基本文献如下：

《三国志》裴注引《魏氏春秋》："及山涛为选曹郎，举康自代，康答书拒绝，因自说不堪流俗而非薄汤武。大将军闻而怒焉。"

《世说新语·栖逸》："山公将去选曹，欲举嵇康，康与书告绝。"

《三国志》裴注："山涛为选官，欲举康自代。康书告绝，事之明审者也。"

《世说新语》刘孝标注引《康别传》曰："山巨源为吏部郎，迁散骑常侍，举康，康辞之，并与山绝。岂不识山之不以一官遇己情耶？亦欲标不屈之节，以杜举者之口耳。乃答涛书，自说不堪流俗，而非薄汤武。大将军闻而恶之。"

这些文献记录明确，应没有歧义。嵇康给山涛写信，缘起是山涛举荐朋友嵇康自代，嵇康作书陈述其志以及生活习惯，拒绝了山涛推荐他为官的要求。其中，"拒""拒绝""告绝"，皆为拒绝为官一事，这和写《与吕长悌绝交书》性质完全不同。《文选》拟题误读了这些背景材料，而"绝交"二字起了关键词的作用，一直引导后世的阅读。《文选》若题名《与山巨源书》即好。

三

阅读作品，以读题为起点，由此进一步探讨作者的写作立场、情感基调。作者为什么写作，以何种姿态进入写作，这决定了文章所要表达的观念、情感和语境。

绝情由绝交来，绝交是人际关系的形式表现，是断绝交谊与往来；绝情是人的品性体现，是不讲情谊，不讲人情。如依通行文章题名提示，"绝交"是指示牌。循此思路，首先会设置对话情景，嵇康与山涛对话一定是剑拔弩张、怒目对视的；其次分析绝交的原因；接着会分析绝交的情理。这样的分析不免会对文本内容产生一些困惑。故每引《与吕长悌绝交书》"绝交不出丑言"，说明《与山巨源绝交书》没有以恶言伤害对方。但无法解释的是，尽管"绝交不出丑言"，在《与吕长悌绝交书》中却有"何意足下苞藏祸心耶"这样言辞极重的话语。

现在可以换一个思路去分析，不是"绝交"，而是"陈情"以拒绝山涛举荐做官之事。作者是就事论事，读者也应就事论事。文章陈述写作之由是"间闻足下迁，惕然不喜，恐足下羞庖人之独割，引尸祝以自助，手荐鸾刀，漫之膻腥"，也是就事论事。这里讲得很清楚，没有绝交之意，只是陈情，如文中所言"故具为足下陈其可否"，如此而已。应注意，无论言辞如何犀利，用词如何激烈，都没有改变文章性质。

当然，这样的陈情是富有嵇康个性的：一、明确，不含糊。如"故君子百行，殊途而同致，循性而动，各附所安。故有处朝廷而不出，入山林而不返之论"。明确提出士人"出""处"是"各附所安"的。二、直白，不掩饰。如："吾不如嗣宗之资，而有慢弛之阙；又不识人情，暗于机宜；无万石之慎，而有好尽之累。久与事接，疵衅日兴，虽欲无患，其可得乎?"直言己短。三、畅快，不生硬。如："有必不堪者七，甚不可者二。"叙述详尽，酣畅淋漓。

但要注意，由于和山涛不寻常的关系，嵇康书信在表述上有如下两个特点：一是夸大其词。"性复疏懒，筋驽肉缓，头面常一月十五日不洗，不大闷痒，不能沐也。每常小便而忍不起，令胞中略转乃起耳。"其中所述，当与实际不符。二是任性。这是被山涛过度包容造成的。其甚者如"不可自见好章甫，强越人以文冕也；己嗜臭腐，养鸳雏以死鼠也"。李贽《焚书》针对嵇康此信，发表过意见："此书若出相知者代康而为之辞则可；若康自为此词，恐无此理。涛之举康，盖所谓真相知者；而康之才亦实称所举。康谓己之情性不堪做官，做官必取祸，是也；谓涛不知己而故欲贻之祸，则不是。以己为鸳雏，以涛为死鼠，又不是。以举我者为不相知，而直与之绝，又以己为真不爱官，以涛为爱官者，尊己卑人，不情实甚，则尤为不是矣。呜呼！如康之天才，稍加以学，抑又何当也，而肯袭前人之口吻，作不情之遁词乎？"李贽从二人关系和举荐之事方面批评嵇康。所谓竹林七贤，以山涛、阮籍、嵇康为主，而山涛承担了指导和组织的重要角色。史载山涛早孤居贫，少有器量，介然不群。而山巨源与嵇康友谊终始，《世说新语》载："山公与嵇阮一面，契若金兰。山妻韩氏觉公与二人异于常交。问公，公曰：'我当年可以为友者，唯此二生耳。'"嵇康临终，托孤山涛，《晋书》载："康后坐事，临诛，谓子绍曰：'巨源在，汝不孤矣。'"嵇康死后，山涛举其子嵇绍任官，《世说新语》载："嵇康被诛后，山公举康子绍为秘书丞。"嵇康言辞过激，正是由于山涛的宽容，这也是二人情谊的印证。

综上所述，如将《与山巨源书》作《与山巨源绝交书》读，这并不符合嵇康本意，对理解山巨源品性也是不公正的。其实，嵇康作此文并非真的要绝交，而是一时急怒之下的负气、明志之文。如若决意绝交，完全可以像《与吕长悌绝交书》那样简短了之。如此长篇大论反而证明了嵇康对山巨源的信赖，所谓爱之深而责之切。而山涛素以度量见称于世，又知嵇康性情，给予谅解，后二人重拾旧好也在情理之中，托孤之事正是其情谊的存续。

风华西域行

——中国唐代文学学会第 16 届年会暨唐代文学国际学术研讨会闭幕词

各位专家、先生们、女士们：

第 16 届唐代文学国际学术研讨会圆满完成大会的各项议程，即将胜利闭幕了。

在中国唐代文学学会的指导下，在新疆师范大学文学院的大力支持下，经过全体与会者的共同努力，本届唐代文学年会各项议程全面而有序地展开，取得了丰硕的成果。本届唐代文学年会可谓一场严谨有序、和谐团结、激扬活跃的学术盛会。在唐代文学旗帜感召下，老中青几代学界精英集聚一堂，以文会友，切磋学术，与会专家各抒己见，围绕着唐代文学研究诸多学术问题深入交换意见，学者间彼此交流思想、碰撞学术、启迪慧思。

这次大会的学术主题是"唐代西域与文学"，第一小组提交的岑参边塞诗及其相关内容论文，视野宽广、论述细密、角度新颖，特别可喜的是吐鲁番文书等出土文献进入了研究者的视野，并得到很好地运用。传统的诗歌、散文、小说的研究仍然是此次研讨会的重要方面，其内容丰富，论述深入，会议组织者作了精心的安排，又分为"诗论·唐诗综合""唐文·小说·文献""杜甫·宗教·文化""唐诗接受与传播"等小组，这样的分组虽然还不能满足个别专家参与讨论的要求，但简明扼要的发言，精辟的点评，不同观点的碰撞，不仅有助于论文的修改和完善，而且又触发和产生了新思想、新方法、新视点。刚才五个小组的精彩汇报，非常清楚地反映本次会议学术报告和讨论的情况，我在此做一个简单小结。这次学术会议有如下几个特点：

一、广阔的视野，有效的讨论。提交的论文涉及内容广泛，使用方法和手段多样。合理的分组，方便学术对话。主题突出，唐代西域与文学关系的讨论得到充分展开。

二、理论的诉求，汇通的思考。在这次讨论中，叙事性研究，诗学概念的辨析，乐府和唐代文学风采的考察，格局大，有系统，有论题体现出研究者鲜明个性和研究理路，如"边陲视野与黎元家园""世变与地景""互文性视域""地理记忆""地方公共园林""强势文化和弱势文化视野"，这些话语充分表现出学术创新的努力和探索精神。

三、材料的挖掘，实证的方法。其一，在西域讨论唐代文学，使大家特别关注西域文献，有了鲜明的地域色彩，吐鲁番文书中的玄宗诗引起大家的兴趣。新疆学者的加入和努力，为边塞诗实证研究做出了贡献，田野作业用之于唐代文学研究是行之有效的。其二，文学史实的爬梳、文集整理、文体分类的研究，文学进程的阐释与重构，使隐者显，乱者清，零散者集中，现象中呈现因果关系。其三，关注新的出土文献，海外汉籍，这方面仍然有许多工作可做，有心者则有成。

四、创新的焦虑，提升的期待。讨论热烈，甚至争论、辩难，这说明除了关心提出的共同问题外，这些问题本身还有可探讨的空间。而提出的许多新观点、新看法，其努力难能可贵，当然可以继续探讨。

在新时期古代文学研究中，唐代是恢复最早，集中研究力量最多，成果也最为丰硕的一个领域。唐代文学研究经过数代学人的勤奋耕耘，已经发展为一个比较成熟的学科，拥有宽广的研究领域，从基础的文献整理到高屋建瓴的理论建构，均有高水平的著述。在研究方法方面，展现强烈的创新追求，以更宽阔的视野和多元的思维，对唐代文学进行宏观分析和综合考察，逐渐消融各学科之间的壁垒。多样化的研究方法不但是唐代文学研究发展的推动力，也为其他阶段的研究不断提供新的方法资源，成为带动整个古代文学学科前进的重要力量。

唐代文学研究者要面对的是如何拓展、超越、寻找新的学术生长点的问题。这里谈点个人的想法：

首先是材料的更新。近年来，出土墓志、海外汉籍等新见材料都是学界关注的焦点，已成为推动学术创新最直接的动力。材料更新更为重要的方面是材料意义的更新，即不依赖新发现的资料和文献，而是通过对现有材料、常见材料的深度解读，发掘材料的新内涵，通过"隐性"材料来发现和解决问题。比起较为稀缺的新见材料，常见材料的资源无疑更为丰富，在技术层面上也对研究者提出了更高层次的要求。这是拓展唐代文学研究狭窄局面的一大途径。

　　其次，应拓宽研究视野，不断探寻新的方法资源。唐代文学研究应跳出断代思维，拉伸研究空间，关注其他断代的文学状态与研究动态，吸收其他断代研究的方法资源，获得一种全局性的宏通视野。此外，跨学科研究也应继续受到充分关注。以问题为中心进行学科交叉研究，随着研究者知识架构的更新，交叉学科领域的资料进入研究者的视野，不但能带来更宽广的研究视域，同时也能带来新的研究技术，进而对文学现象进行更深入地阐释，并解决文学史中的悬案。

　　再次，应以个案的深入带动研究的整体进步。对文献考证的成果进行提升，纳入更高层次的考索和运用中，使微观文献考订与宏观理论探寻结合，产生新的学术效应。同时，在进行宏观理论把握时，应充分汲取最新的文献考证成果，让微观的文献考辨成果与宏观的文学规律探索及文学审美把握紧密结合。

最后，加强文学本体研究。从文学的立场去关注作家的命运，在文本细读中去发现问题，由表及里，从艺术分析上升至学理的规律总结。在文学传统中确立唐代文学的地位，在文学发展中阐释唐代文学的深远影响。上届年会赵昌平先生在闭幕词中重点讲了唐代文学研究中的文学性问题，以文学为立足点，并与史料、文化、文学理论、文体研究结合起来，这些意见仍然有警示作用。赵昌平先生首先强调的是研究者的个性，也就意味着唐代文学研究是以开放性姿态，追求出精品的目标。

唐代文学学科不仅有着严谨优良的学术传统，而且还有着整体连贯的知识谱系。唐代文学研究能取得现在辉煌的成就，应归功于唐代文学研究的历代学人。前辈学者筚路蓝缕，薪火相传，坚持不懈，孜孜不倦开创了唐代文学研究格局，他们求真务实的学术精神、博大精深的成果激励着后辈学人在学术道路上奋力拼搏，砥砺前行。同时我们亦寄希望于在座的更年轻的学者，正是因为你们的勤奋努力、求实创新，才能铸就日后唐代文学研究的绚丽与灿烂。

今年是傅璇琮先生八十诞辰，傅先生曾任本会会长十六年，现在仍然关心和指导学会的工作，为学会的发展做出了杰出贡献，借此机会向他表示崇高的敬意，祝他健康长寿！

大会即将落下帷幕，请允许我代表陈尚君会长，代表新一届理事会和全体专家，向大会承办单位新疆师范大学文学院的各位同人，向薛天纬教授、朱玉麒教授为首的承担会务工作的全体工作人员致以最诚挚的谢意！祝各位代表身体健康，阖家幸福，事业发达，万事如意！

最后献上小诗两首，为大会助兴：

为走岑参路，风华西域行。
北庭驰战马，冷砚载词章。
箫咽边关月，酒回浩气肠。
书生知报国，何必着戎装。

蒲萄白玉杯，不让劝千回。
高论天山动，浅吟胡女偎。
长安百驿道，瀚海一轮台。
达坂城边客，狂歌醉舞来。

谢谢！

人生三境界

尊敬的各位领导、老师们、同学们：

大家上午好！

我叫戴伟华，来自人文学院。作为教师代表在开学典礼上发言，我倍感荣幸，也十分激动。青春和美丽的校园、深厚的文化不期而遇，由此开启了我们的新人生、新航程，同学们将要在桂花岗和大学城两个校区完成自己的学业。我是 77 级大学生，到今年 1 月，我已在高校执教四十周年，应该说比较熟悉高等教育，熟悉学生，我很想和你们分享我的四年大学生活，那是一个渴望知识而又获得了学习机会的年代。最近，我在抄写王国维以三句宋词比喻人生三个境界的话，有所思考，今天只能用片刻时间和大家一起来交流这三句话的含义。一句话是一个层次，下面讲三点：

昨夜西風凋碧樹獨上高樓望
斷天涯路衣帶漸寬終不悔為
伊消得人憔悴眾裏尋他千
百度驀然回首那人卻在燈
火闌珊處 王國維謂此為人生三境

一、胸怀理想。对应"昨夜西风凋碧树，独上高楼，望尽天涯路"一句。

关键词："望尽"，你向前看，向远方看，可以"欲穷千里目，更上一层楼"。

但是，我们既要有远大理想，又要脚踏实地；既要登高望远，又不能错过眼前的风景，校园的风景值得慢慢去欣赏，那棵平常的不起眼的小树也许会成为你终生的记忆和克服困难的力量。诗不仅在远方，也在你的身旁。

二、勤奋不懈。对应"衣带渐宽终不悔，为伊消得人憔悴"一句。

关键词："消得"，值得。这句话告诉大家，人可以为理想而奋斗，甚至献身。

但是，大学四年，可以刻苦，真不能因读书而让你憔悴。要有计划，循序渐进；要珍惜时间，不能浪费；青春是美好的，但稍纵即逝。我的体会，大学四年是人生要紧处，哪怕你以后会去读硕士、博士，没有大学四年的知识积累，万丈高楼也许有一天会崩塌。

三、独立思考。对应"众里寻他千百度，蓦然回首，那人却在灯火阑珊处"一句。

关键词："寻他"，人生就是寻找的过程，寻找也要得法。这一段是说，他先和大家一样，在人多热闹的地方去寻找意中人，但他想错了，那人与众不同，是在灯火不明的地方站着呢！这也启发我们，要学会独立思考，有一种思维方式叫反向思维，讲的就是这个道理。

　　但是，独立思考并有所发现的前提是要有深厚的专业知识，不是撑竿跳高，不要幻想石破天惊。我自己在研究中，总是想解决前人未能解决的问题，但我每有发现都会问自己：真的是自己的独到发现？为什么别人没有发现？关键在什么地方？事实上，我们要以平常心去学习、去读书、去思考，当然还要善于向别人学习，包容他人，从中获益。古人说"厚积薄发"是有道理的，没有"积"哪来"发"呢！

　　同学们，青春和大学相遇，这是人生最亮丽的风景。登高则能望远，理想赋予我们灵魂和能量；勤奋努力，以身心健康的本钱去完成我们的学业；千百度的寻找，一定会实现我们的目标，一切皆有可能。祝大家四年硕果累累，以优异成绩向父母汇报！以己所能，报效国家！

　　你，你们，还有我，我们，都期待着四年后理想的答卷！

　　谢谢！

蓦然回首问灯火

——第七届中国文体学研究会感言

老师们、同学们、朋友们：

很荣幸被安排做大会感言，心潮澎湃。

这是一次经济实惠的高效率大会，可进可出的高自由大会，硕果累累的高产出大会。

特殊时期，彼此牵挂，如吴承学老师开屏全黑，让人担忧；彭玉平教授，临窗而坐，虽身负重任，而风采依旧；赵宏祥老师赤膊上阵，临时代为主持……许多图景，印象深刻。

我们看到学术新锐以自己的学术话语表达新见和卓识，有新气象，令人欣慰。

十多年前，彭玉平教授邀请我在中山大学怀士堂做了《地域文化与唐诗》的汇报，十分感念，至今记得彭老师的介绍：我这位老乡学问尚可，方音较重，但今日抱病而来，希望大家认真听讲。

我以为每个参会者都会有很多想法要与大家分享，正如我以往参会一样。说实在的，在中山大学文体学会上谈感言，我还是有所顾虑的。首先，中大文体学会已是学界公认的品牌、名牌，每个参会者大概和我一样，希望在此平台上亮相、展示，准确地画出自己的模样，但很难；其次，历次感言都很精彩，如杜桂萍老师那次感言，让我留下深刻印象，深度和精当让大家佩服，获益匪浅。另外，我还有一个私念，有彭玉平教授在场，虽然他现在未必在场，有他的致辞，我们还有什么好说的。"天下文章数老乡，老乡文章看玉郎。"我常向别人介绍"我是彭玉平教授的老乡和朋友"，在交往中还是很有成效的。好的演讲词真让人陶醉，涵泳品味，建议彭老师编一本演讲集。

一、此情可待成追忆："情"

　　此情可待成追忆，高论移时珠海㫑。
　　三载同城犹聚难，云端何事相逢仄。

　　记得第六届文体会在珠海召开。早晨醒来，已是日悬海面，阳光灿烂。虽没有经眼"海日生残夜"的壮丽，没有听到红彤彤的太阳从大海母体诞生时瞬间的啼哭，但知道世间的轮回也就是日落日升、潮涨潮落，只是临海看得分明而已。赶不上看日出，就饭后匆匆去追落日。其实早

此情可待成追忆，
珠海晨三戴同城犹恐难云，
端何事相逢反

戴伟华书『此情可待成追忆』诗

有学者先我而至，自然三三两两结伴，谈文论道，好像灵感倍增，能格物，好致知，"高论移时珠海昃"，海边漫步，与月徘徊，生出"江畔何人初见月？江月何年初照人"的疑问与感叹。

三年过去了，经历过多少未曾经历的事，"问天""问月""问自己"，"三载同城犹聚难，云端何事相逢仄"？

疫情没有阻隔我们的友情，大家更加关心彼此的生存状态，互道一声"平安"！

二、高楼望尽天涯路："望"

高楼望尽天涯路，珠水云深花万树。
贤俊八方谈转清，文章究体羡与妒。

2000年来到广州，中山大学吴承学老师，算是我拜访的第一位学者。我多年来得到吴老师帮助甚多，心怀感激。近水楼台有赏月之便利，我真切地感受到中山大学文体学研究在吴承学教授领导下，志存高远，不懈努力，走向辉煌。这并不需要用现行标准来考察，比如高大上的项目、论文、获奖，这些吴老师的团队都有。我以为吴老师在文体学研究上的成就还在于培养了一支特别有战斗力、卓有成效的队伍，令人敬佩且无法复制。所言"独上高楼，望尽天涯路"，斯之谓也！开拓出新世界，占领了制

戴伟华书『高楼望尽天涯路』诗

高点，声闻遐迩，有口皆碑，谈何容易！这样的成就，用一句时俗的话说，让人羡慕、嫉妒而无恨，"珠水云深花万树""文章究体羡与妒"。

三、蓦然回首问灯火："问"

> 蓦然回首问灯火，有美阑珊何独坐。
> 参悟此中力入神，东流江水泛轻舸。

敢问路在何方？人人都在探索，代代都在追寻，聪明睿智如辛弃疾也未能一次性找准方向。他依照惯性思维模式，在人山人海、非常热闹的地方去找意中人，"众里寻他千百度"，虽用尽心思，并未如愿；但在蓦然回首之际，却在灯火阑珊处了却夙愿。

若"问灯火"，有两种状态就出现了：或灯火阑珊，美人独倚修竹；或灯火通明，宝马雕车香满路。这启发人们理解"大禹治水""天子狩猎"两种治学方法，二者都非常重要，而任中敏先生和王运熙先生治学代表了两种治学方法，皆取得举世公认的成就。文体学研究大概也可以概括为这两种方法。现在数据库建设越来越完善，寻找资料更为便捷，而对"问题意识""发现发明""守正创新"提出更高要求，愿我们共同努力！

善画四首问灯火有美阑珊何
犹坐参悟此中力入神东流江
水注轻舸

诗意正高远

——刘禹锡与中唐文学国际学术研讨会开幕词

尊敬的中国刘禹锡研究会各位同人、各位专家和朋友：

大家上午好！

在中国唐代文学学会、学界同人以及地方文史研究机构的指导、帮助与鼎力支持下，中国刘禹锡研究会于2015年11月成立，已举行了三次大会。时隔三年，今天，我们采取线上、线下结合的方式举办这个会议，终于能共聚一堂，请允许我向各位嘉宾表达最诚挚的谢意。

学会成立以来，我们做了一些工作，努力推动刘禹锡研究。学会创办了会刊《刘禹锡研究》，有了刘禹锡研究的专门阵地，2017年至今，5年内已正式出版了3辑，合计约150万字，在学界产生了良好影响，得到了国内外众多学者及兄弟学会的一致肯定。此外，刘禹锡曾任职的湖南常德、广东连州、安徽和县等地，积极推动刘禹锡研究，同时也推动了地方文化建设。

2015 年 11 月在广东连州举办中国刘禹锡研究会成立大会，陈尚君先生提交了《瞿蜕园〈刘禹锡集笺证〉评述》，叙写了瞿蜕园的人生经历与《刘禹锡集笺证》之成书关系及其学术追求，重点分析瞿蜕园解读刘禹锡人际维度，涉及杜佑、二王八司马、元和诸相、韩柳元白、牛李诸人以及其他诸人。尚君先生指出，学者不仅要将诗文读通读懂，更要将之读穿、读透，即以娴熟的古典诗歌驾驭能力，深厚的人生阅历，特别是官场体悟，体会作品表达的表层意思和深层蕴含，并广参史籍，在准确定时定地定人的基础上，还原历史原貌，给作品以深度阐释。瞿蜕园大概是古典诗歌最后的娴熟掌握者，加上他的家世渊源、仕宦经历以及历尽沧桑后的人生参悟，发为学术，因而能大大超越前人的研究。这样的分析，为读懂读透刘禹锡集指出了路径。

在刘禹锡研究中，卞孝萱、陶敏等先生都做出了贡献，本次年会，我们约写了对两位进行研究的论文。卞孝萱先生秉持着"全面进攻"的策略，对刘禹锡进行了全方位的研究。其《刘禹锡年谱》《刘禹锡丛考》，全面详尽地考证了刘禹锡的生平、交游及父母世系，通过考证出刘禹锡七世祖亮乃是随北魏迁都至洛阳的匈奴人，推定刘禹锡为匈奴后裔，随后刘氏家族迁徙至苏州，厘清了刘禹锡祖籍为洛阳，籍贯为苏州的身世。而《卞孝萱全集》中收录的《刘禹锡六题》则对刘禹锡诗文的后世影响作了详尽的分析，充分肯定了刘禹锡文学创作的成就与特色。

陶敏先生是唐代文学研究和史料考据方面实力最为雄厚的学者之一，其扛鼎之作《刘禹锡全集编年校注》在文献整理和校勘方面的全面精审自不待言。值得注意的是，诗文校勘注释编年本身便是学术研究之一种，具有其独特的方法论意义。从这个意义来看，《刘禹锡全集编年校注》在文献考据原则和规范的严格遵守、多种阐释方法的综合运用、整理和研究的有机结合、学术视野的由点及面等方面给治学者以方法论的启示。

我们中国刘禹锡研究会肖瑞峰教授，是刘禹锡研究的专家、大家，也非常支持研究会的工作。此次亦有专门研究肖先生的论文。肖瑞峰先生是国内最早致力于刘禹锡诗歌纵向与横向研究的大家，横向研究体现为对刘禹锡各类诗歌的专题研究，对刘禹锡整体诗歌艺术、诗歌风格等方面的综合研究，对刘禹锡诗歌域外影响的研究。纵向研究则体现为对刘禹锡诗歌创作史的梳理以及对刘禹锡各阶段诗歌创作的品评。《刘禹锡诗研究》一书是肖先生三十年研究的集大成之作，纵横交错，史论结合，充分体现了肖先生刘禹锡诗研究的系统性、深刻性、资料性与理论性，可谓别开生面，独具一格。

中国刘禹锡研究会成立不久，赖诸君支持，有了新的开拓。从《刘禹锡研究》第1、2、3辑以及本次年会提交的论文看，我们对刘禹锡研究的未来充满期待。

本次研讨会的议程，除了刘禹锡研究论文的发表、讨论，我们还设置了"地方刘禹锡研究专题"和"《刘禹锡研究》1—3辑座谈会"两个环节。"地方刘禹锡研究专题"，邀请常德、连州、和县三地的研究机构，制作了反映当地刘禹锡研究历程、成果的视频，进行推介。"《刘禹锡研究》1—3辑座谈会"，邀约了几位学者和业内行家，围绕已经出版的1—3辑会刊，共同研讨，出谋划策，希望能把《刘禹锡研究》这个平台、阵地建设得更好，推动刘禹锡研究进一步深入和发展。

本次研讨会的举办，得到了广州大学人文学院、《学术研究》杂志社、广州大学粤港澳大湾区语言服务与文化传承研究中心的支持与协助。在此，谨代表学会表示感谢。由于会议筹备周期较短，时间紧张，各位先生、同行的安排未及事先征求意见，还望海涵。我们工作中一定还存在疏忽和不足，也请诸位谅解，以后会改进。

我很喜欢刘禹锡的《秋词》，"晴空一鹤排云上，便引诗情到碧霄"。秋天真的也很美好。你看窗外，天蓝得诱人，而远处两株异木棉已经花红满树，接着就是异木棉引领下的岭南最灿烂的花季，令人充满想象和期待。这里以一首小诗表达此刻的心情：

　　天际碧蓝色，云端相见晚。
　　欢欣群鹤飞，诗意正高远。

最后，预祝这次学术研讨会圆满成功。再次谢谢大家！

盛世中华日日新

——我与中华书局琐记

中华书局创建 110 周年在即，我作小诗一首，并书写献礼：

一观沧海灿星汉，盛世中华日日新。

有口皆碑功业著，无言桃李自成春。

中华书局是出版界的丰碑，是一代代中华书局学者、编辑们努力奋斗的生命结晶。崇高是平凡的累积，硕果在岁月流逝中长成，中华书局的学者、编辑们在春风中、寒冬里，青灯之下，摊书校稿，追求卓越，无怨无悔，奉献一生。我作为读者与作者，与中华书局结缘数十载，回忆起来，心中满是感佩，愿将与书局联系的点滴记录下来，以表达我的敬意。

一、初识

想想我和中华书局的直接交往应该在 1987 年，因写论文向柴剑虹先生请教。

我 77 级本科留校任教，1985 年在职读研。当时的学者较多关注方法论，在南京大学听课时，周勋初先生说："有方法当然好，但你要拿出成绩来，材料很重要，文献是研究的基础。"周先生还提及南京大学收藏的《千唐志斋藏志》拓本，全国只有三本，十分珍贵。他语重心长地说："我在图书馆翻看，很受用，高适祖上的材料就在那儿发现的。"这句话对我选题也有警示，要选一个实实在在，又可以利用新材料、具有新视角的题目。《论中唐边塞诗》的硕士学位论文，就是这样确定的。论文主要涉及两个方面，一是文人入幕和中唐边塞诗；二是中唐落蕃人的边地诗歌创作。这两个方面都与中华书局联系起来了。

一头扎进写论文，逢人便说论文事。中唐边塞诗成果不多，董乃斌先生有一篇重要文章。一次与同事周恩珍老师聊起论文，他说："我和董乃斌是复旦大学本科同学，可以介绍你认识。你去信请教时，写一封信附在里面。"后来由董老师介绍，我的《唐代幕府与文学》被推荐列入《大文学史观丛书》，而傅璇琮先生正是丛书主编。傅先生为《唐方镇文职僚佐考》作的序也提到了这件事，序文中傅先生说"原不认识"是实情，"有位朋友"即董先生，他是丛书编委。《唐代幕府与文学》出版后，时在中华书局任职的刘石先生受傅先生之托，撰文介绍（《唐代文学研究年鉴》1991年号）。对当时尚年轻的我来说，第一本专著便得到中华书局资深编辑傅璇琮先生的看重，是莫大的鼓励。

而研究落蕃人诗（敦煌P.2555写卷）则和中华书局柴剑虹先生有了联系，并得到柴先生指教。认识柴先生是由我本科老师车锡伦先生介绍的。这里我节录1987年5月27日柴先生复信：

五月廿一日大札拜读，获悉您对敦煌P.2555写卷甚有兴趣，且有进一步研究，十分高兴。前几年我曾涉猎一二，时间仓促，研究不深，只是抛砖引玉罢了，十分希望能有同道充分利用此卷材料，写出有价值的论文来。

我在新疆师大学报上发表的文章（《初探》），因该学报当时是试刊，未正式发行，所以后来又收入甘肃人民出版社出的《敦煌学论文集》（1985）中，不知您那里能否找到？若找不到，我可将师大学报寄一份（这几天我忙于发稿，得抽空找一下）。写那篇文章时，我也未看到P.2555的全部照片，所以受局限很大，一些看法不准确，仅供您参考。1983年，我又写了一篇讲P.2555卷内容的文章，参加兰州的全国学术讨论会论文已收入论文集，至今尚未出版，我将原稿寄给您，供您参考，尤其是请您指正。该稿只留这一底稿，所以您用后仍请寄还给我。又P.2555卷照片，我原来自己曾印过一套，自己用放大镜放的，不清楚，现在也找不着了。您可以写信给北图敦煌吐鲁番资料中心赵林同志，请她协助您复印一份。（地址：北京北海北京图书馆敦煌吐鲁番资料中心。）另外，台湾出的《敦煌宝藏》，不知您那里有没有？如有，也有P.2555卷全部照片。这一套书共40册，很有用。如您给北图写信，可讲是我介绍的，这样好办些，因为目前他们搬迁，闭馆，一般情况下不再进行业务联系了。

又，苏州大学吴企明同志对P.2555卷也有一些分析，写了文章发在《苏州大学学报》上，您也可找来一读。

……

从信中可看出柴先生的殷切期待和具体帮助指导，中华书局的先生实在让人敬重。因为扬州师院任中敏先生是研究敦煌的，图书馆购买了《敦煌宝藏》，这是全国最早一批藏有此书的单位。我很幸运，有了阅读的机会，由于好奇，那套书我是从头至尾翻过两遍，有些部分多次重点识读。柴先生当时已在做《文史知识》的编辑，信中说"欢迎您有空为我们写稿"，我很兴奋，《文史知识》在我们心中地位崇高，上课也会向学生推荐，特别是当时在扬州师院工作的葛兆光先生在《文史知识》上发文，那是高山仰止啊！葛先生很忙，我们也不敢随便打扰，偶尔去请教，也是匆匆离开，葛先生也曾告诉我，将《唐代幕府与文学》列入丛书出版计划不容易，要认真珍惜和修改。还记得葛先生在筒子楼宿舍双人床靠墙一边放满书，而且堆得很高，我们担心他睡觉时如何翻身，会不会一不小心书就塌下来？他一周总要去图书馆还一大包书，又捧回一大包书，怎么看的？这些印象太深刻了。由于柴先生帮助，后来在《文史知识》发表《唐代幕府与文学》（1988 年第10 期）和《"芥舟"新解》（1989 年第 8 期）。我心中的重要刊物给了我发表论文的机会，这是多么大的鼓舞！

二、书品

说到中华书局的刊物，那得感谢《书品》。《书品》给我推介过《唐代使府与文学研究》（《书品》1999 年 1期）、《唐方镇文职僚佐考（修订本）》（2008 年 2 期），而在中华书局出版的《地域文化与唐代诗歌》，更是得到高度重视，《书品》在 2006 年 3 期"书苑撷英"进行了介绍，2006 年 4 期又有专文推介。

这里我要说的是中华书局学者的著作对我的影响。我给傅璇琮先生、徐俊先生、俞国林先生写过书评，他们是中华书局的三代学人、三代出版家。读中华书局学者著作，能为他们写书评是人生幸福的事。

（一）傅璇琮先生

我的《唐代幕府与文学》的选题就得到过傅先生著作的启发。我对傅先生很崇拜，听不得别人有一点微词，有次在西安会上听到有位先生讲傅先生，我觉得是对傅先生的不尊重，就立即反击："傅先生的学术有目共睹，傅先生对年轻人的扶持有口皆碑。"

我给傅先生多部大著写过书评。2004年10月傅先生六十万字的《唐宋文史论丛及其他》由大象出版社出版。我收到先生赐赠的大著，读后感慨万千。傅先生的著作为学术研究之典范，向为学界所重。其学术研究成果以及做学术研究的态度，可以"纯粹"二字来概括。尽管知识分子很羡慕纯粹的学术境界，但现实多有纷扰，不是每个人都能达到。像傅先生这样年辈的学者，不少人在他们初展才华时就遭到打压，不管在这一过程中心理感受如何，傅先生还是以纯粹学术为标准去评价其结果的。他认为：有做学问的机会，就满足了生存的意义，而政治上的风起云落，人事上的升降沉浮，与学术相比，还是轻重分明的。"我由此有这样一种感受，就是我们做学问，确不必有什么政治牵挂之虞和世态炎凉之辱，真如我为《李德裕年谱》新版题记所立的标题：'一心为学，静观自得。'"（前言第3页）能摆脱世俗之桎梏、坚持纯粹学术操守者，方能领略表里澄澈、静观自得的胜境。傅先生多年来只是靠自己在编辑出版部门的工作之便和学术的威望来引导学科发展。他有意识地团结、组织学者群体，重视学术合作，并积极为学术界做实事，赢得学术界上下的一致赞赏称誉。以纯粹的态度做学问，那就是以学术为最高利益，维护纯粹学术的名誉。"近二十年来虽然已成果不少，但可开拓的领域还极多，这就要求我们真正下实实在在的工夫，不求近利，不沾虚名，这样作出来的，必能在时间历程上站得住脚跟，在学术进途上标注出业绩。"（459页）他鼓励年轻学者要敢于在学术上坚持真理，坚持纯粹学术之理念。"这是治学的一种正气，一种与虚假、作伪绝然对立的正派作风。"（455页）傅先生很少直接去批评学术界有碍纯粹学术的现象，但这种焦虑在以上所引用的话中就有所表现。他一再提倡学术研究者的寂寞姿态、提倡下实实在在的工夫，在这些声音中不难体察到一位富有学术责任感的学者面对时风浮华现象的忧虑，这种忧虑有时会成为按捺不住的呼喊。傅先生推崇"真正的做学问，这样的治学才真正有意义"，围绕问题，不趋时尚，以专题形式去拓展研究领域，这是傅先生纯粹学术境界的又一体现。在傅先生笔下，任何一个专题都做得非常精彩，而且能引发相关研究的深入开展。傅先生反对"笼统而又不适当的所谓宏观概括"，认为那是看似概括性强实为虚拟的推想。

（二）徐俊先生

徐俊先生七十万字的大著《敦煌诗集残卷辑考》是对敦煌文献的整理，因敦煌文献都是以写卷面貌出现的，其整理和编撰方式与一般的文献整理并不一样，具有独特性，而《辑考》就是写本文献整理的典范。尤其可贵的是，不仅在体例上追求诗集的原始状态，而且始终注意考察与诗集相关的文学史问题。立足于整理敦煌诗集，同时又不断思考其所具有的性质以及文学史意义，因此，这部书就不仅仅是文学史料学的重要成果，而且是寓理论探讨于考辨之中的文学史论著作。作者在《前言》部分把对文学史的思考表现出来。徐俊先生认为，从文人结集的历史进程看，由于书写工具和雕版印刷的发明和应用，可以区别为"写本时代"和"刻本时代"，而敦煌诗歌写本则是典型的写本时代的遗物。在此，徐俊先生发表了许多精彩的意见，比如说："辗转传抄甚至口耳相传，是写本时代文学作品的主要传播形式，一般读者也总是以部分作品甚至单篇作品为单位来接触作家的创作，而不可能像刻本时代的读者那样，可以通过'别集''全集'的形式去了解作家作品的。"我们在讨论作家群体形成、作家之间的交流和影响时，应充分理解和吸收徐俊先生的观点。如何推进文学史的研究、如何重写文学史，这可不是想干就能干成的事，也不是凭聪明杂抄诸家文学史加上几句大而无当的话所能完成的。回顾二十多年来的文学史研究，经验多，教训也不少，但大多数值得称道的文学史研究成果的出现都有这样的规律：在文学史料的整理基础之上，来讨论文学史运行的规律，解决文学史问题。徐俊先生扣住"写本时代"

的特点对文学史问题做出非常深入的思考，他强调说："在过去关于诗集流传的研究中，对诗人之间互相寄赠、索阅诗集以及诗集题咏的情况往往较少关注，而这恰好是我们考察当时诗集传播的另一个不应忽视的视角。"这是非常有识见的，显示了作者对文学史问题思考的敏锐和才智。中国文学研究要取得较大进展或突破性进展，必须踏踏实实地把资料工作做好，这样才能在资料充实的基础上研究出文学史的运动规律，结论也才令人信服。徐俊先生对文学史问题的创见就是印证。

受徐俊先生研究思路的影响，我觉得文学的载体不同，其传播方式则有异，当时还设计出《唐诗传播研究》的课题，并申请国家社科基金的资助，可惜未成功。由于刚调入广州几年，急于得到项目，其后就以《地域文化与唐代诗歌研究》申请而成功。其实我至今还惦记唐诗传播的选题，当年申报时还认真思考过：文化认同是文化群体中基本的价值取向，在长期的生存及各种因素作用下所形成的文化认同，具有稳定性的模式，是程式化的；诗人们既相信诗应是社会精英的领地，又渴望看到诗能在大众中得到普及，这就意味着它蕴含着一种内在矛盾。题诗向大众传播，又有可能在偶然中得到当代大师和当朝权贵的赞赏，传播的对象与唱和或相送诗不一样，具有不确定性和偶然性。在设计的章节中，我特意吸收徐俊先生的相关成果，如"第九章：通俗诗在民间传播"，尝试从"诗歌传播的两个平面——文人与民间"去深挖，而将"敦煌辞在词史中意义的假设"作为重要研究问题。

（三）俞国林先生

俞国林先生《吕留良诗笺释》，皇皇三册，蔚然大观，读后深受启发。其书之优长，可概括而言之：首先，搜罗众本，去重辑佚，洵为目前收集吕留良诗歌最为完善的著作；其次，以时代编次作品，对每首诗的写作时间详加考证，甚至精确到日，知人论世，裨益非细；复次，体例改善，于常规的校记、笺释之外，又增加有"资料"一项，备收与本诗相关的墓志、碑传、序跋、唱和、题署等文献，为读者提供学习研究之便利，兼具文学与史学的双重功能，文史互证，可为别集整理的新范式。

我特别感兴趣的是书前附有大量与吕留良相关的插图，如画像、手迹、信札、画作、版本书影、宗谱等。此书插图于书首，有九十余帧。读书先读其图，尤易发思古之幽情。吕留良之小影、遗像置于前，睹像思人，令人肃然。此书图录多访自公私藏书，亦有拍卖图录。更为难得的是，俞先生笺注吕诗二十年，其间广泛搜求版本遗迹，仰顾山房（俞先生之书斋）藏品就有《大义觉迷录》雍正内府刻本、《唐荆川先生传稿》康熙天盖楼刻本、《二程全书》康熙御儿吕氏宝诰堂刻本、《晚村先生八家古文精选》康熙四十三年吕氏家塾刻本、《吕晚村墨迹》民国六年影印本。图录有助于人们更多地了解吕留良其人其诗，如

《吕留良评点杜工部全集》，浙江大学图书馆藏明万历四十年刻本，不仅保留了吕留良的评点，而且有其子吕葆中跋，跋语云："忆自龀角时，家君子手批工部诗，朝夕讲解，且训学诗宜从老杜入手，谓是浑然元气，大吕黄钟，不作铮铮细响，五言七言当于此求其三昧。"于此，大致可以了解吕留良的学诗主张。吕留良《和种菜诗》，载北京匡时国际拍卖有限公司2012春季拍卖种菜图录，与文本可互证。刚看到一期刊的目录中有一篇《遗逸之辨：从吴之振种菜诗唱和看清初江南士人隐逸心态》，如参考俞先生的著作以及我的书评，或有所助益。

以傅先生、徐先生和俞先生为代表的中华书局编辑们学养深厚，严谨认真，以书为乐，以学问为乐，不管是做书还是著书，都以纯粹的姿态为之。他们的著述往往是该领域有标志性的研究成果，从而树立起学界的标杆。

三、投稿

张志和《渔歌》文，我曾投《文史》，很快被退稿，理由是格式不符刊物要求，论证不够严谨。其中也提到绝大多数学者都采用傅璇琮先生《李德舆文集校笺》说法，从未有人怀疑。我欣然接受退稿，补充了日本文献材料，并还原出唱和原貌。《渔歌》唱和初式结句第五字有一固定字，这由《经国集》载诸人《渔歌》唱和所证明，说明

《渔歌》五首是唱和产物。又补充了苏轼与黄庭坚的"渔父"创作，以证明张志和只有"西塞山边"一首。尽管退稿，但编辑的意见会促使论文不断完善。以《中日文献互证的理路和方法——张志和止作〈渔歌〉一首考》为题的论文在《学术研究》发表，引起很大反响。正是在《文史》编辑所提意见的基础上不断修改、完善，才使论文以现在的面貌出现。

《地域文化与唐代诗歌》被中华书局录用，2006 年出版。责编张耕先生助力很多，又撰写短文在《书品》2006 年 3 期"书苑撷英"推介，后来和张耕先生少了联系。傅先生病重时我由俞国林兄陪同去看望傅先生，这是我第二次去傅先生家，第一次是 2000 年由徐俊先生陪同去的。傅先生病逝，我去参加追悼会。傅先生病逝前后两次我去中华书局都没有见到张耕兄。感谢中华书局出版《地域文化与唐代诗歌》，此书在唐诗的地域文化研究方面做过认真而深入的思考，有些创见，特别是提出了文学地理学研究的一些理论形态和方法。最近此书做了修订，加上 3 万字自序，被列入《唐诗之路研究》丛书，要在中华书局以《地域文化与唐诗之路》之名出版，责任编辑余瑾博士认真甚至有点严苛，她对我说："提醒一句，不要因为此书曾在书局出过一版而大意。"看到寄来的校样上满满的批注，实在惭愧！我不敢稍懈，断续花了四个月的时间校稿。不敢说完全校净，但相信会以新的面貌面世。谢谢余瑾博士的警示，我很高兴，她是值得敬佩的新一代中华书局人。

四、墨迹

我有一点收藏的爱好。因向傅璇琮先生书信请教较多，保存了多封傅先生的信札。其实，我一直希望得到傅先生的毛笔字墨宝，但终成遗憾。胡晓明教授在微信中说："我在安徽师范大学读书三年，芜湖离南京很近，却一直没去拜谒程先生，这是什么原因呢？程千帆先生是我十分崇敬的前辈学者。"世间的因果也许有偶然性，过去的就补不回来了。想起卞孝萱先生介绍我去拜访程千帆先生，先生为我题写书名，卞先生说这样多好，有程先生的题签和傅璇琮先生的序，可以了。又教导说："年轻人拜访前辈要留下照片，时间一长，你会觉得很珍贵。以后要带上相机。"我几次拜访程先生都未留下照片，真是憾事。庆幸的是傅先生为《唐方镇文职僚佐考》作序是手写本而不是复印件，中华书局300字稿纸，整整10页。其中涂抹之处，足见先生严肃认真，推敲改定。傅先生在《唐方镇文职僚佐考》样章上的批注，我更是倍觉珍贵，特意收藏起来，可惜竟不知藏到了何处，找了很久也未能找到。

程毅中先生是我博士论文的通讯评审专家。论文得到程先生的表扬，他指出论文题目应改为"唐代使府与文学关系研究"，我意识到程先生要求加上"关系"二字，内涵深刻。我在完成其他课题时，总不由自主地想到程先生"关系"二字。看到评阅书上程先生的字极好，总是等待机会向程先生求一幅字。

我曾向赵守俨先生求过字。收到《唐代幕府与文学》时，封面题字是赵守俨先生的，又心生贪念，向赵先生去信，婉转说明自己非常想有赵先生的字作纪念。赵先生1990年6月9日复信说："我一向疏懒，殊少握管，因此写一两个书签，尚可勉强应付，写条幅则难免露出马脚。容稍稍熟悉一段时间，必尝报命，绝非推脱，至希见谅。"

徐俊先生是书法名家。1995年9月我入王小盾老师门下读博，10月底王老师组织一场小型报告会，徐俊先生作了"敦煌诗歌整理和唐诗写本"的报告。他有一句话我至今不忘："任先生的《敦煌歌辞总编》补遗你们为什么不做？你们有条件也有责任啊！""责任"二字，我也会时时想起。

我收藏徐俊先生的第一幅字，其实是一封类似便笺的信，写于2004年4月13日，因我办唐代文学年会，他未能及时填回执，催了一次。他回复的信，连标点符号在内计84个字符，其中有一误笔"似情况"，可见徐俊先生确实很忙；等到11月到广州开会，在我家中请他改为"视情况"，供我收藏，我很珍惜。近年徐总更忙，但还是为我题写书斋名。那天在朋友圈看到徐俊先生发的傅豪赠诗，我很有感触，口占一绝致敬容斋仁兄："堂殿光荣道，高车幸福花。文章惊海岳，事业震鸣沙。"徐总事业辉煌，几乎每天都可以在朋友圈中看到他宣传中华书局的出版状况和进展，但我记忆最深、印象最深的还是他在十九大代表通道上答记者问和国庆时在长安街游行队伍花车上挥舞鲜花的情景，令人十分感奋。

一个多世纪以来，中华书局的学者、编辑们代代传承，坚守职责，赓续中华文脉，功莫大焉。很多学人包括我自己，都是在中华书局的扶持、帮助和见证下成长起来的，数十载深厚情谊，我的学术生命，与中华书局交融在一起。祝愿中华书局日日新，又日新，再创辉煌！

一往有深情
——我与《文学遗产》

读《文学遗产》有如桓叔夏每闻清歌的感受，自然想起《世说新语》中"一往有深情"的话。因为《文学遗产》和自己所从事的学术工作息息相关。

77级的大学生往往很务实地设定自己的奋斗目标，当我留校任教从事中国古代文学教学与研究时，曾和朋友说，此生能在《文学遗产》发一篇学术论文，足矣！并收藏了1980年复刊以来的整整3年的《文学遗产》。

《读唐诗札记二则》是在《文学遗产》1990年第1期发表的，这是第一篇在《文学遗产》刊载的论文，虽然是7000字左右的读书札记，也不成熟，对我鼓励却很大，觉得瞄准高端刊物的理想有了实现的可能。这一年我出版了第一本专著《唐代幕府与文学》（现代出版社，1990年）。1990年，因为一篇文章和一本书，具有了特殊的意义。事隔一年后，从1992年起，每年一篇，到1995年参加《文学遗产》创刊四十周年暨复刊十五周年纪念会时，自己已在《文学遗产》发表5篇学术论文。

《文学遗产》举办创刊四十周年暨复刊十五周年纪念会意义重大，我作为年轻的作者，在会上聆听了主编徐公持先生、中国社会科学院副院长汝信先生的致辞，汝信先生在致辞中说："《文学遗产》这个杂志长期以来已经在我们古典文学研究界建立了良好的学术声誉，取得了普遍的好评。"一番话真让我们热血沸腾，同时暗下决心，一定要努力工作，为《文学遗产》的进一步发展做好学术研究，写出无愧于《文学遗产》的论文。

其实，我差一点失去参加这次盛会的机会。如果真是那样，我要后悔一辈子。当我接到邀请时，知道开会时间和上本科课时间有冲突，就不想去请假调课，并回信说明情况。想不到李伊白先生给我打来电话，说明这次会议很重要，希望尽量来参会。李先生言辞恳切，体现出对年轻学者的关心和爱护，让我很感动。

这次会议让我对《文学遗产》又有了进一步的认识，它不仅是发表高端学术论文的阵地，还是学术研究交流的平台。我印象很深的有两件事，一是见到袁行霈先生。袁先生对我说："你的唐代文学研究成果很好，你送我的《唐方镇文职僚佐考》，我认真看了，有开拓意义和实用价值，很有文献考据的功夫。我是把它放在案头的，好时时检用。"我知道前辈们总是鼓励年轻人好好读书，多说几句表扬的话，其实自己的工作没那么好。但我在学术研究上刚起步，袁先生的鼓励其实很重要，先生让我有了学术的自信。一是大会安排我和宁希元教授同住一房间。我的老师徐沁君教授是做元刊杂剧整理研究的，听徐老师讲过，元刊杂剧整理和一般的古籍整理不同，困难很大，有些剧本错别字、俗体字、异体字、简写字很多。1980年徐老师的《新校元刊杂剧三十种》由中华书局出版，反响很大。而宁先生也是做这方面研究的，并著有《元刊杂剧三十种新校》(兰州大学出版社，1988年)，我自己也有《唐方镇文职僚佐考》的工作经历。因此开会之余我们就会围绕元刊杂剧整理进行讨论，进一步了解到徐老师和宁先生工作的甘苦。宁先生深情地讲起文献整理和版本校勘的亲身体验，给我很大启发。

和《文学遗产》的领导和编辑接触多了，对他们的了解也就多了。最早认识的是陶文鹏先生。陶先生看起来很随意，没有架子，但眼光独特，境界很高。他在古代文学界是威望很高的学者、编辑，后来因为经常一起开中国唐代文学研讨会，有了更多向他学习请教的机会。好像有些稍难解决的事，会长傅璇琮先生都会找他商量，让他出面去疏通和解释。推想其原因应有二：一是陶先生善于表达，能把事情说清楚，说到位；二是因为他没有私心，愿意帮助别人，特别热心扶持青年人。我开会时和陶先生接触多，还有一层原因，陶先生讲话有才情、有魅力。有一次，陶先生说，人要有诗情，一句话在诗人口中是诗，在常人口中是话，比如歌德临终在病床上，感到压抑，就说："把窗户打开，让阳光进来。"经陶先生绘声绘色地一描绘，果然成绝唱。想想这句话反映的正是诗人对生命、对自由的渴望。我在课堂上多次模仿陶先生的腔调叙述这一情景，每次都会赢得学生的掌声。不过，我一直没有查到这句话的原始出处，也许是陶先生的杜撰，不得而知。我爱听陶先生的演讲，甚至爱上陶先生演讲时敲击桌子的节奏声。

与刘跃进先生接触不多，但因为是同龄人，我很敬佩他的学问。记得他应王小盾先生之邀去扬州大学做过一次小型演讲，倡导关注海外汉学，这也是刘先生的一贯主张。在《关于上古、中古文学研究的几个问题》（1995 年）中，他提出要注意海外研究，这也是扩大研究领域的重要方面。由于研究方向不同，很少和刘先生一起开会，但只要有机会，我就会向刘先生请益。刘先生也比较关注我的研究，他在一次《期待中的焦虑》演讲中说到热点问题，认为："第二个热点就是文学的空间研究，实际上就是文学地理研究。华南师范大学戴伟华教授的《地域文化与唐代诗歌》、胡阿祥的《魏晋本土文学地理研究》等都是这方面的开创性的成果。"刘先生任《文学遗产》主编后，虽然没有直接处理过我的稿件，但我知道他非常关注、关心我的投稿。我想，他是希望我经常写出一些有分量的论文。

和竺青先生深度相交是在深圳的会上，我们一起参观明斯克号航空母舰，他的军事爱好和对明斯克的讲解让我佩服，连武器系统、作战指挥系统、导弹发射系统的细节都了如指掌。因为崇拜，后来我也稍稍迷上了军事，但到现在我尚未入门，可能天分不够。其实，竺青先生对小说研究的布局亦如其熟悉军事一样，我听过他一次演讲，对中国小说研究的学者队伍、重点难点、推进方略如数家珍，陈尚君先生也有学术研究和踢足球的理论。我想一位学者有一种爱好，对做学术也是大有益处的。

近来与张剑先生联系较多，我们研究的路数较近，重视文献、重视事实，更为重要的是我们都做唐宋文学。我认真拜读过被收入《傅璇琮先生学术研究文集》中的张剑先生两篇大文：《评傅璇琮〈唐宋文史论丛及其他〉》《傅璇琮先生与〈宋才子传笺证〉的成书》，其中可见张剑先生对文献工作的热爱和推崇。他用自己的科研经费买了一套五大本的《宋才子传笺证》分送海内外学术朋友，我有幸获其馈赠。这样重学术而轻金钱的行为在今日尤为可贵，已成为学术界的美谈。

一个刊物和一个作者的关系，绝不仅仅是投稿和录用的关系，而是反映了一种学术风气、学术潮流，代表着一定的社会文化。《文学遗产》指引的是学术正路，彰显的是学术正气。她在默默地奉献，推动着学术研究的进步，引导学术研究朝着健康的方向蓬勃发展。

从接触到的《文学遗产》编辑部的各位先生身上可以感受到他们的学风和人品。《文学遗产》和《历史研究》等刊物一样，在学术界以严格、典重、公正、公平的学术品格著称。在学术界流行这样的话：被《文学遗产》录用稿件是莫大的光荣；被《文学遗产》退稿也是莫大的幸事。因为被《文学遗产》退稿已在昭示一个事实：在今天仍然有刊物坚持标准而不徇私情，守望学术而看淡私利。

学领新时代的傅璇琮先生

一

知道傅璇琮先生卧病在床，不能行动时，我就一直在担忧。每每辗转反侧时，心中郁结更加深重。本月 23 日中午得知先生在医院抢救，已无意识，不祥的预感袭上心头。先生仙逝，于中国学术界是巨大的损失；于我而言，更带来一种失去亲人般的悲痛！

自先生卧床治疗，我的心就一直悬着，但远在南粤，又不能时常在他床边侍奉。我已想好，暑期要在先生家附近租一小屋，带上我的学生去侍奉先生一段时间。我知道先生的性格，不愿意麻烦别人，哪怕是别人对他的牵挂，都觉得是有劳了他人。所以上一趟去北京，我直到从白云机场出发时，才打电话告诉师母。一进门，师母就说傅先生今天很高兴，念叨了你很多次。我一见到傅先生，看到他干瘦憔悴的样子，一股酸涩涌上心头。但先生见到我兴致很高，我也强装高兴地坐下来，和傅先生说话。

傅先生说，今天一直想着在华南师范大学的情景，美丽的校园里，我们一起召开的那次唐代文学国际会议。傅先生说话已经很费力，有些含糊，其间他还提到要推荐我什么。我并不知道事情的原委，但还是忍不住地说："您已病成这样，还在想着我的事，想着别人的事，值不值啊？您要治疗，保养着自己的身体。"我不禁想到，有一篇关于傅先生的访谈，文中凡有名者皆加先生二字，而我只是姓名。有次我故意问傅先生，先生笑而未答。其实，这正是先生的用心之处。他是视我如门生、如子女的。而我和先生说话，有时较为随便，先生也不责怪我。如他曾和我说，年纪一大，为人写书序有点费力，我就说："可以推辞啊，我帮您去辞!"

本以为这次见傅先生，有很多话要说，但忽然间，先生似有所悟，眼睛一亮，说："我身体不好，我要休息，你快走吧。谢谢!"话很干脆。我一愣，师母在旁插话说："你啊，自从戴先生打电话来，说下午4点到，你都问过好多次几点了？怎么来了才说一会，又要赶人走。"我这才反应过来，傅先生是不想让我心里难受，不想让我看到他这个状态。我从先生家回住处的路上，心中难安，似有千钧重担在身。想想平时要打一次电话给傅先生，都会犹豫半天，怕打扰先生。这次来了，为什么都不能好好陪着先生，哪怕不说话，静静地坐着也好。于是，那一天，我去了三次先生家。

二

现在坐在书房里，回忆起那天的情景，历历在目，仿佛傅先生一直没有离开过，一直还在和我说话，在叮嘱我。但傅先生走了，他真的忙累了，太辛苦了，或许，他该到另一处安静的地方多多休息。

先生虽然走了，但他的学术不朽。钱锺书说："璇琮先生精思劬学，能发千古之覆，吾之畏友。"又赞扬傅先生著作"严密缜栗，搜幽洞隐，有口皆碑"。傅先生是学术泰斗，是学人楷模，是学科领路人。

回首过往，我和傅先生交往已近三十年。傅先生对我的帮助很多，我能为他做的事却很少。2006年在北京开唐代文学年会，会议组织我们去金山岭长城考察，我扶傅先生和代表们一起登上长城，给傅先生摄影一张以为留念。傅先生收到照片很高兴，随即来信说："我现在左腿不便，而此次能爬长城，也极不易，得见长城之照片，也极有感。非常高兴，谨致谢忱。"傅先生的感谢，常常令我惭愧。

我的第一本书《唐代幕府与文学》，是傅先生主编的"大文学史观丛书"之一。在《唐代幕府与文学》的写作、出版和推介中，傅先生的帮助和指导令我感动。傅先生在为我写的《唐方镇文职僚佐考》序中，也说到《唐代幕府与文学》的出版："1989 年下半年，在京的几位古典文学研究同行倡议编一套《大文学史观丛书》，并推选我担任主编。有位朋友介绍戴伟华同志的《唐代幕府与文学》，建议列入此套丛书。我一看题目，觉得与我过去在《唐代科举与文学》自序中所谈的相合，就很快决定列入这套丛书首批印行的五种之中，后即由现代出版社于 1990 年 2 月出版。自此之后，伟华同志即与我通信，彼此时常谈一些学问上的事情。"当时在中华书局工作的刘石博士为此书撰写书评发表在《唐代文学研究年鉴》上。我后来开会遇到刘先生，向他表示谢意，才得知撰写书评是傅先生的安排。在以后的交往中慢慢明白，傅先生奖掖后学是出于学术事业的发展而不求个人回报的，他暗中帮助别人，别人也未必知道。我虽以傅先生为榜样，学习他的为人，并努力实践，但做得很不够。

三

我的博士论文《唐代使府与文学研究》答辩，主席为傅先生。傅先生其时作为全国古籍整理出版规划领导小组负责人，事情多，时间紧。我和傅先生通过几次电话，诚挚希望他能来扬州大学主持我的论文答辩，但不巧当时主管文化出版的中央领导也约他去汇报工作。傅先生表示，争取来。最后一次通话时，他终于说可以来，我非常高兴。因我的博士论文是《唐代使府与文学研究》，从源头上说也是傅先生一直想做的研究，他一直关心研究的进展，傅先生若来主持答辩，我定会受益匪浅。先生说，最后能来还要感谢中央领导的宽容。他向领导说明，参加论文答辩是学术大事，汇报可否改日？领导同意了这个请求。先生讲这番话的意思，是想得到我们的谅解，因他到最后才定下来扬州的日期，可能给答辩工作的安排添麻烦了。当时，我真是找不到适当的言辞来回答他。这次，傅先生除了主持我的博士论文答辩外，还参加了任中敏先生百年诞辰纪念活动，他以全国古籍整理出版规划领导小组负责人的身份发表了"发扬光大扬州学派实事求是的治学精神"的主题演讲。

傅先生和别人联系的方式，除了电话就是书信，我有幸保存了傅先生几十封信札。有一次傅先生来信问我最近在做什么课题，并说："我最高兴的还是看到你的最新成果。"我很快领会到傅先生的良苦用心。在完成《唐代幕府与文学》（1990年）、《唐方镇文职僚佐考》（1994年）、《唐代使府与文学研究》（1998年）以后，我的唐代幕府与文学研究就暂告一段落。此后，我想做唐诗传播和唐代地域文学的研究，花了多年时间做理论上和文献资料的准备，故有相当长的时间没有出比较重要的成果。我想傅先生是在告诫我不能放松，要努力，要出成果。

先生八十岁时，我想请陈永正先生书写我所作的《傅先生璇琮前辈八十寿辰》诗，事前有些担心。可知道来意后，陈先生欣然同意，说："敬仰傅先生的学问和人品，如能抄写傅先生八十寿诗，深感荣幸。"这首诗被印在商务印书馆出版的《傅璇琮先生学术研究文集》封面上。

先生走了，他的那件土黄的外套被定格了；先生走了，他的成就会被浓墨重彩写进学术史。于此，附挽诗两首以哀悼先生：

寒潮尚未尽，贤向道山归。
学领新时代，功齐泰岳巍。
积劳沉疾隐，普惠后生依。
犹记轻声嘱，哀思伴泪飞。

岭南飘雪霰，朔北陨星飞。
丛考鸣空谷，翰林对落晖。
清斋科举论，幕府夜传衣。
还忆悦华墅，初惊大海威。

岭南英灵罗宗强先生

得知罗宗强先生去世的消息，我很难受。自去年开始先生越来越虚弱，我本想寒假去天津看他，但由于疫情影响，未能成行。没想到这竟成了永远的遗憾。

2010年中国唐代文学国际学术研讨会在南开大学召开，会前我和武汉大学尚永亮兄等几人去罗府拜望先生，在闲谈中先生问起我近况，我坦言虽在广州多年，还不能听和讲粤语；罗先生亦笑言，出去多年，努力讲普通话，现在人老了，不知不觉又说回一口家乡话。方音也许是惦念故乡的最好印记，如今先生仙逝，但他的话依然回响在耳畔，如同他的人格与学养，温润而深情。

心绪不宁，只是想着和先生交往的点滴。因傅璇琮先生的关系，我能较早向罗先生请教，受益很多。在二十世纪八九十年代，傅璇琮、罗宗强先生既是学术界的领军人物，又为引导学术健康发展殚精竭虑，像唐代文学研究能有后来的领先地位，应归功于他们的示范和努力。傅、罗两位先生是学术上的好友，傅璇琮先生在罗先生《玄学与魏晋士人心态》的序中提到："宗强兄是我的畏友。我说这话，一是指他的学识，一是指他的人品。"罗先生在后记中亦云："我要感谢傅璇琮先生，他给了我许多的关心和鼓励，这次又拨冗为我的这本小书作序。我十分庆幸在短短的十年的学术生活中，能够结识几位像傅先生这样真诚相待、学问人品皆我师的朋友。在艰难的学术之旅中，有这样的朋友是人生的一种幸福。"他们的关系非同一般，傅先生也多次向罗先生介绍我。从两位先生那里，我获得过很多无私的帮助。我非常敬重罗先生，他有过一段艰辛的时候，但不改学者本色，"青灯摊书，实在是一种难以言喻的快乐"，同样是我向往的读书境界。

和罗先生在一起，就像和傅先生在一起的感觉，敬重而又随意。1990年罗先生收到我的《唐代幕府与文学》，给予鼓励，并说："也可以做唐代政治与文学，不过牵扯面太广，一时不易写好。"罗先生晚年比较关心时事政治，其实他一直在思考文士的生存状态，政治和文学的关系。1994年《唐方镇文职僚佐考》出版后，我甚至请傅先生和罗先生帮我推销。此书第一版由天津古籍出版社出版，自印征订发行，我给唐代文学学会里的前辈、同行都发过订书单，学者们亦多有响应和支持。一方面因为拙著是工具书，对相关研究或有帮助；另一方面学者们也知道年轻人出书不易，自费印刷，因而多向单位图书馆推荐。罗先生收到书后，还推荐给他的老师王达津先生，王先生给我回信说："此书补前人之阙，大有利于搞唐史、唐代文学的人，可谓功在国家，遥表敬意。"每每为先生们对后进的奖掖与提携而动容。

罗先生对后学的关心，同时也体现在对学术推进的期待上。2000年世纪之交时，我曾写过一篇题为《交叉学科中的古代文学研究》的文章，发表在《社会科学战线》2001年第6期上。我当时觉得古代文学的本体研究似乎到了一个瓶颈，学界的研究视野多局限于作品分析、作家研究，重复较多，鲜有新意，这至今仍是一个问题。我受傅璇琮先生文史交叉研究的影响比较多，于是撰文谈了对古代文学交叉学科研究的看法，倡导在广阔的文化视野中推进古代文学研究的深化。后来罗先生看到了我的这篇文章以及康保成《90年代景观："边缘化"的文学与"私人化"的研究》与蒋寅《文如其人？——一个古典命题的合理内涵与适用限度》二文，有感而发，在《天津社会科学》2002年第5期上发表了《目的、态度、方法——关于古代文学研究的一点感想》一文，结合我们三篇文章中的观点，对古代文学研究中的"目的、态度、方法"三方面谈了许多深刻的见解。

罗先生在文章中婉转地对我们的想法提出了一些讨论。他既肯定了我文章中的观点，同时也十分深刻地指出

"多学科交叉的研究，如果没有用来说明文学现象，那就又可能离开文学这一学科，成了其他学科的研究"，提出古代文学的多学科交叉研究应有文学本位的立脚点。后来我的文章和罗先生的文章都被多次转载，这也可以说明学术界对此问题的重视。

应该说，罗先生对我们即使有批评，也是一种深切的爱护，他怀着对学术推进的热切期待，从学术发展的大局考量，密切地关注着后学的研究成果和学术方法。老一辈学者的胸怀与对学术事业的热忱，在罗先生身上体现得尤为明显。另一方面，罗先生也对我们的发展前景寄予厚望，有鞭策与关怀之意。老一辈学者中，罗先生与傅璇琮先生、陈允吉先生，皆卓然大家，傅先生做文史交叉研究，罗先生做文学思想史的研究，陈允吉先生则做佛教与文学的专题研究，均具学术领域开创之功，沾溉后学颇多。

昨日我发朋友圈，并拟挽联哀悼罗先生。联曰：

承教如沐春风，垂范有雕龙李杜明心史；
立言每彰精义，退隐约书艺丹青写夕阳。

罗宗强先生是揭阳市榕城区人，学术成就卓著，其《李杜论略》《隋唐五代文学思想史》《魏晋南北朝文学思想史》《唐诗小史》《玄学与魏晋士人心态》《明代文学思想史》等都以学养深厚、开拓创新而被学界视为典范。傅先生说："他的著作的问世，总会使人感觉到是在整个研究的进程中划出一道线，明显地标志出研究层次的提高。""总表现出由深沉的理论素养和敏锐的思辨能力相结合而构成的一种严肃的学术追求。"挽联中只能择取其一二，"雕龙"指《读文心雕龙手记》及《晚学集》中相关论文；"李杜"指《李杜论略》；"明心史"之"明"可作动词为"阐明"意，也可为名词指明代。继《玄学与魏晋士人心态》之后，先生又有《明代后期士人心态研究》，写文士心灵历史。先生晚年以书法和绘画为娱，故下联云"退隐约书艺丹青"。

2009年元旦收到罗先生寄来的新年贺卡。当时在知识分子中间还不时兴自己印制贺卡，罗先生却赶了个时髦，寄来的卡片上印的是自己的画。我向来喜欢学者的书法、绘画作品，欣赏其中的文人气息和韵致。罗先生的画很有意味，我一见为之倾倒，便"斗胆"去信索画。我告诉先生，未曾想您在"青灯摊书"之余，还有如此雅好，期望能够收藏先生大作，挂在客厅时时欣赏。本以为先生已八十高龄，而且还在著述不辍的阶段，不会这么快有回应，谁知3月16日就收到了先生的回信和这幅画，画中题诗："一叶何尝又入秋，韶光有意为淹留。仿佛蝶舞风飞日，望里轻风过梢头。"老人心底透露出阳光。

回信中罗先生十分谦虚地称自己的画为涂鸦，并且顺带提及了自己的学画经历与师承，信中说："弟十三岁时，曾从其时大画家陈文希、黄独峰学画，十八岁之后弃之如敝履。至近年忽重发痴想，重执画笔，意在引起对于童年

罗宗强先生赠画并题诗

之难忘忆念，给失落寂寞之人生以一点小小慰藉，如斯而已。"罗先生的老家揭阳本就是岭南绘画的重镇，黄独峰少年随邝碧波习任伯年花鸟，后入春睡画院从高剑父学艺；而陈文希则先后在上海美专及新华艺专学习，师从潘天寿。因此，罗先生的绘画兼有岭南画派和海派的因子，又不拘于形貌，自有逸气与拙趣。

罗先生是中国学术的代表人物，我在岭南工作已经整整二十年，为岭南有罗先生而骄傲。

罗宗强先生千古！

《诗歌中国》丛书总序

中国是伟大的诗歌国度，诗歌承载着内涵深厚的中国文化。

"诗歌中国"的亮相，就是希望用诗来歌咏中国文化的灿烂辉煌。"诗歌中国"不仅要让人们了解诗与文化的关系，而且要让人们通过读诗来感悟中国文化的构成及其品质，体察中国文化的博大精深。可以说，一部中国诗歌史，就是一部中国诗歌文化史。

中国诗歌发展史以"诗""骚"为其发端，而又影响后世，并形成诗歌的"风"（《诗经》）、"骚"（《楚辞》）传统。

《诗经》展示的是西周初年到春秋中叶的文化画卷。孔子说："不学诗，无以言。"不学习诗，连话都不会说，当然指说出优美动听的话。不仅如此，结合孔子说的另一段话，所谓"言"还应指言辞中有丰富的文化内涵。孔子说："小子何莫学夫《诗》?《诗》，可以兴，可以观，可以群，可以怨。迩之事父，远之事君，多识于鸟兽草木之名。"(《论语·阳货》)这里说的要讲好话，需要认识社会、认识人与人之间的关系、认识客观世界的名物。孔子只是举其大概而言。事父事君和辨识事物之名，就是指文化内容。也可以说，"兴观群怨"是提升人际交往中表达的文化内涵。兴，是联想能力，比如《关雎》，本是要写爱情，却先说鸟的和鸣。《桃夭》是祝贺新婚的歌，"桃之夭夭，灼灼其华。之子于归，宜其室家"。以桃花起兴，这样写的好处，既含蓄婉转，又渲染主题。观，是观察能力。凡事未必能亲力亲为，但通过读诗可以丰富生活知识，如读《生民》就可以了解周始祖后稷及其农耕历史，知道作物之名：菽、禾、麻、麦、瓜、瓞，并知道如何形容其状态：荏荏、穟穟、幪幪、唪唪，这些词的基本意思是茂盛貌，但有细微差别，如果懂得用不同的词去表达相近的内容，那就能言了，于此才能体会孔子所说"不学诗，无以言"的真正含义。《硕人》对人物的描写，生动传神，"手如柔荑，肤如凝脂，领如蝤蛴，齿如瓠犀，螓首蛾眉，巧笑倩兮，美目盼兮"。一连串的比喻，写出美人的形貌神采。群，是合群能力，指在群体中适当表述，以达到和谐。读《诗经》的人每每惊叹于其"群"的能力。合群能力事实上是在平衡各种关系，其中最重要的是人际关系。《诗经》中对夫妻关系多有描写，如《伯兮》，讲女主人与其丈夫以及与君王的关系。"伯兮朅兮，邦之桀兮。伯也执殳，为王前驱。自伯之东，首如飞蓬，岂无膏沐？谁适为容！"伯，为女主人的丈夫，丈夫英武，为邦国杰出人才。丈夫拿着武器，听从君王的命令奔赴前线。在我、伯、王三者关系中，符合各自身份。在三者关系中又突出了"我"在丈夫离家后，甘心思伯而生首疾。"为王前驱"是夫妻分别的原因，这是女子以自豪的口吻来说的，表扬丈夫因为是邦中之杰而能为王前驱，从中也透出骄傲。怨，是批评能力。"怨"是讽刺，可以解释为批评技巧。《诗经》里怨诗不少，但因比喻而显得含蓄，其中《硕鼠》极具代表性。"硕鼠硕鼠，无食我黍！三岁贯女，莫我肯顾。逝将去女，适彼乐土。乐土乐土，爰得我所？"一般认为这是一首批判当政者的诗，《毛诗序》曰："国人刺其君重敛，蚕食于民，不修其政，贪而畏人，若大鼠也。"朱熹《诗序辨说》曰："此亦托于硕鼠以刺其有司之词，未必直以硕鼠比其君也。"朱熹的话比较可信。从诗的字面上看到的只是痛斥硕鼠破坏庄稼，所谓刺君或刺有司是字面以外的意思。这正符合"温柔敦厚"的诗教。

因为孔子诗学的逻辑起点是"不学诗，无以言"，学诗是"言"的需要而不是写诗的需要。所以说，理解"兴观群怨"之说，应该从"言"出发，掌握了诗的"兴观群怨"的言说技巧，讲话就会用"兴"，先言他物而引起所咏之词；用"观"，观察事物人情，以丰富而准确的语言表述意思；用"群"，在群体中明晰关系，并用恰当的言辞表述，以达到和谐；用"怨"，在批评的话语中以中庸的姿态出现，巧妙运用讽刺的手法，既能批评现实，又含蓄婉转。如达到孔子的要求，学诗以后就可以"言"了：可以"兴"言，可以"观"言，可以"群"言，可以"怨"言。

《楚辞》有鲜明的楚文化特征，宋代黄伯思在《校定楚辞序》中说："盖屈宋诸骚，皆书楚语，作楚声，纪楚地，名楚物，故可谓之'楚辞'。"《楚辞》中屈宋诸人之作，都有明显的楚文化特征，其中涉及的神话故事、历史传说、风尚习俗都打上楚文化的印记。《楚辞》中对文化事项的描写也是多方面的，《天问》一篇对天地、自然、社会、历史、人生等提出 173 个问题。《招魂》中对建筑的描写："高堂邃宇，槛层轩些。层台累榭，临高山些。网户朱缀，刻方连些。冬有突厦，夏室寒些。川谷径复，流潺湲些。光风转蕙，氾崇兰些。"这里涉及了建筑及其环境。

唐诗宋词是中国文化辉煌的表现，也是反映文化的重要形式。唐诗名家辈出，文化内涵丰富。盛唐诗是诗歌发展的鼎盛阶段，李白、杜甫、孟浩然、王维、王昌龄、高适、岑参、李颀等大家名家的诗歌创作，表现了广泛的社会生活内容，形成境界雄阔、含蕴深厚、韵味无穷的"盛唐之音"。"诗仙"李白诗风豪放飘逸，"诗圣"杜甫诗风沉郁顿挫，被誉为唐诗史上的"双子星"。中唐是唐诗的中兴时期，韩愈、孟郊、李贺等人，不仅发展了杜甫诗歌奇崛的一面，还追求诗风的浑厚奇险。白居易、元稹等人则发扬杜甫的现实主义传统，作品反映现实生活内容，诗风通俗易懂。晚唐是唐诗发展的衰落期，但杜牧、李商隐诗歌自成一格，杜牧为晚唐七绝的圣手，李商隐则努力表现内心世界的情感体验，诗风凄艳浑融，具有极高的审美价值。

唐诗题材广泛，风格多样，其中山水田园、边塞题材诗在盛唐蔚为大观，在诗歌创作中追求奇险怪异和通俗易懂两派分立。

以王维、孟浩然为代表的山水田园诗人，继承了陶渊明、谢灵运写作田园山水诗的传统，他们的作品大多是描绘山水田园的自然风光，表现自己闲适隐逸的情趣。以高适、岑参为代表的边塞诗人，大力写作反映边地生活的作品，描写边地战争，表现出对建功立业的热情和对和平生活的渴望；同时也因描写边地风光和异域风情，拓宽了诗歌的表现领域。

中唐出现的奇险诗派和通俗诗派，表现出中唐诗人的开拓精神。以韩愈、孟郊为代表的奇险诗派，又称"韩孟诗派"，这一诗派在诗歌写作上好为奇崛，追求险怪，纠正了大历以来的平庸诗风，以新奇的语言风格和章法技巧来写作，进一步提升了诗的表现功能。以元稹、白居易为代表的通俗诗派，又称"元白诗派"。这一派在诗歌写作上重视写实、崇尚通俗，他们继承了古乐府的精神，自拟新题，缘事而发，在写作中以口语入诗，力求通俗易懂。

词的产生因燕乐繁盛，宋词是与唐诗并称的一代文学之盛。婉约、豪放争奇斗艳。婉约和豪放是就宋词的主要风格而言的，也是大略的划分，因此婉约和豪放也是相对的。所谓婉约是指文辞的柔美简约，作为词的风格，是以阴柔为审美特征的，内容上多写爱情、婚姻和家庭，也涉及羁旅行役、恋土怀乡等。其抒情注重细腻入微、委婉含蓄。而豪放则是指风格豪迈、无所拘束，作为词的风格，是以阳刚为审美特征的，内容上多涉及人生、社会的重大主题，如理想抱负、民族盛衰、国家兴亡和民生疾苦等。其抒情多慷慨激昂、乐观进取。最早提出词分豪放、婉约二体的是明人张綖，他在《诗余图谱》中说："词体大略有二：一体婉约，一体豪放。婉约者欲其词情蕴藉，豪放者欲其气象恢宏。盖亦存乎其人，如秦少游之作，多是婉约；苏子瞻之作，多是豪放。"后人则以此梳理宋词，纳入二体之中，遂有婉约、豪放二派。其实分宋词为二派，过于简单，但优点是能看出宋词的基本发展脉络。

人要诗意地栖居，诗意的核心价值和美丽姿色在文化母体中浸润、孕育、生长。诗的诞生，实源于生活中诗意的发现。"物之感人"而有"舞咏"矣。钟嵘《诗品·序》云："气之动物，物之感人，故摇荡性情，行诸舞咏。照烛三才，晖丽万有，灵祇待之以致飨，幽微藉之以昭告，动天地，感鬼神，莫近于诗。"这就意味着：具有诗意的外物才能感动人心，因栖居而有诗意，才能写出诗歌，而诗歌又帮助人们生活得更具诗意。可补充一句："非陈诗何以展其义？非长歌何以骋其情。"人要诗意地栖居，构成了人和自然、社会的和谐，形成了诗性的文化生态。

从发生学角度看，"诗言志"的说法值得重新审视。诗首先是叙事。最早的素朴的诗歌已很难寻觅，通常歌谣的开篇是《吴越春秋》中的《弹歌》："断竹，续竹。飞土，逐宍。"宍，古"肉"字。虽然简短，但仍然可以看出其叙事的特征。叙事，是人类认识世界、认识事物最初的表现方式，此处论断可以缓和一点：如抒情，是人类表现、摹写主体内在情感精神的手段。这样比较中和一点，可避免由对比叙事和抒情高下而带来的可能性的争议。当叙事时，人类不断认识客观世界；一旦对客观世界赋予个体情感并去表达时，抒情就出现了，以反映人类试图寻找精神世界与自身环境的沟通。衡之心理学，儿童对外部世界的认识，应该是从具体认识抽象、从具体认识事物的客观属性再去评价客观事物，而诗歌（歌谣）从叙事到抒情再到言志的过程正和人类认识事物的过程是一致的。

诗的文化阐释，不仅要注意诗的本义，还要注意诗的衍义。在写作方面，必然表现诗本义，即诗的本来意义；在阅读方面，通常又会出现诗衍义，即诗的推演意义。对诗的文化内涵理解的不同往往是诗本义和诗衍义的不同。

诗歌涉及中国文化的方方面面，如地理、交通、礼仪、婚姻、器物、音乐、绘画、书法、建筑、工艺、风俗、天文、宗教等。因此，中国诗歌文化史叙写可以是文化分类的结果。《文苑英华》所收诗歌分天部、地部、帝德、应制、应令、应教、省试、朝省、乐府、音乐、人事、释门、道门、隐逸、寺院、酬和、寄赠、送行、留别、行迈、军旅、悲悼、居处、郊祀、花木、禽兽26类。这一分类也可以视为诗歌中文化事项的呈现。本丛书尚不能包括所有文化类型，只是在文化与诗歌联系的某一方面或角度立题，目前涉及的有诗与玄学、诗与科举、诗与神话、诗与隐逸、诗与山水田园、诗与民族、诗与文馆、诗与战争、诗与游戏、诗与绘画、诗与书法、诗与锦帛、诗与女性、诗与礼俗、诗与外交、诗与航海、诗与数字，另有诗与饮食、诗与养生、诗与送别尚在构思当中。当然，在选题的扩展中，我们想给读者一个诗与中国文化较为完整的知识体系。

美国学者克罗伯说："文化包括各种外显的和内隐的行为模式。"诗歌只是作为具体的载体而承担着对人类行为的说明，同样也是人类行为的文化观念、思维方式和情感取向得以阐释的文本。文化具有包容性，当诗歌成为其载体的一部分功能时，就会去表达文化意义，在文学、艺术、历史、哲学、宗教、民俗等角度参加文化的建构与创造。也许人们认识事物会追求概念，以形而上学的方式去了解历史、了解社会、了解文化的构成。诗歌虽不指向概念，但以其形象直观，而能了解文化的丰富性、复杂性，更为人们认识中国文化的构成提供活生生的图景。

本套丛书的作者和读者在写作或阅读的过程中或许会融入选择联想，把当下的文化体认、精神生活融入古代诗歌中，实现意义重构和有可能的价值置换。不过，社会的发展，物质文明的进步，并不能以失去传统为代价。相反，文化的母题总是在不断重现与强化，如故土故园、家国情怀、乡村归隐、民俗节庆，这些遥远的歌谣会永远回荡在高楼林立的都市上空。

本丛书旨在面向普通大众及海外华人、中文爱好者传播中国经典文化，践行学者的社会职责，也可以为专业研究人士提供参考。诗歌是中华文化的精髓，也是传统文化表现的载体。以诗歌与文化作为宏观视野，展开具体而微的讨论，形成大视野、大背景下的小范畴、新角度，追求学术性与可读性的合一。提倡深入浅出、明白晓畅、雅俗共赏、文采斐然的写作风格。强调著作要具有作者个性，同时也要考虑读者的需求与接受程度。

中国诗歌讲究"言不尽意""言有尽而意无穷"，也就需要读者有丰富的想象去领悟言辞之外的含义。所谓"言不尽意"并不是说言辞能力拙钝不足以表达情感和意志，也不是说言辞受客观情况的限制而不能畅快地表达思想和感情，而是说言辞有限而意义无穷。事实上，"言不尽意"在作者是有意追求的艺术效果，在读者则享有阅读过程中的想象和发挥。言不尽意的效果宛如一幅画："曲终人不见，江上数峰青。"

戴伟华主编，暨南大学出版社，2017、2018 年

《诗注要义》序

陈先生是旧派学者，清能远浊，高能自安。恕我交游不广，视野局狭，誉赞陈先生为最后一代传统文人代表，此非余之私见，与闻者皆言，是为公论。拜读先生大著，字里行间能触摸到先生传承文化的古道热肠和责任担当。其实，先生极睿智通达，于学术不存狭见，兼收并蓄，视野宽而识见远。如提出，有关少数民族的知识亦须了解，域外汉诗也值得关注。"诗学多方，传统诗学当然是最重要的，而有关诗歌注释学的新的学术思想和动态亦应关注。"拜读先生大著，钦佩之余，获益良多。

一、体大思精

大著涉及的面很广，并非只供操作的技术性讲座，而是有深入的理论思考，显示出注释学的新高度。毫不夸张地说，陈著有理论系统又有操作方法，守传统而重新知，是一部高水平的注释学著作，这不是用"后出转精"就能概括其意义的。

作者虽是旧派文人，但有充分吸收和利用人类共同文化财富的时代意识。他认为，中西互证互释的理论与实践，"兴发感动"的中西诠释，互文性阐释学的记事性文本和象喻性文本，等等，"这些新的理论，在理解文献客观意义方面，对所谓'了解的技巧'，提供了一些启发性的见解，也值得研究者关注"。

体例安排重实用，示人以注释门径。如要义篇，分为十章，即知难第一，道心第二，释意第三，训诂第四，诗法第五，用事第六，引用第七，考证第八，补正第九，纠谬第十。而每一章都是用力精思而成，不苟且敷衍。其论注诗之直觉和想象，说明"悟"在注释中的重要性。举"处处煮茶藤一枝"例，有关黄庭坚《题落星寺》其四"蜂房各自开户牖，处处煮茶藤一枝"，潘伯鹰《黄庭坚诗选》注云："各处房屋好像蜂巢，各开了窗子。而到处都用一枝枯藤烧火煮茶。"《宋诗选注》以及相关选注本都从潘说。胡守仁认为，藤一枝，应作一枝藤杖解。陈先生进一步指出，这里的"藤"应为僧人所喜用的藤杖："唐李商隐《北青萝》诗'独敲初夜磬，闲倚一枝藤'，亦写僧人闲倚着一枝藤杖。故山谷此诗'处处煮茶藤一枝'，当写从外边远望僧房的情景：在寺中的僧房各自敞开窗户，露出一根根藤杖，可知僧人正在拄杖煮茶云云。近年我再细读黄诗，《题落星寺》诗其一有'更借瘦藤寻上方'之句，'瘦藤'，即'藤一枝'，结合组诗四首整体意思，方悟到持藤杖者当为诗人自己。且僧人居丈室之中，有老有少，亦不必人人持杖。诗意谓自己拄杖所至之处，都受到僧人煮茶接待。垂六十年，一语方始得确解，可见注诗之不易矣。"悟，在注诗中的意义甚大，有顿悟，也有渐悟，当以醉心于诗歌为前提。

二、平实客观

平实以自信为基础，与故弄玄虚者异。道理总是朴素的，借助于玄之又玄的表述，恐怕是尚未想清楚的空泛词汇的意义呈现，苍白无力是必然的。陈先生的阐释是平实而有力，客观而持平的。他推崇着有着鲜明民族特色的中国诗学话语，认为诸如"气象""性灵""神韵""体势""境界""兴会"是传统诗学的本色，但要用平实的语言讲清楚并不容易。而注释者不通诗学，不了解这些话语的内涵及其外延，则无法扑入深处，切中肯綮。先生能于难言处以平实出之。比如，先生认为，词气是句法的重要根基。古人读书多，精熟诗文作法，其审词气，往往凭感受，凭经验，词气之通塞顺逆，一读而知，今人无此直觉，则须通过分析研究句子中用词造句的规律，分析语法、句子结构，了解其"心理主语"和"心理谓语"，以领会其词气。如柳永《受恩深》词："待宴赏重阳，恁时尽把芳心吐。陶令轻回顾。免憔悴东篱，冷烟寒雨。"多家注释皆以为"憔悴"的主语是陶令，其实应是菊花，词意谓希望诗人能好好欣赏它，免得它笼烟打雨，寂寞地萎谢在东篱之下。认识至此，才算审词气，词脉顺畅，不被误读。

书中复有简史篇，梳理诗歌注释史，呈现其脉络，总结出规律，以精准的知识明示后学。应注意到，史有史识，其中不乏匠心与创见。

更为感人的是，陈著时时以平实语示人以法，教人以渔。如论道心章第二"师法前人"，为初学者指示入门的途径：初学注释者，最好先有老师指导，指示门径，然后遍读历代有关注释方面的名著，吸取前人经验，总结出一套方法。切勿自恃聪明，不屑学古；冥行摘埴，必无所成。《毛诗传笺》向被学者认为是治经者首选之书，也是有志于诗歌注释的学者必读的入门书。此番言语，刊落浮华，掷地有声，平实中将多年研究心得经验无私呈现，既体现先生治学之精深，也可窥先生为人之挚诚。

三、功力深厚

"功力深厚"常见于报端，亦屡见于评审鉴定，此词已被滥用。事实上，有多少人能当此评。誉陈先生功力深厚，实至名归。陈先生开篇即云：注释诗歌之难，其缘由主要有三：一为注家难得，二为典实难考，三为本意难寻。明人陈璨《唐诗三体序》云："选诗固难，注诗尤难，非学识大过于人焉能及此哉！"清人杭世骏《李义山诗注序》中亦云："诠释之学，较古昔作者尤难。语必溯源，一也；事必数典，二也；学必贯三才而穷《七略》，三也。"指出注诗要溯源数典，须有大学识者。真正的注家，要有开阔的胸襟，具备理解诗歌的能力，多闻善学，独立思考，公心卓识。备此才、学、识、德四端，始可言诗，始可注诗。其中"德"亦须善养而致厚。故才、学、识、德四美具，方可言其"功力深厚"。因此陈先生大声疾呼：在当代，社会对传统文化的漠视，知识传承体系的断裂，致使人们，包括"读书人"在内，已经不大读"书"了，学者不学，更成为高校文科的症结，研究者每倚仗计算机，搜索网络资料，粘贴成文，并以此为能事。作为一位注释家，一位社会的文化传承者，须博闻多识，贯通古今，有深厚扎实的学问功底，对中国传统文化有总体的认识。

四、经验丰富

"每自属文，尤见其情。"言创作撰文者能知道为文的甘苦。注释亦复如此，能作诗者，其注释入微，体会深入，当不愧对古人。

陈先生是当代诗人，论诗者、习诗者多欲侍其侧，登其堂，入其室。先生曾光临郊舍，即兴吟诗，"浅醉月随杯"句，传于士林，以为美谈。诗人解诗，当有佳境。研读大著，陈先生对诗歌的独特领悟，无处不在。即如论一般读书方法，亦引人入胜。如论圈点："圈点是汉字文化独有的一种批评方式，直接刺激视觉，直抒己感。西方所使用的着重号或黑体、斜体字，其效果不能与之相比。圈点也是古代文人的一种读书方法，真正的'为己'之学，边阅读、边断句、边圈点，往往只是刹那间的直觉，纯凭爱恶，最少伪装。"故在图书馆翻开线装书，每当读到有套版刊印的三色五色圈点本时，其上朱墨灿然，令人赏心悦目，把玩之际，可略窥当日读书人高雅之心迹。其归纳的诗歌圈点的作用有四：圈点与评论结合，相得益彰；通过圈点批抹，褒贬优劣，观点鲜明；列出佳句，点明诗眼，可供揣摩取法；揭示诗家匠心所在，启发人意，有益初学。谈圈点的工作过程和作用，都有自己的经验在。

五、正辨允孚

古籍整理，诗歌注释，其质量没有最好，只有更好。程千帆先生曾对见载于《全唐诗》的唐温如诗进行品鉴，而陈先生则著文指出，所谓《全唐诗》中唐温如实非唐人，而是宋元之际的诗人，千帆先生甚为高兴，并纠正己误。

陈先生也谈到他和胡守仁、刘世南先生的学术交往，缘于古籍整理的指瑕辨正。陈先生长期从事古籍整理工作，出版过笺校、笺注、选注、今译本二十余种，每撰一书，完稿后总是一再修改，有订正十余次者，自知还是不可避免会有错谬。其《李商隐诗选》《黄庭坚诗选》《黄仲则诗选》《王国维诗词全编笺校》等书出版后，胡守仁、刘世南先生在学术刊物上发表文章，指出其中多处舛误，陈先生立即致函申谢，接受批评意见，再版时即据以一一更正。因求真求正，彼此间成了忘年之交。正常的学术批评应该提倡，这样与真理才会靠近。

有了这样的人际关系和学术氛围，才能在快乐中正误，也才能做到结论允乎。诗注之误，误有多种，常在理解、释典、释词诸端。如《韩偓诗集笺注》，《过茂陵》诗云："不悲霜露但伤春，孝理何因感兆民。景帝龙髯消息断，异香空见李夫人。"齐注："世称西汉以孝治天下，故云。""景帝，疑为黄帝之误。"按，误解"霜露"一词，全诗理解俱误。霜露，语本《礼·祭义》："霜露既降，君子履之，必有凄怆之心，非其寒之谓也。"郑注："皆为感时念亲也。"全诗意谓，汉武帝不因霜露感念君亲，反而伤于男女之情，那又怎能以孝道来教化天下万民呢。景帝乘龙上天之后，了无消息，武帝却不闻不问，反而令神巫在异香缭绕中招来李夫人的精魂。对诗歌理解有误，也会涉及释典释词之误。指瑕篇体现作者的诗心、诗悟，其学术价值可在细读中体会。

近日与诸生讨论诗歌注释时，曾言："有一等的人格，有一等的境界，才有一等的学问。陈先生平生治学经验尽在《诗注要义》中，当奉为经典，沐手捧读。他日由此登岸，谓我言不虚。"诸生悠然心会，并期待先生大著早日问世，以惠泽学林。

陈永正著，上海古籍出版社，2017 年

《泚斋书联》序

　　泚斋先生书联即将付梓，能先睹校样，甚为荣幸。先生是诗人、书家，联语或自作，或选录，皆具性情和眼光。读之如品佳茗、阅山水、临窗寄傲，有"采菊东篱下，悠然见南山"的快乐和感悟。

　　去年因事去福州、梅州考察，触发对联语的兴趣，翻出四十年前所购梁章钜《楹联丛话》。梁氏自序云："宋元大贤无不措意于此，而传者甚稀。"福州三坊黄巷内有梁章钜故居，在其师陈寿祺小楼前有梁氏题写的"诗敲梅下月，醉卧柳边风"。客家围屋多有楹联，他们千辛万苦从中原向南迁徙，在梅州等地落脚，对中原文化的念念不忘成了客家人维系情感和生根繁衍的基础。如黄陂堂联："莫谓锦堂真富贵男畏耕女畏织怠情终须落下品；勿云茅屋无公卿士劳心农劳力殷勤必定出人才。"他们以"耕读传家"为训诫。即使今日新葺楼屋在传统的"五凤楼""花萼楼"

上有了新时代的命名，楼联仍然是标准配置。

在阅读和抄写《楹联丛话》时拜读《泚斋书联》，良多感触。写诗为了抒发情感，集句则更好地表现知识和才情。集联亦如作诗，可以兴、可以观、可以群、可以怨，楹联写作虽是小众，但可致大道。楹联集句有如集句诗，但需要对仗，故言楹联之始，与集句诗同，庶几近之，"一椿心事"联跋云："集句诗，又称集锦诗，晋傅咸作七经诗中毛诗一篇，皆取《诗经》之语。宋人石曼卿、王安石尤擅此体，迨及清末民初，文士则喜集宋词为楹联矣。""诵骚语"联跋云："《梦溪笔谈》谓集句为诗联始自王荆公'风定''鸟鸣'二语。袁才子则谓傅咸回文反复诗为集句所由始。丙申夏，录《衲词楹联》。"泚斋先生认同集句起源傅咸，见其由来已久，楹联至清渐成风气。

泚斋先生著述之余，应人书联，借以抒怀言志。"吾国古代士人出处以道，用之则行，舍之则藏，不受于时俗，永葆其志节。是以能于仕隐之际，进退裕如。绿野之堂，白莲之社，岂真忘世之所哉！白沙子云，山林本朝野，朝野亦山林，真悟道之语也。己亥仲秋，录邵氏楹帖以发抒此意。"其联曰："遥知绿野芳浓，堪爱处，日明琴院，雪晴书屋；却遇逢壶啸傲，吾应有，云中旧隐，竹里柴扉。"合观跋语楹联，可得其旨趣，可获其解。跋语是书联的组成部分，不可轻忽。

于跋语可以了解先生书联的语境和作意，此其一。

"华灯长在水，冰晕著人，严妆可奈忘言对；壁月漫移窗，梦云依枕，独醒终怜倚醉楼。"跋语："古人咏红梅诗夥矣，然佳者甚少，盖梅花玉洁冰清，不著色相，安能以朱紫玷之也。癸巳春，友人以朱砂绘红梅图见赠，勉为作七律一首以报之，恐亦为后世所讥矣。丙申春，檃栝此诗以为联，似较胜于原作也。"此联乃檃栝七律题红梅图。"记芳径暮归，金谷先春，花影低回帘幕卷；向名园深处，珠歌缓引，荷香便榜酒樽浮。"跋云："岁次丙申春正月，久雨初晴，微阳入户，舒素研墨，欣然作此。"依次集方君遇《风流子》、赵耆孙《远朝归》、毛东堂《惜分飞》、柳屯田《抛球乐》、周草窗《东风第一枝》、韩南涧《南柯子》，其"欣然"之情见于笔端。

于跋语可知先生旷达和睿智，此其二。陈先生是性情中人，遇喜则喜，唯有通达洒脱，而能记春忘秋。"依稀风韵生春，竟日微吟长短句；最爱月明吹笛，新声含尽古今情。"其跋语："余作书每误秋为春，友人旁观笑曰：'陈子老矣。'余曰：'否否。余心中常贮春意耳。淮海若在，定奉余为一字之师。盖秦氏心中，亦长有春色也。'""生春"，秦少游《望海潮》为"生秋"，与古人商量，改"秋"为"春"，真一字之师。

沚斋所书楹联，有理趣、有情性，其书法更是可观。其一，理趣。楹联悬之厅壁，日夕把玩吟诵，启人思考，发人心智。如 "一窗初日，满室芸香，书从无字处读起；

三径黄花，半园修竹，事在最闲时做完"，其跋云："人生贵适意，贵随时耳，然书不可不读，亦不可以不知读书之法，无字之处，尤须留意也；事有可做者，可不做者。人有闲有忙之时，最闲时，亦即最忙时。此意知者鲜矣，可发一叹。"启人悟道，理解人生。

其二，情性。跋语抒情，性情溢于字里行间。"余因检索互联网，忽见此联精工清雅，亟研墨以书之。""亟"字传神见性；"月明秋佩"联跋云"身心俱暖，不知楼外严寒矣"，以"暖""寒"对比写身心舒畅。

其三，书法。作为书法家，先生必然重视和欣赏书写。"莺燕静幽芳"联跋："前人集梦窗词为联者夥矣，然未见如匏瓜老人之富且工者。其自书手卷，为现代剧迹，影印行世，沾溉无尽。试录一联，足觇全豹矣。"于此，先生对沈尹默所书手卷极为推崇。先生在跋语中数及书写之事，"谁分弱水"跋"余书不足观，然得佳诗词，乘兴挥翰，则手心皆畅"。先生以行书名世，此中有几幅隶书，引人注目。"一帘芳草"联跋："丁酉仲春，久雨初晴，铺素研墨，未能下笔。余向喜作行书，以其能见功力抒情性也。粤中友人每谓余曰，君少日尝习正书，遍临唐碑，又曾摹写周金，何不稍留意汉人耶。余素不擅隶体，汉人高格，世之俗手效之，每陷板滞一途而不返矣。因集旧词为联，信笔而书，虽未能惬意，亦可塞责矣。"虽言"信笔而书"，用笔、结体都非常讲究，隶中带行，清雅俊逸，可列上品。

初得校样，以为先生所书之联皆为创作或集句，读毕全书方知联语却多选自他书所载，其原因先生自有解释。其一，善圃者不为。"慎言语，节饮食，门户光明，柏叶酒觞多吉气；蓄道德，能文章，江山秀美，梅花画稿扇清芬。"跋语："节庵先生诗，如夏剑丞所云'孤怀远韵，方驾冬郎，是以芳芬悱恻，溢于篇什'。己亥春，余作笺校毕，遂搜其联语，以为附录，因戏集缀数则，作十七言联，此所谓移花接木手段，乃善圃者所不为也。""还赓旧曲，天涯倦客归来，触痕犹记西窗约；重返春风，笔底丽情多少，花开空忆倚栏人。"跋云："余素不善集联，又不欲径袭前贤之制，因试撷取成句，别作安排，戏号之曰'接枝体'。"所谓"善圃者不为"乃先生幽默智慧的表达方式。

其二，用现成集联以"藏拙"。"新声更飐"联跋："叶遐庵先生尝云，近世集宋词联语者，以杭人邵茗生最著称于时……余为人书楹联，亦喜录之，此藏拙之手段耳。"其实先生于此道是自信的，如有意以己诗与古人同联，"渐路人仙坞"联跋："岁次丙申荷月佳日，微雨初过，展纸研墨，试集吴梦窗《渡江云》《祝英台近》及沚斋句为联。以宋人之佳词，配余之诗，未免唐突古贤矣。"敢与古人比试，这才是诗人才情和高趣的体现。可能应酬较多，先生常谓懒散，实是智慧。"古书能读"联跋："余凤喜集句，窃思集他人诗易，集已诗至难。盖集他人诗，可以己意统率之，断章取义，不问来由也。"

先生有明确的书联标准，理论家谓之诗学主张，可从跋语中知其一二。首先是别出心裁，不落俗套。"林深仿佛"联跋云："天醉楼集清真、梦窗、白石、玉田词联数百副，皆典雅精工，为近世集宋词联之极则。余尤喜其集玉田。此联分别取《小重山》《木兰花慢》《念奴娇》《减兰》《珍珠帘》词，六句妥帖浑成。集句联有如集诗句，其佳者须于原作原意上，别出新意。此联可以为式矣。"

其次是工稳妥帖，浑成雅致。这在跋语中多次出现，他赞扬梁任公之弟仲策亦精此道，"尤为工稳妥帖"；"然余最喜匏瓜老人所书长卷吴梦窗词集联，浑成妥帖"；"古意漫说玄真"联跋："忆得壬寅春日，庸斋师为说玉田词，盛称其清疏自然，精警与贯注之处。又谓不善学之，则为易流于浮滑，堕入浙西末流之窠臼矣。"一言"工稳妥帖"，再言"浑成妥帖"，避免"浮滑"，其对浑成工稳的追求是一贯的。

再次是意境闳约，格高韵远。"梁任公尝集宋词为联语，以赠徐志摩，骈偶虽未甚工，而意境深美闳约，余甚喜录之。"可见于浑成妥帖外，尚有意境深美闳约的要求。"云岫如簪"联跋"叶遐庵先生谓邵茗生《衲词楹帖》能随所寄而发露其精神"，"看龙蛇飞落"联跋"邵茗生《衲词楹联》帖，此联格高韵远"，这也是诗家韵味和高格的体现。

沚斋书联一般取自楹联集成之书，"花前眼底"联跋云："清人集宋词为联已成风习，肇至民国多编集成书出版，其著者有顾文彬《眉绿楼词联》、林葆恒《集宋四家词联》、俞镇《娉花媚竹馆宋词集联》、程伯堂《宋词集联》等，尤以杭人邵锐《衲词楹帖》最富者，竟达三千余数。己亥友人持二十格朱丝阑联纸属书，遂遍翻诸本，唯于邵氏书中得此联而已。盖长联难得意贯也。"先生用得较多的是朋友所赠《衲词楹帖》，"双桨凌波"联跋云"近日友人赠我一书，名《衲楹词帖》，乃杭州邵茗生所撰，竟多达三千余副。古来集词联，无此之盛矣，试录其一，以征诸同好"，所言即《衲词楹帖》。

姚亶素《天醉楼》集联亦常用者，"见皓月相看"联跋"姚东木老人《天醉楼戏集清真梦窗词联》"即是。沚斋先生书联多有采自姚亶素《天醉楼戏集清真梦窗白石玉田词联》《天醉楼戏集清真梦窗词联》。但姚亶素所集张炎词并不见于通行诸本。"林深仿佛旧曾游，步翠麓幽寻，寸心吩咐梅驿；月色平分秋一半，记东栏同倚，几回错认梨云。"此联即与通行《山中白云词》稍异，《小重山·题晓竹图》，水竹居本、四印斋本作"林深忆得旧曾游"，则《天醉楼》另有所本；"步翠麓幽寻"为张炎《木兰花慢·丹谷园》句；"寸心"句自张炎《壶中天·怀雪友》，作"寸心分付梅驿"，《壶中天》即《念奴娇》；"月色平分"句自张炎《减字木兰花·寄车秀卿》，作"月色平分窗一半";"记东栏"句自张炎《真珠帘·梨花》，作"记东阑闲倚";"几回"句自张炎《露华·碧桃》。计与通行本全同者两句。如姚霅素当时所录无误，则张炎词另有一版本尚未为时人校勘所用。因此，有心人赏玩书写《沚斋书联》，复核典籍，如有字句稍异，可自行选择。如"月色平分秋一半"，通行本"秋"作"窗"，各有其妙，"窗"字似更有趣味。

沚斋先生尊重古人，但偶有批评。"余观霅素先生所集多工缀者，然词语或未免颓唐，惬意者甚鲜也。""颓唐"之联语为先生所规避。先生多书前人集联，但不时也显示自家手段。如"一椿心事"联跋"取梁任公所集宋词联，重组之，以达己意"。值得注意的是，先生选取联语时，会兼及诗家全貌，如"伴明窗，书卷诗瓢，寄傲怡颜，赢得如今怀抱；满烟水，东风残照，携歌占地，安知不是神仙"，跋云："刘熙载谓张玉田词清远蕴藉、凄怆缠绵，而余则颇赏其疏澹放旷之语。南宋江湖一派，身在山林，心怀魏阙，何尝梦到玉田之高境。"

王炎《东山集句诗序》云，东山集句如即事体物，委曲亲切，自出机杼，无附离牵合之态，非特胸中富于诗什也，其学贯穿经史，根源深长，非如后来缀缉文字，于举子事业外叩之空空无有也。此序为研究集句者必征引，但未言"东山先生"为何人。按，王炎乃南宋徽州婺源人，汪绎徽州黟县人，号"东山先生"，故云"东山先生吾州前辈之贤者"。王炎评东山先生语，亦可移来评泚斋先生。

赞曰：诗人学者书家南天独秀；风骨清神高节四海相传。

陈永正著，岭南美术出版社，2020 年

《白居易诗歌精解》序

　　白居易是中唐诗人的杰出代表，现存诗歌近三千首，创作数量之多，作品保存之完整，在唐代诗人中首屈一指。白诗多因事立题、感遇兴叹、裨补时弊之作，在当时即广受欢迎，流布极广，刘禹锡《和乐天南园试小乐》曰："多才遇景皆能咏，当日人传满凤城。"影响更延及日本、朝鲜等邻邦，《白氏长庆集后序》自云："其日本、新罗诸国及两京人家传写者，不在此记。"白居易在古典文学史中占有重要的一席之地，二十世纪以来，随着唐代文学研究的深入推进，白居易研究亦多有创获。诗集注释是建构诗歌学史的基础性工作，白居易诗歌注释已经取得了比较丰硕的成果，白氏全集的校注本，有朱金城先生编撰的《白居易集笺校》（上海古籍出版社，1988 年），以及谢思炜先生校注的《白居易诗集校注》（中华书局，2006 年）。至于选本方面，据不完全统计，约有二十种之多，既有单选，也有合选，较有影响的有王汝弼先生选注的《白居易选集》、顾学颉和周汝昌先生选注的《白居易诗选》、褚斌杰先生主编的《白居易诗歌赏析集》、苏仲翔先生选注的《元白诗选》、龚克昌先生选注的《白居易诗文选注》等。

郭杰教授这部新著，是白居易诗歌研究的新创获。此书在充分吸取相关研究成果的基础上，融汇自己的心得体会，提供了一套兼具学术品位和可读性、雅俗共赏的选注本。本书选诗，经考据可明确系年者，按时代先后编次，其余则以类相从，力图兼顾思想性和艺术性，将白氏最具代表性的作品荟于一编。正如北京大学傅刚先生在为本书所作的序里说的一样："白居易诗歌选注已经出版了很多种，注释成果也有不少。因此，要想独树一帜，实属不易。"本书能在现有成果上更进一步，是后出转精之作，其优长体现在如下方面：

其一，选诗博洽。白居易诗集中有两千八百余首诗歌，存诗数量为唐代之最，这是由于他亲自整理，精心保存了自己的诗集。但是，如宇文所安评价，白氏诗作，尤其是晚年作品，多有自我重复的缺点，因此，如何在众多作品中进行取舍，全面而有层次地展现白氏诗歌艺术的成就，很能体现出编选者的功力与识见。现有选本或诗文兼选，或诗文分开，所选数量一般在百首上下。本书精选了白居易诗歌二百七十五首，选目注重思想性、艺术性，举凡白居易诗歌创作的名篇大都收入，颇具代表性，基本涵盖白居易各个时期的创作，全面、清晰地呈现了白氏诗歌创作的发展演变轨迹。除了选入《赋得古原草送别》《大林寺桃花》《长恨歌》《琵琶行》等经典篇目外，还将《新乐府》《秦中吟》组诗全部录入，这在现有白氏选本中是不常见的。白居易强调诗歌主讽喻、补察时政的政教功能，主张"为君、为臣、为民、为物、为事而作"，"文章合为时而著，歌诗合为事而作"，反响巨大，影响深远，《新乐府》《秦中吟》等诗正是其诗论主张在创作上的积极呈现，理当成为选集中不可或缺的重要部分。此书对此类诗歌的完整收录，补充了现有白氏选集的不足。另外，如《送张山人归嵩阳》等诗的选入，也是其他选本不多见的。

其二，设置题解，体例精当。本书每首诗均由正文、题解、注释三个部分组成。每首诗正文下设"题解"和"注释"，题解部分剖析写作背景、诗歌主旨、诗法、艺术特色；注释部分笺释典故、名物、典制，精练清晰，辨析入理。设置题解，可谓郭氏此书的一大亮点。此选本的受众是一般研究者与普通读者，题解的设置，为读者提供了相关背景资料，以起知人论世之效；对诗歌主旨的解读，可以指导读者准确理解诗意；分析诗法、总结艺术特色，则起到了引导鉴赏、启发审美的作用。

更进一步，此书题解还涉及诗歌背景、鉴赏的相关论争。以《赋得古原草送别》为例，这是白居易的一首代表作，童叟皆知，唐人张固《幽闲鼓吹》曾记，白居易初到长安时，曾携带诗文谒见著作郎顾况，顾况即对此诗大为赞赏，使白居易名噪京城。此事甚著于文学史，但近年来研究者已对之存疑，认为记载不实。撰者引朱金城的《白居易年谱》之论证，当时白居易无赴长安的可能，复举傅璇琮《唐代诗人丛考·顾况考》认为此事不过是一种故事传说而非确有其事之观点，逐一详细存录，以备考索，足见编注者严谨的治学态度。

其三，广泛吸收前沿成果，独有创见。近代以来，朱金城、谢思炜、蹇长春等学者在白居易研究的专门领域建树良多，此外，陈寅恪、傅璇琮、程千帆等学者也在唐代文史研究领域取得了极为丰硕的成果。这些杰出成就是后学继续前进的坚固基石。以往白居易诗歌选本或由于出版时间较早，或由于篇幅所限，多未能将最新的研究成果纳入其中。此书广泛吸收了相关研究的成果，如傅璇琮《唐代诗人丛考》（中华书局，1980 年），傅璇琮《唐代科举与文学》（陕西人民出版社，2003 年），朱金城《白居易年谱》（上海古籍出版社，1982 年），蹇长春《白居易评传》（南京大学出版社，2002 年），陈寅恪《元白诗笺证稿》（上海古籍出版社，1988 年），《唐代政治史述论稿》（上海古籍出版社，1997 年）等。

以对《长恨歌》"孤灯挑尽未成眠"句的注释为例，历代诠解者多诟病此句描写与史实不符。宋代邵博《闻见后录》云："宁有兴庆宫中，夜不烧蜡油，明皇帝亲自挑灯者乎?"陈寅恪《元白诗笺证稿》亦以为"富贵人烧蜡烛而不点油灯,自昔已然……文人描写,每易过情"。程千帆《古诗考索》持见较圆通,认为若如实描写明皇红灯高烧的生活环境,则难以成功展示其凄凉孤苦的精神状态。撰者列举历代诗评家论,指示读诗之途径:"一方面,只有了解古典诗歌所描绘的当时的生活情态,才能理解其中所表达的思想情感;另一方面,又不能胶柱鼓瑟,字字拘泥于诗中提到的事情、史实、典章、名物,毕竟诗歌是艺术,而不是历史……由诗中的生活细节,进而体察诗人的情感底蕴,才是读诗的更高境界。"类似的例子,还有《琵琶行》中白居易在夜半时分舟中与陌生女子相聚长谈,是否符合朝廷官员应守的礼法的争论,撰者在列举了诸家论点后,从艺术乃在表现"或然",不必表现"已然"的高度上,进行超越式的解读。

其四,注重揭示白氏诗歌艺术源流。中国古典诗歌是一个由历代创作经验积累而成的庞大艺术体系,揭示诗歌的艺术源流,是诠释诗歌的一个重要维度,亦有助于其进行深度解读,对其艺术成就进行客观、准确的评定。此书在这方面尤其用力。如《登乐游原望》"可怜南北路,高盖者何人"句,郭注曰:"杜甫《梦李白》其二云:冠盖满京华,斯人独憔悴。白居易此诗中表达的痛惜愤懑之情,与杜甫一脉相通。"《赋得古原草送别》注释指出:"白居易此诗显然受到王维的影响。"《续古诗(十首选一)》题解指出："这首诗取意于晋代诗人左思的《咏史·郁郁涧底松》一诗。"《长恨歌》注释指出"在天愿作比翼鸟，在地愿为连理枝"两句，以及诗歌结尾部分，明显受到汉乐府《孔雀东南飞》卒章"两家求合葬，葬在华山傍。……中有双飞鸟，自名为鸳鸯。仰头相向鸣，夜夜达五更。行人驻足听，寡妇起彷徨。多谢后世人，戒之慎毋忘"的影响。还有书中诠解《邯郸冬至夜思家》"想得家中深夜坐，还应说着远行人"句，谓："这二句不直说自己思念家人，而悬想家人思念着自己，使情感的表达更深了一层。"并将此种手法追溯至《诗·魏风·陟岵》，指出白诗对这一悠久传统的承继，"白居易这首诗也为这种艺术传统增加了优秀的范例"。

白居易是中国古代杰出诗人，其诗歌成就巨大，影响深远，是我国古代文学、文化的优秀遗产。郭杰教授此书体例精当，选诗博洽，笺释精练，解读到位，是一部具有极高学术水平与学术品位的选本。同时，此集又能够兼顾一般读者，以题解的方式，对诗歌的写作背景、创作时地、内容主旨、艺术特色等做出深入浅出的导读。这部学术精品的推出，不但能使专业研究者受惠良多，也为一般读者接近、了解、欣赏白居易诗歌提供了指引，对中国优秀文化遗产的普及、推广工作，更具有极大助力，可谓善莫大焉！

郭杰著，中华书局，2021 年

《唐代文学与汉代文化精神研究》序

在世界文化的视野中，汉唐文化可以说是中国文化的代名词。如何从文学的角度阐释两个朝代的关联性，应该是值得深入探讨的课题。杜君玉俭先在南京大学研究汉代文学，后从我治唐代文学，正好可以将汉、唐文学结合起来，故其博士论文选题确定在唐人对汉代文化、文学接受的范围内。玉俭从写论文到现在已有十年，我期待他的博士论文经过修改，能早日问世。现在他来信说论文有了出版机会，并要我写序。高兴之余，我还是答应了他的要求。不过他毕业较久，我对论文的具体内容确实有点陌生，今天重读一遍，觉得该书通过对文献的细读，得出的一些结论为唐代文学研究者注意不够或很少关注的，至今仍给人以启发。

这是一部全面研究唐代文学和汉文化精神关系的专著，颇有开拓之功。

第一，透过唐人吸收汉代文化的视角对唐代文学的一些现象进行深入解读，如唐诗中以汉代唐的现象，过去的研究者虽然关注过这一现象，但从未进行过认真探讨，本书则对这一现象的各种表现形式、在唐朝不同阶段的演变，尤其是与唐朝普遍存在的崇汉思潮间的关系进行剖析，指出以汉代唐的中心和重心是在朝廷，给人耳目一新之感；再如辨析唐代试策形式的变化与董仲舒《天人三策》间的关系，分析合情合理，研究对策和唐代文学的人过去从没有涉及过该问题，本书却很好地解决了。在具体作品的解读方面，从该角度入手，也与传统解说不同，如李白著名的《嘲鲁儒》诗，过去都认为是李白讽刺鲁地儒者的不通世务，本书则认为李白所嘲主要是指汉初不追随叔孙通的鲁儒，唐朝鲁地儒者地域色彩并不明显，李白经常把历史和现实混淆。我虽研究过《嘲鲁儒》诗的写作背景，与玉俭所说稍异，但玉俭的分析也是言之有理，可备一说的。唐朝咏侠诗数量众多，但很多并非写实，而是读《史记·游侠列传》或《汉书·游侠传》引起的心理反应。唐朝作家常见的一些做法，如献赋、谏猎等，都与汉朝作家做法有关。文中新见迭出，对唐代文学的研究起到深化作用。

第二，作者把文学研究和思想研究结合起来，通过对作品解读还原作家的思想观念，补充思想史研究的不足。思想史研究者多是从著名思想家的思想著作入手研究思想的演变，其实，在各种文学作品中，都反映着作家本人或他生活时代的思想观念，这是研究思想史的重要文献来源，往往比专门的思想著作更鲜活，更能反映现实中的人内心的波动和矛盾，但中国思想史的研究从文学作品直接入手的还不多，本书注重文学和思想观念之间的互动关系，发现一些过去未曾注意的现象，如唐代瑞应出现的几次高潮与现实政治间的关系，唐代对天人感应新现象的解释等，思想史著作中还没有人提到过。

第三，作者对文献的阅读心细如发，常能发现一些不易被人注意的问题。如唐代边塞诗中多把昭君出塞的方向说成朝西北，这明显与汉元帝时呼韩邪单于所处方位不同，唐人把突厥理解为匈奴，故用突厥所处方位理解昭君出塞的方位。再如中唐以后题四皓庙诗大量增多，本书指出这一文学现象与商山路上四皓庙的重建有关。而批判天人感应思想的几位著名人物如柳宗元、刘禹锡、李德裕等人，都写过大量歌颂瑞应的诗文，职务写作所要求的主导思想与作家个人观念不一致时，他们如何处理？这些问题过去研究者少有触及，回答这些问题，对唐代文学研究的深入不无好处。

第四，纠正唐诗注释的某些错误。千年以来人们虽然对唐诗倾注大量精力，进行校勘、注释、评析，但关注的对象主要集中在少数大家和一些名诗上，大多数唐诗从未被注释过，即使是学养深厚的学者，阅读全部唐诗而不遇到一点文字障碍也是不可能的，更不用说普通读者了。针对这种实际情况，陈贻焮先生主编了《增订注释全唐诗》，对现存所有唐诗进行注解，为研究和阅读唐诗提供很多方便，可以说是功德无量的好事。在对一些诗进行解释时，因为前人从未注释过，无法参考前人的成果，也出现过一些望文生义的情况，本书则根据唐人经常把当时社会情况与汉朝相关时期比附的特点，纠正某些误注，如贾至《自蜀奉册命往朔方途中呈韦左相文部房尚书门下崔侍郎》诗，中有"夏康缵禹绩，代祖复汉勋"之句，注释者把句中"代祖"理解成汉文帝，认为汉文帝刘恒做皇帝前曾经是代王。这样理解表面看也可通，但是，文帝虽做过代王，却从来没人称他为"代祖"，若联系到安史之乱爆发后当时诗人把唐肃宗比作汉光武帝刘秀，而刘秀的庙号为"世祖"，唐人避唐太宗李世民的讳，称"世"为"代"，这个误注就不会出现。另如唐玄宗《过晋阳宫》诗，中有"林塘犹沛泽，台榭宛旧居"之句，是把唐朝发迹之地比作汉高祖之家乡沛和光武帝家乡宛，从张九龄《奉和圣制幸晋阳宫》"霸迹在沛庭，旧仪睹汉官"之句可知，注释者根据辞典，把"沛泽"注释为"水草丛生的沼泽地"，就是未懂唐人把唐之开国与汉之开国相比拟的缘故。从这两个例子可以看出，从汉唐之间文化关系入手对准确理解唐代文学作品确有不可忽视的意义。

玉俭读书广泛，与时下为写论文有选择地看书、找资料不同，这自有其好处。但人生的精力有限，在某一时段着力于某一专题数据搜集阅读，可能会更快、更好地出成果。其实研究问题，不断出成果，也是迫使自己认真读书、读更多书的好方法。研究汉、唐文学关系，工作量很大，玉俭在答辩时尚未能完成计划中的全部写作，希望在时间宽裕的时候，能把魏晋南北朝时期汉朝情结的演化情况进行梳理。这样会有助于深化对唐人接受汉文化的认识，其工作是有意义的，它必然为推动唐代文学的研究贡献出更好的学术成果。

杜玉俭著，商务印书馆，2012 年

《唐代中央文馆制度与文学研究》序

　　夏平的博士论文出版在即，我们都为他高兴。他希望我为其书稿写序，我颇为犹豫。忝为导师，我理该应承，但我还是想请人帮他作序，虽做了些努力，并未如愿。现在我也只好自己勉力为之了，写上重读他论文的感受。

　　近年来，唐代文学的研究，多在宏观的文化背景下展开。《唐代中央文馆制度与文学研究》一书，就是将文馆制度与文学结合起来，在制度考辨的基础上，解决与此相关的文学问题。其落脚点最终归于文学，文题"与"之含义，乃力图求证唐代中央文馆制度和文学之间的联系。

　　有唐一代的知识分子，或在朝，或在野。在朝的文士是文化建设的中坚力量，多汇集于中央参与文化建设和文学发展的馆所，亦即国子监、弘文馆、崇文馆等文化馆所。从初唐修撰八史，到三百年间国子监等官学机构的设置，以及国家图书编写与整理、历法与法律的制定，等等，作为活跃在唐朝政治文化舞台上的知识精英，中央文馆文士通过文馆这一平台，集中展示了唐代文士之风貌，于唐代文学以及社会文化形态的影响是毋庸讳言的。作者选定这一研究视角，学术敏感与宏观前瞻意识已暗蕴其中，学术研究价值，自不待言。

当然，对于唐代中央文馆的制度沿革，前人曾有过专门研究，有时也间接涉及与文学创作的关系，但对此进行全面与系统的分析探讨，此篇论文尚属首次，而以文学为研究重点之异于他文的特色，无疑在这一研究领域具有开拓性意义。

论文的写作，是在艰辛中展开的，作者从两《唐书》《全唐文》《资治通鉴》《唐代墓志汇编》《唐代墓志汇编续集》等大量的文献资料中钩稽出四十余万字的材料，爬梳剔抉，排比分析，为整篇论文写作奠定了扎实的文献基础。而写作过程中，作者有幸获得香港"爱德"基金会的资助，在香港中文大学进行了为期两个月的访问学习。香港中文大学的丰富藏书，为论文的写作提供了大量的港台和域外文献。在广泛查阅大量文献的基础上，作者坚持从第一手文献的阅读和分析入手，充分吸收前人已有的研究成果。因此论文视野开阔，而又能取精用弘、融会贯通。

作者颇具问题意识，善于发现问题和解决问题，以体察入微的学术敏感解决了文馆制度研究中的许多基本问题。我们在第二章"制度生成之文化阐释"、第五章"文馆与唐代诗歌"中，尤能感受到这一点。在研究方法上，注意材料搜集和整理，运用文史互证之考据法、比较研究法、计量分析法等诸多研究方法，辨析文馆文士之人名及科第出身，通过大量图表，从各个方面、多角度地分析文士素质，形象而具体地说明明经与进士关系之变化，让读者准确并直观地了解最原始的文学创作实态，融科学、客观与立体、形象为一体，化繁芜、主观之叙述为清晰、精确之图表。

此书是立足于文人、文学而展开对文馆的研究。颇具新意的研究视角，使得此书在前人基础上将研究推向深入，不乏学术新见和创获。

在文馆制度的研究上，论文梳理了文馆制度之沿革，考察其设置时间、人员建制和文士职掌，在此基础上，阐释文馆制度形成的文化内涵，得出唐代中央文馆制度的设置与政治文化紧密相连的结论，其地位的升降与文教政策的调整和政治上的人事变动相关。并分析了各文馆各时期文士任职资格中的变动，清晰展现了唐代文化建设进程的轨迹。文末所附《唐代文馆文士任职及出身简表》花费了作者大量的心血，从各种典籍中搜集到文馆文士2551人次，依据文献记载和前人考证著述，将此2551人次分别从时间上划归到唐代各时期，并根据《登科记考》和《登科记考补正》依次标注各人的科第出身。这既是本文分析统计文士素质的基础，又提供给读者一份详备的文馆文士文献参考资料。

上述文馆制度的研究无疑于教育史、思想史的研究大有裨益，不过此书更大的特色还在于研究目的落脚点最终归于文学。它从文馆视角透视文人与文学创作，给文学研究带来了新的气象：第三章文士素质分析，论析其任职资格中的文学因素，第五章修撰类书与"檃括体诗"之关系，第六章论传奇小说中对史官文学的借鉴，以及修撰中非文学因素的影响，第七章元、白、韩的创作与其职务生活之关系，均能从文馆与文学关系的角度予以论述，于唐代文学研究疆域有所拓展。

文学的进程往往是诸种合力的结果，以文馆文士任职与文学创作的关系之视角来探讨这一进程，实际上是提供一条新的思考路径来透视唐代文学。作者将其与诗歌、小说、行状及墓碑文诸种文体分而述之，让我们看到唐代律诗之律体律调基本定型于初唐文馆文士，集贤院的兴盛将它进一步推向成熟。而修撰类书和创制"檃括体诗"思维上的一致性，展现出文馆与诗歌的一种内在联系，创作者的史官出身，历史意识的生成及对史传文学笔法的借鉴，无不凸显出文馆与传奇小说的联系。行状、墓碑文等一类应用文体，其修撰是文馆文士的职责所在，其体式的嬗变也多与制度相关。

要驾驭"唐代中央文馆制度与文学"这样一个大题目，实属不易。可喜的是作者不仅能够条理清晰地对该题进行了全面的论述，而且还有意识地从个案分析入手加以论列。本书的最后一章"文士任职之个案研究"选取中唐的代表文学家元稹、白居易以及韩愈三人做出了较为细致的分析研究，这无疑是对整体论述的一个有益补充。作者能够有意识地运用这种点面结合的论述方法，本身就是学术思维成熟的一种表现。

当然，任何一部学术著作都难做到尽善尽美，作为一位年轻学者的处女作，本书在制度与文学的相关性研究上已作了很全面的论述，但值得进一步拓展的方面仍不少，正如作者自己所意识到的，文馆文士的分析，不应仅停留于科第出身和任职资格两方面，还可以从文士升降的规律中加深对他们的认识。此外本文以处于中央的文馆文士为研究对象，关注的是文化强势区，文馆文士的流动必然牵涉到地方文人，所以文化强势区与弱势区的互动研究亦是可以加强的一个方面。

论文答辩以后，夏平高兴地看到李德辉先生著作《唐代文馆制度及其与政治和文学之关系》出版，这说明文馆文士与文学研究日益被学界重视。二书侧重点和写法有异，夏平的工作比较重视文学问题和文学自身的演进。二书能互为补充，也是学术界所希望的。

夏平家累很重，但立志高远，学习刻苦。他能坚持完成学业，克服了不少困难。在硕士阶段，他跟随贵州大学房开江教授研习唐宋词。房先生在生活上对夏平多有关心和帮助，学习上对他严格要求。夏平在我面前说到房先生时都很动情，也让我感动。夏平随我学唐代文学，在研习内容、方法和风格上都要作些调整或转变。他来华南师大时，我正开始做《唐代中央文馆文士考》项目。我们商定他的论文就做唐代中央文馆文士与文学关系的研究，并让他接手做《文士考》。这一工作是需要时间作保证的。夏平自己也很努力，一年多时间就完成了三十多万字的文士考订稿。我对他期待较高，平时要求也特别严格，而他自己也不断给自己加压。这一年，他春节留在学校，没能回都昌看望父母，也未能去贵阳和恋人相聚；在香港访查资料期间，他父亲旧疾突发去世，未能见上最后一面。想起这些，我总不能心安。

我在相当长的一段时间里做唐代幕府与文学关系的研究，其中所涉的文士基本上是活动在地方的，是在野文士，而任职于唐代文馆及中央各部的中下层官吏则属于在朝文士。朝野文士之间的关系如何，其文学创作是如何互动的，文学作品的雅、俗与朝、野文士分列有无联系——这样一些问题应当继续探讨。夏平对学术研究有兴趣，有感情，其有意于此乎？

《初盛唐礼乐文化与文士、文学关系研究》序

　　赵小华告诉我，她的博士论文得到了广东省优秀哲学社会科学著作出版基金岭南博士文库的资助，即将付梓出版。她请我为此书写序，我很愉快地答应了。

　　近年来，唐代文学的研究因其成熟在选题上有了相当难度，但还有不少领域可以去开拓，有不少课题可以去深化。在交叉学科中阐释文学存在状态、在宏观文化背景下描述文学演变的规律，肯定会丰富文学研究的视角、手段和方法。二十多年前傅璇琮先生在《唐代科举与文学》的序言中曾经说："从研究一个作家、学者，或者政治人物着手，来展示一个时代，已经成为许多著作者所采用的方法了，其中还曾产生过一些杰作。但是，是否可以抓住某一历史时期带有普遍性的问题，作为叙述的线索，把一些零散的社会现象和人物行迹串连起来，使内容的覆盖面更大一些呢？鉴于社会是在不断地发展，社会生活又是如此

的纷繁多彩，研究方式也应有所更新，要善于从经济、政治与文化的相互关系中把握住恰当的中介环节。"小华的博士论文选题就是基于这一认识而产生的，其所寻找的中介环节，就是礼乐文化。初盛唐礼乐文化与文学、文士关系的研究，无疑是宏观文化背景下的交叉性、综合性选题，驾驭起来确有一定的难度。

从社会思潮或社会文化的角度来研究唐代文学，已有相当多的优秀著作。儒释道三种文化思潮在唐代社会充分交融汇合，形成包容开放的大唐文化。但在思想渊源上，学界多讨论佛道思想对文学的影响（如道教对唐诗想象力扩张的作用、佛学对诗境艺术与意境理论的影响等），较少关注儒学。客观地说，唐代统治者的重儒政策、唐代官方教育中的崇儒倾向、唐代科举考试中的尚儒情结都使得儒学思想成了唐代文人成长和发展的主要文化背景，从而必定影响着唐代文学的演进和发展。儒学思想是一种具有深远文化渊源的传统意识，作为一种文化规范、文化归属与价值取向牢固地存在于社会心理中，由此而成为实际的占统治地位的思想。它既是唐代文人生活和文学作品创作的土壤，也是唐代文化和唐代文学内在的精神命脉，其对文学的影响除了诗教观，应该还有更丰富的层面；而作为儒学思想核心的"礼乐文化"与文学的关系，更应得到进一步揭示。

然而，学界对此研究并不充分。首先，是关于唐代儒学的研究不平衡。对儒家思想及其学者的研究大多集中在中唐以后的啖赵陆春秋学派和韩柳李刘身上，对初盛唐时期较少关注。同时，从儒家学术文化背景来关注文学研究的成果也较少。其次，在礼乐文化与文学关系研究方面，先秦文学是研究重点，有诸多论文围绕《诗经》《楚辞》及礼乐文化进行阐发。而对于唐代文学与礼乐文化关系方面，目前尚无专文和专题研究。典型如武则天举行大量礼仪活动与其改朝称制的联系在史学界渐引起学者兴趣，而这些礼乐活动对唐代文学的深刻影响却至今没有得到进一步揭示。最后，唐代文学经历了一百余年的缓慢发展后才走向高峰，对初盛唐礼乐文化与文学的研究有助于充分、准确地解释盛唐文学高潮的到来，可惜学界对此关注度仍然不够。

小华的研究以初盛唐礼乐文化的构建和各时期国家文艺政策的制定为阐述前提，对文人活动和文学作品进行综合考察，探索文士的实际行动、演绎文人积极参与礼乐建制的过程、诠释礼乐文化观照下的不同文学形态，寻绎作品所体现的文学风格与文化本源的关系，最终揭示礼乐文化对初盛唐文学发展的深远影响。她在对古代典籍的细读中爬梳剔抉、阐幽发微，指出初盛唐立国伊始，唐王朝面临着社会整合和秩序重建的问题，由此而选择了对社会责任勇于承担、对现实生活坚决干预和对政权统治起巩固作用的儒家思想作为官方思想。此一选择，总体来说，引领了其时的社会文化发展、文学风尚和文人心态。分而论之，首先，是通过国家文艺政策为文学发展提供了导向，初盛唐时期国家文艺政策对当时文学演进的影响各各不同。其次，通过教育与科举的一致性推动文士或间接或直接的方式参与社会文化建设。再次，通过对唐代文学发展的原生态状态的分析可以看到，在礼乐文化的观照下，家训、郊庙歌辞、宫廷诗、颂、赋等多种文学形式或重新被纳入了文学的视野之内，或呈现出不同于以往的固定解释。最后，那些记录礼乐活动、反映国家典礼、倡扬礼乐精神的文学作品，辞藻吉祥、声调响亮、对仗精工，富有富贵气象，生动地反映了初盛唐君臣际会的盛况，描述了大唐由初转极盛时期重大国事活动的盛貌，具有艺术和史实的双重价值，并在一定程度上影响了其时的文风走向。

通过阅读本书，我们可以看到，以上的梳理是思路清晰、阐述充分的，许多宏观的叙述都落在了实处。

比如，本文第二章从宏观的国家政策角度考察礼乐文化对文学的作用，属于唐代政治与文学的研究范畴。由于政治制度的形成和演变是一个相当复杂的过程，在各个朝代、各个时段都可能出现一定程度的差异，这使得相当多的政治与文学关系的研究着力于勾勒制度演变过程、探究形成原因，从而在一定程度上冲淡了对文学现象的关注，对文学规律的揭示。而作为政治制度重要组成部分的国家政策，却往往关乎一朝一时，其演进简单明了，有迹可循，容易把握，相关资料留存丰富。通过以国家政策为视角来观照文学，可以清楚地描绘出文学受到政治的最直接影响；通过比较不同时段国家政策的变化，可以较明确地展示文学文风发生变化的外在原因，对于文学演进轨迹的探寻不无益处。作者以具体的国家政策（尤其是文艺政策）为切入点，分论太宗、武后和玄宗三朝的国家文艺政策和文化措施，避免了过多纠缠于政治制度的演变而忽视文学问题、因政治制度的复杂性导致文学现象无法详细描述的弊病。

第三章转换视角，从作为社会文化建设和文学创作主体的士人角度剖析时人（尤其是知识分子）对礼乐文化和文学的双重接受与沟通。作者首先从教育与科举的一致性阐明唐代文人深厚的儒学精神，得出宏观的结论；再从《唐六典》中钩稽了唐代官制设置中九品及以上直接与礼乐文化相关的职位计 460 人次，充分说明了国家从政治职位上规定文人大规模参与礼乐活动；最后再专列一节，以张说为例，细绎作为中介的文人在礼乐文化和文学发展方面的作用，令人有重重推进、层层深入之感。

此外，作者立足于礼乐文化的观照，所选取的文学形态颇有别于传统。郊庙歌辞本身便是记录礼乐活动的文学样式，其产生以祭祀礼仪为出发点，集诗歌、音乐、舞蹈为一体，蕴含着天人合一、训人崇德、慎终追远的文化含义，与祭祀本身的内涵高度一致。初盛唐时期的宫廷文人和宫廷诗歌占据了其时文坛的两个多数，从社会文化角度来看，初盛唐宫廷诗成长在勃兴的礼乐文化土壤上，其题材选取、内容表达、形式考量、审美风尚以及风格流变诸方面无不深受影响。典礼赋和颂文产生于礼乐、使用于礼乐且本身就是礼乐之一部分的事实证明了其与礼乐的不解之缘，其"仪式叙述"的鲜明特征，在礼乐文化的背景下能够得到更清晰地阐明。

关于礼乐文化与文士及文学的关系研究，尚有许多问题要进一步深入思考。比如，从思想史来看，在贫困的唐代哲学发展历程中，儒学的发展之路如何？儒学的学术发展史表明，它本身是具有一定的社会批判能力的学术；但初盛唐时期的儒学，是如何在实践中丧失其批判的能力，从而进入盛世的平庸的？从文学史来看，文士对具体礼乐活动的参与情况可否作些较精确的考订？某些文学作品的创作契机与礼乐活动的关系能否进一步明确乃至形成前后连续的礼乐文学史？从社会发展史来看，是否还可以进一步考察"安史之乱"之后社会文化思潮和文学的发展情形，以便从更绵远的时间和更广阔的空间范围来探讨礼乐文化与文学的关系？

小华随我攻读博士学位，可以视为哲学和文学相结合进行研究的探索。我和小华都供职于华南师范大学，但并不相识。2003 年秋季的一天，她来电说想考我的博士。听她自我介绍不是中文专业的，我有些吃惊。古代文学的学习，向来重视学术的功底、基础的积累、专业的素养和严格而规范的学术训练，在这些条件都不具备的情况下，仅凭着对这门学科的兴趣和热情，能完成艰难的学习任务吗？这样的疑问不是我一个人才有。小华顺利通过入学考试和面试，正式录取名单刚公布，就有同事不无担心地提醒我这一点。我虽有些担心，却更希望她能发挥自己的优势，跳出拘囿，以交叉学科的视野研究文学。于是从录取名单定下来起，我便几次找来小华和她的同学谈话，开始制订博士阶段的读书计划和学习目标。这样，他们至少提前了3个月进入博士学习的状态——这中间，包括了一个长长的暑假。实践证明了这一方法的行之有效。我后来又把它推广应用到所有的研究生中。

针对小华的具体情况，我和她一起制订了结合以前的哲学专业来做古代文学论文的计划。最初设想的选题是"礼与唐代文学"。小华在阅读元典、查找资料、归纳总结的过程中结合自己的实际情况和研究兴趣对选题作了多次修正。每一次她都会拿出比较具体的意见和计划。于是，在一次次的修正中，博士论文的雏形也就出现了。小华含蓄沉潜，勤奋执着，她克服了很多困难，出色地完成了自己的学业。

从哲学学科背景而入古代文学的学习，其中既有跨学科交叉的优势，也不乏艰辛之处。论文的写作过程和结果本身，犹如一面镜子，忠实地录下了这看似矛盾的两个方面。就前者而论，本书的选题、立意有较强的理论思辨性，结构安排和论证过程的严谨都充分体现了作者经过哲学训练后清醒的思维；就后者而论，充满激情的兴趣要进一步提升，典籍的阅读与消化还要加强、作品的赏析与感悟有待提高、文学的本位与回归尚需坚持。小华有志于中国古代社会文化的研究，前面的路还很长。我期待着她兼持诗性的心灵和睿智的眼光，一路前行。

赵小华著，广东人民出版社，2011 年

《晚唐文人仕进心态研究》序

封建社会文人仕进问题，历朝历代都是社会的焦点。它关系到文人们的前途和命运，也关系到文人自身家庭乃至整个家族的兴衰。由于仕进问题的重要性，文人仕进心态研究本应是古代文学研究者颇多关注的话题，但恰恰相反的是，这方面研究一直较少。现在，乐军这本书稿以研究文人仕进心态为主，并选取了晚唐这一独特时段作为研究范围，学术价值和创新之处还是值得称道的。概要地说，主要有以下几点：

一是首次对晚唐文人仕进心态进行系统和专门研究。毋庸讳言，古代文学研究中，对文人心态的研究近些年出了一些成果，但在文化背景下将文人心态进一步细析并将仕进心态进行专论者寥寥，这正是本书独特的选题价值和意义。唐代文学一直是古代文学研究中的重镇，相关成果汗牛充栋，本书能够另辟蹊径，选取人们关注而研究相对薄弱的文人仕进心态作为写作的切入点，并将晚唐这一具体时段作为研究范围，总体上做到了宏观与微观的有机结合，全文点面结合，立论扎实，有较高的学术价值。

二是大处着眼，小处着手，研究的视野开阔，具体写作则是精耕细作。全书从历史文化地理的角度，比较了不同地域的文人仕进心态。其中路途远近、政治氛围、经济和文化发展状况不同，均会产生不同的仕进心态。并在此基础上，考察了域外如日本、大食、渤海、新罗等国文人在晚唐的仕进情由，得出了较为中肯的结论。从不同阶层角度，分析了士族、小姓、寒素阶层由于社会地位、经济状况、家族背景、人际关系之不同而产生的多种多样的仕进心态。从仕进的过程角度，分别研究了求贡、科场、为官三个时期的文人仕进不同心态；从政治历史背景角度，将晚唐三大政治变故作为文人仕进心态变化的发酵场，深刻论述了文人多种复杂的仕进情由。

三是对传统文学研究方法的良好继承和拓展。古代文学研究，应落脚在"文学"二字上，特别应重视文本本身的解读。仕进心态是文人心态，说到底是通过文人的作品展示出来的一种已经固化的历史文化现象。本书将对文本的精细解读作为分析心态的主干材料，得出的结论自然是最直接、最可靠的；但唐代文学之文本研究已相当成熟，如果囿于文本本身研究，则无疑会作茧自缚；而将文本史料并重，作家、作品、时代三者融通研究，才应是文史学者最佳的治学途径。本书在撰写过程中多结合相关史料立论，较好地体现了这一治学经验，往往于细微处见出作者非常之功。如对唐政府有关新罗文士在华参加科考方面的优惠政策进行分析时，得出唐廷之所以不将域外文士录取标准等同于国内文士，是因为出自睦邻友好的外交策略考量，是从技术层面降低了标准，但从政治层面上赢得了域外文士之心，显出一定的政治智慧。对论者关注颇少的小姓文人，本书在其仕进问题上也作了一番探究，得出当时社会上小姓阶层确实存在的现实且文人有着不同于士族和寒族的仕进心态。对令狐滈仕进问题的探究，结合了晚唐权要子弟别头试的相关史料，得出晚唐科举在一定范围内相对公平的结论。对秦韬玉《贫女》诗及相关史料的分析，大胆提出秦韬玉可能的家族背景及其仕进优势和劣势，为解读这首著名的唐诗增添了新的思路，富有深意。在此前的晚唐文学研究中，学者们多围绕小李杜和温庭筠展开，唐末诸多著名文人如皮日休、罗隐、杜荀鹤、顾云、方干、赵嘏、薛逢、许浑、郑谷、司空图、吴融、韩偓、韦庄、黄滔等人在唐亡前后的活动事迹、诗文创作并由此体现出来的仕进心态则研究较少。本文钩沉史料，列出附表，对这批文人的仕进心态作了较为深入的研究和概括，特别是对唐亡后一批遗民文人的仕进心态的研究，丰富了全书的主旨，也为文章作了很好的收束。

四是多学科研究方法的综合运用。多学科的交叉研究一直是古代文学研究中行之有效的方法。采用心理分析、比较、统计、表格、列举等方法，可使论证过程富于哲理，见于逻辑，结论真实可靠。从心理分析的角度来讲，全书采取了"以心会心""将心比心"的研究方法，对文人的特定心态给予足够的理解和尊重，特别是文人在动乱中面对杀身破家之祸而不得不委曲求全的做法，并不一味地粗暴指责。再如将罗隐、顾云比较，以说明文人求仕时容貌因素所产生的影响；将唐亡后散处于五代十国各地方政权的文人加以统计并列表，以说明大量文人的仕进出路及心态；将举子展才学、求可怜、依强藩、攀权阉、哗众宠等干谒心态一一列举，以说明晚唐文人干谒之盛及心态之复杂。

五是独特的双"十"字推进式的研究思路贯穿全书。全书研究思路明确，第一、二章分别从横向之地域因素和纵向之阶层因素进行交叉式研究，论证文人求仕心态产生的客观背景，形成第一个"十"字结构；第三、四、五章基于文人仕进过程的前进式研究，揭示文人求仕及为官后复杂的心路历程；第六章则是将晚唐三大政治变故为三大原点进行的历时性与共时性的交叉式研究，形成第二个"十"字结构。这样，精致的结构再辅以平实、生动的语言和翔实具体的材料，使得全书具有鲜明的逻辑性和可读性。

我们说，心态决定行为，文人心态是解读文学作品的一把钥匙。如果我们的研究仅停留在作品本身所传递出来的信息之上，得出的结论只会雷同且缺乏张力。本书能够结合文人心态的具时研究，将作品的创作环境做出恰当的分析，作品本身的活力和趣味便跃然纸上，这更符合我们阅读作品的目的和规律，我认为对其他同类型研究同样具有一定的借鉴意义。

现代社会虽已远离晚唐，但反映出来的诸多问题却与其有很多相似之处。本书研究对象虽限于晚唐文人仕进心态，但对现代公职人员的管理工作具有现实阅读、借鉴、参考和警醒价值。现代社会复杂的矛盾和利益冲突，有相当大的一部分原因来自公职人员特别是公务员队伍的管理问题。在写作过程中，作者对那些孜孜以求、不放弃儒家治国平天下理想并通过正当途径谋求仕进的文人，给予了必要的理解和尊重；对于那些靠家族背景或其他特殊社会关系破坏既定规则而巧取仕宦者，理所当然地加以鄙弃和谴责。晚唐时代虽离我们渐行渐远，但其反映出来的政治、经济、文化等方面因素综合影响下的文人仕进制度和心态，却又是那么鲜活地通过文史材料展现在我们眼前。其间成功的经验和失败的教训，值得我们现代人给予足够的关注和警醒。我认为这也正是全书应有的现代阅读价值之所在。

乐军 2007 年 9 月入学开始随我攻读唐宋文学博士学位，作为导师，我一直关注和指导着他的学习方向和进度，并不时布置一些课业让其完成。他很努力，作为年届不惑而又在职学习者，还承担着原单位大量的教学工作，辛苦自然是难免的，但他不负所望，按时交出了博士论文的初稿，经过我们的商量修改后，仅推迟半年便顺利参加答辩并获得学位，这些应该都是其自我奋进的回报吧。

当然，论文的出版并不是这一学术论题研究的结束，相反，这本书虽经过了几次修改，仍然有研究薄弱之处，如历史与文学的结合研究有些地方显得顾此失彼，作品分析有时停留在现在材料的表面，对唐代墓志材料的使用还不是很多等问题，都希望在作者将来的学术研究中得到加强。

徐乐军著，社会科学文献出版社，2014 年

《西昆体研究》序

　　明华的专著《西昆体研究》即将在人民文学出版社出版，值得祝贺。

　　我在扬州大学执教时，明华随我攻读唐宋文学方向的硕士学位。记得我当时让他以南宋吕祖谦的散文作为硕士论文选题，他嫌太难，不愿意做，几经磋商，终于按照他自己的意愿将选题确定为宋初杨亿等人的《西昆酬唱集》。好在最终他做得还不错，论文在答辩时得到南京大学张宏生、俞为民两位专家的称赞。硕士毕业后，他将硕士论文分解成三个部分，整理出来三篇文章，后来分别发表在《文学遗产》《华南师范大学学报》和《阜阳师范学院学报》上。明华毕业后到安徽的阜阳师范学院工作，一方面认真做好古代文学的教学工作，一方面继续对西昆体的相关问题进行思考和研究，又陆续发表了近十篇相关文章。后来明华到南京大学中文系师从巩本栋教授攻读博士学位，因学业繁忙，对西昆体的探讨基本上中止了。博士毕业后，他将其博士论文整理、修改定名为《徽宗朝诗歌研究》在上海古籍出版社出版后，才腾出手来对多年来的西昆体研究成果进行清理，其结果就是现在的这一本《西昆体研究》。

《西昆体研究》虽然包括了他以前硕士论文的主要内容，但是硕士论文在这本书只占很小一部分，其余的大部分内容都是他后来思考和研究的结果。粗读全书，我觉得大约有几点值得提出：

其一是《西昆体研究》一书旗帜鲜明地提出了"西昆体是盛世文学"的观点。西昆体虽然在新中国成立后的相当长时间里没有被关注，"文革"时期又被定性为文学史的一股"逆流"，但改革开放以后，其诗史价值逐渐被学者们发掘出来。为了凸显西昆体的价值，现有的相关成果或以《西昆集》为据，强调其中的伤感基调，以此来说明西昆体与歌功颂德并没有必然联系；或把目光扩大到《西昆集》以外，突出西昆体关心社会现实的一面，以此来彰显西昆体的思想价值。这样的研究当然都是有积极意义的，可是从根本上说，西昆体的主要特点并不在这里。西昆体在形式上以技巧取胜，在内容上最典型的特征就是歌功颂德。如果说对于西昆体的技巧当今的学者已经给予了充分的注意，对于其歌功颂德的一面，学者们总是含糊其词，似乎仍然把它看作西昆体的一个缺点。《西昆体研究》

通过将西昆体与白体、晚唐体的细致入微的比较，通过考察西昆体产生的社会政治、经济、文化条件，深刻揭示了西昆体的"盛世文学"特征，而这一特征的形成，与歌功颂德的内容指向是有着必然联系的。

其二是作者始终把西昆体作为一个动态的发展过程来把握。对于西昆体的研究，现有的成果主要可以分为对《西昆集》的研究、对西昆后学的研究和对前二者中个体作家的研究，其中固然有人注意到西昆体自身的发展、变化问题，如把西昆后学与《西昆集》略作比较，前后变化的特点就很分明；又如谈论晏殊的诗歌，总无法回避其与杨、刘诗风之间的关系；但多数成果仍主要是一种静态的把握，侧重于讨论《西昆集》的特点如何，西昆后学的特点如何，个别西昆诗人作品的特点如何等等，并没有细致探讨具体的变化过程。《西昆体研究》则始终把西昆体作为一个发展中的过程来把握：在分析西昆体的发展过程时，重点分析了宋初白体诗的演变轨迹和白体诗人向西昆诗人的转化，分析了西昆体从形成走向成熟的过程。在探讨西昆后学的诗歌特点时，作者敏锐地发现从白体到杨亿、刘筠，从杨、刘到晏殊，又到胡宿、宋庠、宋祁，再到文彦博和赵抃的诗歌作品，在内容和艺术上经历了一个从"易"到"难"、从"难"到"易"、从"易"到"难"、又"难"到"易"的转变。从白体来，最后回归白体，西昆体也就结束了自己的历史使命。在考察西昆体对后世的影响时，作者选取了欧阳修、王安石、苏轼和黄庭坚四人，不仅因为他们是北宋成就最大的几位诗人，而且因为从他们身上正好体现了"宋诗"的发展、成熟到定型，体现出西昆体在"宋诗"发展的不同阶段中产生的不同影响。总之一句话，西昆体在这本书中始终是作为一个动态的存在被表现的。

其三是做到了文献学与文艺学的结合。对于古代文学研究，程千帆先生曾经提出了一个著名的理论主张，即"文献学与文艺学的结合"。明华在南大读博时师从巩本栋教授，巩教授是程先生的高足。程先生的这个理论，在明华的《西昆体研究》一书中，得到了充分的体现。该书的主要内容是对西昆体诗歌及其发展和影响的文艺学研究，但作者也非常重视文献学的考察。为了便于理解西昆体的流派形成和西昆体雄文博学的风格，作者对西昆诗人的构成进行了认真的考察和辨析，对他们的著述情况进行了非常详尽的考察；为了说明西昆体的盛世文学特征，作者仔细考察了当时的社会背景和文化发展状况，特别是认真考察了当时的重文和重学风气；为了解释西昆体的兴衰，作者认真研究了宋代进士科考试中诗赋的使用情况，从制度的层面解释文学问题，得出的结论是很具有说服力的。

当然，这本专著还可以做得更好些，比如第三章第三节对《武夷集》和《西昆集》的比较，以及第五节将李商隐、唐彦谦的诗歌与《西昆集》的比较，不仅在方法上大致相同，结论也比较接近。虽然对作者来说这样写也许有着不得已的苦衷，但对读者来说，总是更喜欢那种触处逢春的感觉。又如本书是专门研究西昆体的，但对西昆大家杨亿、刘筠的研究分量并不多，更没有对二人的比较研究。

以上是我读《西昆体研究》的几点感想，仅以此为序，以祝明华又一本专著的出版，并祝愿他在未来的学术道路上取得更大的成绩！

张明华著，人民文学出版社，2010 年

《融通与建构：〈唐声诗〉研究》序

　　《唐声诗》作为学术经典，被收入商务印书馆"中华现代学术名著丛书"于 2020 年 10 月出版，此书是据凤凰出版社 2013 年出版的张之为和我一起校理的版本排印的。王小盾老师和我共同撰写了《垦荒拓宇，学垂典范——〈唐声诗〉的理论建构和历史意义》的导读，其中也参考了之为的相关研究成果。重温任先生跋语，依然如当年读初版时一样激动。"校事既毕，自我欣赏曰：善哉《唐声诗》！严限主题，穷原尽委，洵至'涣然冰释，怡然理顺，而自会于沦肌浃髓'！诚无愧于其好伴侣《唐戏弄》，并无怍于其大家庭《唐艺发微》！堪为'声诗学'作人梯之初阶，仰而攀登，何患不跻！后之来者，其有意乎？"之为当年选择《唐声诗》为研究对象，是否也听到任先生的召唤？

　　在中国古代文学研究中，唐代文学研究名家辈出、成果丰硕，挖掘得比较深，研究范式也相对成熟。回顾这几十年的研究，一个比较显著的趋势是在文学与外部世界的联系以及内部演变的深入探索当中寻求学科生长点，在广度与深度上同时寻求突破，近年来学科交叉研究的涌现正是这种"内外结合"型研究深化的结果。

事实上，跨学科研究并不能说是新事物。二十世纪五十年代，任半塘先生就曾写下一篇《唐代"音乐文艺"研究发凡》，标举"唐代音乐文艺学"。任先生是瞿安先生的弟子，早年深研词曲，后延伸发展为"唐艺学"研究，其基本思路就是在音乐文学学科交叉的视野中，对唐代结合音乐的词章与伎艺展开全面研究。在"唐艺学"研究规划与框架下，任先生贡献了一系列杰出成果：《敦煌曲校录》《敦煌曲初探》《教坊记笺订》《唐戏弄》《唐声诗》等。

《唐声诗》是任先生的代表作之一，研究的是唐代与声乐、舞蹈结合的齐言歌辞。可以说，这部书的视野和理念是超越时代的，它完全颠覆了传统诗歌研究的范式，在唐诗研究里走出了一条新路。八十年代出版之后，此书在学界引起了广泛关注，引发了一系列讨论，反响巨大。即使是在今天看来，《唐声诗》的研究仍然很前沿，它所倡导的从音乐演艺形态考察文学文本之发生演变，本质就是在社会历史文化与文学的动态交互中去观照文学现象本身，这种理念已经完全被当今学界吸收，成为古代文学研究的一种经典路径，也代表着古代文学学科的一个重要发展方向。

1981年，任先生被国务院批准为首批博士研究生导师，在扬州大学建立了博士点，这是新中国首批博士点之一。1983年，任先生招收了第一届博士生王小盾先生。王先生继承了任老的事业，其博士学位论文《隋唐五代燕乐杂言歌辞研究》不仅以博大的体系和透辟的分析体现出对历史事物研究的客观性和理性，还提示了文学史研究的基本途径：在充分占有原始材料的基础上，努力考察事物的广泛联系，认真分析事物的阶段性发展，以说明文学的发展规律。而《唐代酒令艺术》《汉文佛经中的音乐史料》《越南汉喃文献目录提要》《从敦煌学到域外汉文学》等书亦在学界产生了巨大影响。他是当今文学研究界当中往音乐学领域走得最远最深的学者，我想，这些成功意味着一种学术路径与方法的成功：前沿的资料意识、开阔的研究视野、基于精详考据的理论建构，当然还有勇于创新、不断自我超越、精益求精的精神。

2013年，在王小盾老师的主持下，《任中敏文集》出版。出于对任先生的崇敬，之为和我承担了其中《唐声诗》的校理工作。之为在2006年随我攻读硕士学位，后又随我攻读博士学位，毕业后进入云南大学文学院任教，现为云大副教授，2018年入选首批云南省"万人计划"青年拔尖人才。她在攻读硕士学位期间就对音乐文学研究感兴趣，选定了《〈唐声诗〉研究》作为硕士学位论文的题目，本书就是据之修改而成。最近十年以来，关注任先生及其学术的研究有明显增多之势，而且层次与水平都很高。述往事而思来者，对《唐声诗》这样一部彪炳唐诗研究史的"声诗学"开山之作展开专书研究，阐发理论体系、挖掘方法资源、总结学术价值、辨析相关问题，是有价值的工作。希望我们能够更好地承继这份珍贵的学术遗产，也能从中寻求未来工作的启迪。

王小盾老师认为学术关系是有缘分的，我也相信。王老师不时会说："1982 年我报考任先生的博士，伟华已留校当老师，让出床铺给我。"我保留了一套《唐声诗》，之所以珍贵，也是有一段师生缘，此书下册为我所购，上册则为我的博士生吴夏平所购，我在书前写有一段跋语："一九八八年四月，余赴京修改《唐代幕府与文学》，偶于王府井新华书店得任中敏先生《唐声诗》下册，后于南京、扬州书肆寻其上册未果。二〇〇三年初，博士生吴君夏平入学，持贵阳旧书摊所购《唐声诗》上册赠余，喜成完帙。北京之下册，待贵阳之上册相配乎？人之缘分，书之残整，良有以也！二〇〇三年十二月二十一日伟华记于广州寓所。"

珍爱学术，珍惜缘分。是为序。

张之为著，社会科学文献出版社，2022 年

《高处摩翎集》序

　　10 年前，大家想借一次集体活动去成都看望王师，最好的理由是为王师庆生，但被王师和师母婉拒了。在王师"缺席"的情况下我们的活动仍然暗暗进行，我拟一封邮件，群发诸位：

各位老师、各位同门：

　　端午节快乐！

　　日前接同门某公短信，言及王师小盾教授今年六十生日事，已私下计议如何庆贺。在下非常惭愧，差点误了大事。王师生日是公历 7 月 10 日，现在筹办，显然十分仓促。拟借老师生日之名，暑假成都或扬州一聚，乐之如何？与王师商量，王师未允。此事如何方能两全，仰诸位献计献策。辛弃疾《清平乐》（寿某公）词云："读书万卷。合上明光殿。案上文书看未遍。眉里阴功早见。　　十分竹瘦松坚。看君自是长年。若解尊前痛饮，精神便是神仙。"看来古人重视祝寿，也从祝寿中得到快乐，所谓和谐者，则物我、人人之间皆能实现。

私意以为，师生同乐不限于此，如有机会，可另假名目。此次亦可各随其分，各表寸心。如给老师献上一纪念品，可请川中何君剑平代办。敬请赐复，共善其成。

余不一一，专此，顺祝诸位顺心如意！

戴伟华

2010 年 6 月 16 日

活动进行得很顺利，新老渐相识，异地约同心，活动过程中收集整理的材料一直保存在电脑里。这次银琴师妹为王师 70 岁庆生策划、建群建档，众兄弟姐妹积极响应，提交论文，汇编成集，颇为可观。银琴命我写序，不容商量，没有退让的空间。

在研读同门论文时，我又翻看了王师的著作。王师学识渊博，思考精深，其研究的广度和深度，令人敬仰，我真不能评论，这也是学生愧对老师的地方。不过我曾写过两篇书评，推介吾师《隋唐五代燕乐杂言歌辞研究》（1996年）、《中国早期艺术与宗教》（1998 年），那是我认真拜读老师著作的学习体会。

关于《中国早期艺术与宗教》的读后心得，开始以文字表述时，总希望把全书面面俱到介绍给学界，后来觉得一是学养不够，二是时间不够，只能从方法上切入，以考据知识和方法解读王师著作的要义，并作归纳：一、利用实物史料进行考证。随着地下文物的出土，人们越来越懂得实物史料在研究中的作用。这使出土器物在空间上和时间上都得到了规定，被赋予具体的意义。从另一方面说，这种工作也可以说是"思想史的考古"——在对上古史实作考订时，有意识地注意到凝聚为物质形态的符号所涵有的哲学命题。二、利用民俗资料进行考证。娴熟地利用民族学、民俗学资料进行文学艺术研究和历史研究。利用民族资料进行研究，不仅是一种方法，也是一种学术精神，即对学术的真理性认真负责的精神。三、利用语言学资料进行考证。语言学资料对于学术研究的意义，自清代乾嘉以来，日益受到人们的重视，已成为考据学的重要支撑点。但传统学术所重视的语言学资料，大致属于汉语语文资料；随着历史比较语言学的传入，一个国际视野的中国语言学，包括中国各民族语研究和汉语各亲属语研究在内的语言学才建立起来。昆吾师正是站在这样一个前沿位置上来从事他的考据学工作的。积极利用语言学的成果来从事自己的研究，一个目的是扩大文学研究的视野和资料范围，另一个目的，则不妨说是推动中国古代文学学科的现代化。四、利用宗教资料进行考证。这不仅因为早期艺术总是宗教形态的艺术，而且因为中国和西方通过丝绸之路进行的文化交流也以宗教为重要纽带。而中国中古时期的文学艺术新品种，一般可以归结为中西文化交流的产物。

具体而言，列举五端。第一，事物呈现出清楚的时间关系和事物运动的段落关系。关于诗的考论，显示了昆吾师对上古文艺的独特见解，在纷乱的现象后面隐含着表演艺术和文学的区别，先生正是洞察这一区别，娴熟地运用音乐理论，理清了六诗和六义之间的关系，研究的深入展开正是以阶段性的划分为标识的。第二，隐含的事物结构和关系更为明晰，体现出逻辑结构和历史结构的统一。这种对应关系正是昆吾师研究所一贯追求逻辑结构和历史结构的统一的体现。第三，学术具有创造性和独断精神。每一篇文章都很精彩，都有独创和发明。这里展示的不仅是一种知识体系，更是一种治学的刚毅精神、"聪明正直，至大至刚"的品格完善。第四，解决了学术史上的重大问题。不仅能够解决中国学术史上的重大问题，而且本身就是一个成熟的深刻的理论系统。第五，在方法上为学术研究提供了示范意义，而且这种方法具有跨学科和前沿价值。这里通过具体操作指出考据学使用的方法，即从文献学、考古学、语言学和宗教学的综合运用来解决问题。

王师后来出版多种著作，时时拜读，毕业后仍能继续跟着老师的新成果学习，算是学生最大的幸福。

2000 年来广州后，我常常想到两件事，一是把同门的学术成果用一种方式向学界展示，让学界更多了解老师培养学生的选题和方法；二是找一个理由让同门再次集中在老师面前，听老师讲课。我和老师提到多次，地点可以听老师安排，扬州、上海、成都、温州等地皆可。此次王师指导的研究生每人提交了一篇论文，以类编排，其意义不仅是向老师汇报，更是想得到老师的指导。

（一）汉民族文学与其他文学艺术的比较研究

王胜华《云南古戏台的分类与价值》论述云南古戏台实物化的历史价值、科学化的建筑价值、艺术化的仪式价值，古戏台就能成为一个不容忽视的文化符号。云南古戏台是一个功能多元的文化存在，一方面，因为云南地处边疆，民族政策特殊，风俗各异，保留下来的古戏台的数量和样式相对丰富。这无疑是一笔丰厚的文化财富，也是中国文化对云南一地的馈赠。另一方面，也必须承认，由于历史和社会的原因，现存的古戏台较前已大幅减少。无法改变历史与现实，但可以进行补救性的工作。

赵塔里木《中亚东干民歌的语词构成和来源》认为，130多年来，东干人顽强地保存着从故土带来的传统文化，同时与迁入地多民族文化不断交融，形成传统传续和延展的新文化样态。东干民歌即是这种独特文化的表征。东干民歌唱词反映了东干语词汇构成的四个来源：一是东干语基本词汇，即清末以前汉语陕甘方言词汇；二是伊斯兰教用语中的阿拉伯语、波斯语借词；三是东干人入俄后在陕甘方言基础上自造的新词；四是俄语借词。东干民歌使用各类词汇提示了各种异文产生、流传的地域、年代信息等情况。中亚民歌为中国民歌史的建构提供了一个晚清参照系和一个文化传承与变迁的样本。

傅修延《为什么麦克卢汉说中国人是"听觉人"——中国文化的听觉传统及其对叙事的影响》认为，人类主要通过叙事来传递自己对外部世界的感知，而故事的讲述方式又会受到感知媒介与途径的影响。视觉固然是人类最重要的感知方式，但中国传统文化对听觉情有独钟，"听"在汉语中往往指包括各种感觉在内的全身心反应，"闻声知情"更被认为是一种圣贤境界的认知能力。听觉传统作用下中国古代叙事的表述特征，可以概括为"尚简""贵无""趋晦"和"从散"，而"简""无""晦""散"对应的恰好就是听觉传播的模糊、断续等非线性特征。"缀段性"是胡适等中国学者和西方汉学家对明清小说结构的讥评，导致这一讥评的是亚里士多德重视外显联系的有机结构观，批评者没有注意到明清小说中其实存在着"草蛇灰线"般的隐性脉络。中西结构观念的差异表现在前者讲究有"连"有"断"，以或隐或显、错落有致的组织形式为美，后者则专注于"连"，以"头身尾"一以贯之的有机整体为美，而结构观念的差异又与感官倚重不无关系，这一认识有助于我们更有穿透力地去观察一些文化现象。

（二）中国文学与相关文献研究

陈绪平《从韩非子"说林"看早期文献的编撰》认

为，周官失其职，而诸子之学以兴，由此学术史进入了"百家争鸣"的子学时代。区别于《论语》之"语录体"、《老子》韵唱文之"格言体"等文章样式，《韩非子》一书中独有的《说林》《储说》诸篇，因其特色可以名之曰"说林体"。它意味着：在说客辩士的策动下，文献编撰从重视王家档案（文书）、注意君子道德之嘉言诸角度，开始转向注意"故事"等世俗资料。从学术史角度观察："说林体"意味着故事进入文学时代的来临。

刘明《宋本〈曹子建文集〉考论》认为，宋本曹植集乃以晁公武著录本为底本而重刻，而晁本实即《龙城录》记载的北宋十卷本曹植集，与北宋秘阁藏本《陈思王集》并非同一版本系统。通过与《文选》所载曹植诗文的比勘，断定十卷本曹植集的重编主要依据了非李善注本系统，且至迟重编在北宋初。据"愍"字阙笔及载有《画赞》《列女传颂》等篇目的内证，结合与《文选》李善注所引曹植诗文的互勘，断定宋本曹植集属唐二十卷本系统，而李善注所据曹植集则属三十卷本系统，此即《旧唐志》著录二十卷本与三十卷本曹植集之关系。曹魏以来存在选本性质的秘阁本和曹植自编全集本两种系统，而二十卷本继自曹魏秘阁本，三十卷本则继自自编全集本。《四库》本曹植集乃据抄自翻宋嘉定本，版本价值优于宋本，且属明代曹植集的祖本，校勘整理曹植集宜选择为底本使用。

汪俊《〈山海经〉无"古图"说》钩稽各种文献资

料，认为《山海经》不存在"古图"，最早为《山海经》配图的是晋代的郭璞。关于《山海经》图的记录均是东晋以后的记载。

任子田《从清谈的政治功用看"玄学"及"二十四友"的产生》认为，东汉末年士大夫阶层凭借累世经学的优势，利用清谈、清议等方式，将儒学这一主流文化从宦官代言的皇权手中抢夺过来，并由此主导了民间品藻与朝廷选官用人的权力。汉末以来核心权力与主流文化的分离，以及由此导致的选举权的旁落，是正始时期何晏、王弼等人提倡玄学，西晋时期贾谧等人推崇文学、发起"二十四友"的根本原因。

（三）文学传播和文体变迁研究

戴伟华《独白：中国诗歌的一种表现形态》认为，中国古代诗歌创作中一直存在着"独白"现象，它是诗歌的一种表现形态。独白诗的产生有其原因，缘于"诗言志"的诗学传统，文人的孤独情怀和自我情感描述的体验。独白诗在体式和表现手法上有明显的特征，常以组诗、古体的形式出现，表意上呈现出多义性和隐晦性，并有潜在的对话对象。

马银琴《风、风声、风刺以及〈风〉名的出现》认为，"风"是一个内涵极为丰富的概念，它既可指自然之风，也可指风化之教；既被视为音声曲调，又被称为民歌民谣；既被视为圣王之遗化，又被当作主文而谲谏的讽刺与劝说。这诸多的义项，实际上经历了一个漫长的历史发展过程：飞鸟振翅而风生，是甲骨文以"凤"为"风"的根本原因；在商周文明发生剧烈冲突的变革时期，在类似于"大块噫气，其名曰风"的认识推动下，"凤"与"风"出现分化，在"凤"字逐渐指向神性凤鸟的同时，作为"后起本字"的"风"字出现。风为土气，土气鼓动而形成音，音乐也必然反映着风土人情，在"循弦以观于乐，足以辨风"的认识中，透露出风土之气与风俗之音之间密不可分的联系。就在"风"因与"音"、与"律"关联而具有指向歌声、曲调的意义时，由"风"之飘忽流散、托物而不着于物的特点，又引申出用"风"来指称没有明确来源、没有具体内容、没有明确指斥对象的特殊存在状态的意义，"风言""风听""风议"等词即因此而来。而与之相关联的"风刺"，便指不着痕迹、委婉曲折的言说方式；因这种进谏方式而来的作品，便是最早的"风"诗。这些"风刺"之诗，或归属于《小雅》，或分列于各国，都只是被统纳于"诗"名之下，一直到孔子删《诗》正乐时，同属乡乐的十五国诗，才被正式地归为一类，作为《诗经》作品类名的"国风"（或"风"）由此产生。至《毛诗序》，则在集合种种"风"义并对之加以解释之余，又在"六义"的新名目下，为"风"字增添了一个影响更为深远的新义项。

孙尚勇《"诗书礼乐"与"强国之术"——在早期

秦文化进程中透视〈秦风·蒹葭〉》认为，秦穆公自诩之"中国以诗书礼乐法度为政"表征了其在位中后期秦国制度文化建设方面的重大成就，秦国因此可以跟东方传统礼乐国家平等相处。穆公之后，秦国疾速衰落，东方诸侯再一次像秦建国初时那样，视秦为夷翟。经历长期衰弱不振，秦人终于放弃"诗书礼乐"，重新专心追逐"强国之术"。《蒹葭》是上述政治和文化战略转折关头的作品，代表了秦人面临"诗书礼乐"和"强国之术"重大抉择时的迷茫、忧伤和思索。

李飞跃《诗词曲辨体的文艺融通与史论重构》指出，诗词曲辨体的格律、歌唱与曲调等标准，反映了不同历史时期歌诗的构成要素、形态特征与文体观念。曲—词—诗，由艺到文、由俗到雅的文体推尊，诗—词—曲，由文到艺、由简到繁的文体进化，遮蔽了更为丰富多样的文艺景观。我们应当根据诗词曲同源这一基本历史事实打通诗词曲之间的文体区隔，反思文本生成的历史，重视诗词曲的综合艺术特征，将它们视为歌诗的不同艺术形态与历史形态，辩证地理解它们之间的共生关系，并由此重新思考戏曲、小说等文体的发生与特征。借助歌辞、艺术的研究视角，可以在整体性和长时段视域中促进相关史论命题的重释和文体谱系的重构。

（四）音乐文献研究

李方元《"乐""音"二分观念与周代"雅郑"问

题》提出中国古代音乐源于两个系统：一个是"乐"的系统，与历史时间相关，背后是同血缘与群体理性有关的表达；一个是"音"的系统，与空间方域相关，背后是同个体与情感有关的表达。"雅郑"之分，即源于历史上的"乐""音"二分观念。雅乐，在西周，其主体是周人之乐，根源上讲是姬周族群之乐；而郑声，则属别于姬周人之乐的侯国方域之乐。周族翦商立国后，姬周族群之"乐"上升为国家治理层面的文化形态与意识形态，随着春秋时诸侯蜂起，方域要素成为重要的政治因素，区域性表达充满政治诉求，由此雅乐、郑声对立而矛盾突起。"雅郑"问题，表面上看是音乐问题，但实质上是族群、政治和文化三种因素在周代社会文化层面上矛盾与冲突的集中体现。

王福利《清华简〈周公之琴舞〉新解》认为，从清华简《周公之琴舞》一作《周公之颂志》看，它隶属雅舞之庙祭乐，是成王朝史官、乐官及鲁公为祭祀周公而作。"琴舞"之称与祭祀周公时为季夏、古乐八音与四时八风的对应密切相关。禘祭大乐由"降神""正乐"两部分组成，庙祭乐舞"迎神"所奏曲、辞皆同，以及"九成"乐章声调系统的具体应用，为正确解读《周公之琴舞》前后两部分内容提供了文献依据。"降神""皆不过金奏升歌一二节"，则说明了"元纳启"四句歌辞的完整性，该部分出现的"琴舞九絉"是指配合大祝、鲁公及众助祭者九献之礼所作的九成乐曲演奏，词同"升歌"。"正乐"部分的"九启""九乱"亦合而为"琴舞九絩",其所对应者为祭祀人鬼所特具的《九德之歌》《九韶之舞》。

许继起《马王堆三号汉墓"遣册"中的几支乐事简及其他》认为,马王堆三号墓随葬"遣册"涉及的乐事简文,记录了较为丰富的乐器、乐人、表演等乐事情况,尝试对"遣册"中几支乐事简文的排序提出新的认识。简文中相关的军用乐器具有很强的等级含义,尤其"建鼓""大鼓"并题,且同出"遣册",辨析二者名义关系,并尝试对西壁帛画"建鼓图"中的建鼓进行复原,以确定其"晋鼓"的性质,这对认识墓主的军事身份具有重要意义。

李晓龙《〈巴渝舞〉宫廷流变考述》论述《巴渝舞》本是民间乐舞,产于古代巴地,因受刘邦喜爱而进入汉宫。其后,《巴渝舞》的名称和舞辞经历一系列演变,其性质和功能也发生更改。《华阳国志》《乐府诗集》和正史乐志等典籍对《巴渝舞》多有记载。梳理《巴渝舞》的文献资料,考察其流变,可得知以下三点信息:其一,民间乐舞是宫廷仪式乐舞的来源之一,即宫廷仪式乐舞与民间乐舞有着紧密的关系;其二,古代乐舞具有动态属性,这种动态属性不仅表现为乐舞自身的艺术发展与成熟,也表现为它的形态和功能会随着政权更迭和政治需要而做出相应改变;其三,乐舞史料在文献典籍记录中有一定的复杂性和矛盾性,这就要求我们综合多种研究方法,认真审视材料,才有可能还原某个乐舞品种的源流。

孙晓辉《论目录学体系中的器乐立目——兼论南宋莆田二郑的音乐分类观及其影响》指出，南宋莆田郑樵《通志·艺文略》与郑寅《郑氏书目》的音乐分类观念对后世产生了重要影响。陈振孙《直斋书录解题》的音乐分类意识有两个主要来源：一是郑樵以"贵声"为主旨，视音乐为专门之学并予独立立类的思想；二是郑寅分列于经、子二部（从经部抽离羯鼓、琵琶而置于子部"音乐类"）的思想。至清代《四库全书总目》，音乐类目各得其所：一是以"乐"入经部乐类，二是以"声"入子部艺术类，三是以"音"入集部词曲类。于是，正式厘清雅乐与俗乐两界，俗乐有器乐与声乐的分野，且音乐书、谱皆有雅俗同构的对应关系。

余作胜《唐代九、十部乐施用情况新考——兼与〈唐五代多部伎演出情况考〉一文商榷》指出，唐代九、十部乐是用于宴飨百僚宾客、朝会大典等场合的仪式乐舞，在唐代政治及文化生活中具有重要的地位和意义，学界历来多有关注。《唐五代多部伎演出情况考》共考得文献所载唐代九、十部乐施用记录47次，是目前关于唐代九、十部乐施用情况最重要的研究成果。然该文误考现象较为严重，其中无效条目多达10条，系时错误条目2条。此外，尚有见于今存文献的12次施用记录为该文所失考。经重新考证，删除《情况考》无效条目10条，增加失考条目12条，共得唐代九、十部乐有效施用记录49次。当然，随着新文献的发现与旧文献的深入挖掘，这个数目应该还会增加和改写。

伍三土《汉京房六十律以来一脉相承的变律体系——要论三百六十律生律顺序的还原与多重错位逾越现象》认为，京房六十律、钱乐之三百六十律、万宝常一百四十四律、蔡元定十八律，内在数理逻辑相同，属同一体系。按生律顺序排列，视十二律为一个生律循环，它们分别生律五轮、三十轮、十二轮、一轮半不等。任意相邻两轮对应之律的音差，均为 23.46 音分。按律高顺序排列，十二组每组律数却不等，这是因为经过多轮生律后，累加的 23.46 音分差值超过了一律，部分音律发生了错位"逾越"现象。六十律体系的错位比较单纯，而三百六十律体系的错位"逾越"则由一重到六重不等，每重错位"逾越"以 53 律为一周期。

喻意志《从宋本〈乐府诗集〉小注看〈乐府诗集〉的编纂》以宋刊《乐府诗集》中的小注为切入点，通过大量校勘，认为郭茂倩编纂《乐府诗集》时并非简单抄录所据底本，同时还参考了其他多种文献，并将异文以"一作"的方式加以标注。《乐府诗集》小注除少部分源自所据底本外，大部分则是《乐府诗集》在成熟过程中，编者参考其他文献时所标之异文。

温显贵《清代乐论史料述论》认为，清代乐论内涵丰富，其所依存的文献载体也庞大多样，这成为清代乐论史料最为明显的总体特点。但到目前为止，学术界对于清代乐论史料的关注、整理和研究尚处于刚刚起步阶段，成果远逊于此前其他各历史时期，这无疑应当引起学界的高度重视。通过对清代乐论史料基本状况的梳理，可以得知清代乐论的主要特点是：它能够客观真实地看待音乐的性质，更加重视俗乐的地位，考证、梳理了音乐史上的一些模糊问题。开展清代乐论史料的整理工作，可以使该领域不再荒芜，同时可以知晓家底，整理成果能够给人们提供便利的工具参考。

（五）音乐文学研究

杨晓霭《关于李清照"乐府声诗并著"说的再理解》认为，李清照"乐府声诗并著"之说产生在南北宋之交重建礼乐文化的时代大潮中，旨在揭示"诗"之歌唱的发展历史，强调"诗"之歌唱的必然性，以及创作"协音律"之"歌词"的特殊性。"乐府""声诗"均为历史概念。在《苕溪渔隐丛话》所引"李易安云"这段话中，"乐府"指"永依声"之"歌"，"声诗"指"声依永"之"歌"。以"乐府"名"词"，已是当时惯例。

王立增《关于乐府史料学的构建》认为，在乐府学日益受到关注之际，应该建立专门的"乐府史料学"。它丰富和发展了专门史料学，有利于认识乐府史料的价值，为乐府研究提供可靠的文献依据。现存的乐府史料记载散乱，正误交错，主要见于正史、政书、野史笔记、类书、目录书、文集、方志等，此外还有乐府诗相关史料、实物类史料和口传类史料等。目前亟需开展的工作是对某些乐府史料的汇编、辑佚与考辨，并编制一些索引、辞典，尽快将史料电子化。在乐府史料的研究过程中，要重视乐府史料的独特性，树立"竭泽而渔"的史料收集意识与"多闻阙疑"的研究态度，充分利用古代文学、古代历史、古代音乐史的史料研究成果。

张长彬《感红观堂联珠日　应是剧史合璧时——从任中敏和王国维看戏剧史研究的可能出路》指出，一百多年以来，中国戏剧史的研究取得了辉煌的成果，但始终没能对中国戏剧于宋元之间陡然转变的历史事实做出令人信服的解释。任中敏先生在《唐戏弄》一书中曾经指出宋戏相对于唐戏有萎缩之象，这一认识有助于理解中国戏剧在唐宋期间发展的逻辑：唐人礼乐观念的松弛造成了戏剧意识的旺盛与戏剧行为的萌发，宋人对礼乐建设的重视则在一定程度上遏制了这一潮流的自然发展，因此才出现了中国戏剧发展在唐宋之间回环曲折令人费解的一幕。理解这一逻辑十分重要，但更重要的是要重视这一逻辑得以被认清的前提基础——唐人戏剧意识的旺盛及唐代戏剧的繁荣。这两项事实都无法从具体史料中直接获得，它们都是任中敏先生特殊气质学术活动的成果凝结。当今学界应当学习任中敏先生的这种工作精神，即对历史事物进行深层次描述的学术追求。

（六）域外汉文学研究

何仟年《中国典籍流播越南的方式及对阮朝文化的影响》指出，东亚汉文化圈之所以能形成，汉文典籍从中国向周边的流播无疑是重要的条件之一。通过比较中越与中日、中朝之间的书籍流播方式，可看到同在汉文化圈内，越南获得中国书籍的方式与朝鲜相近，与日本有较大不同，这种不同可能是造成两国文化发展有所差异的原因之一。

朱旭强《越南古史叙事中婚姻的表达功能———以"赘婿夺宝"情节类型为中心的考述》认为，越南古代不同文体的叙事文献之间存在着复杂的因袭及影响关系，可为研究提供多版本的异文比勘个例。研究者在梳理和考察史传和神话、轶事、志怪以及事物起源传说的过程中发现，特殊婚姻状况在不同叙事情节中呈现出类型化的表达功能。本文集中描述一种表现为从妻居即所谓"入赘"的现象，来自史传与神话传说的材料不断重述类似的情节，屡屡将此导向妻族的灾祸。研究者试图考索其表达功能趋同的历史动机，认为它与特殊历史事件相关，而反映了在社会发展过程中，婚姻与文化其他方面变化发展和信息互渗的痕迹。

刘玉珺《"南国有人"：越南使臣冯克宽的诗赋外交及其文学形象》指出，在强烈的民族意识驱动下，曾出使明朝的越南使臣冯克宽被其国官修史书和古代文学作品塑造成知识阶层的杰出代表和诗赋外交的典范。但是冯克宽的诗赋外交在越南汉籍和朝鲜燕行录中的记述，呈现出截然不同的面貌，展现了朝越两国渴望实现"国中有人"的相同愿望，但二者的思想基础却有所不同。越南对中原王朝的文化认同和政治背离并存，使得相关的汉语文学叙事往往回避现实世界里因宗藩关系而造成的政治不对等，以空间方位代替政治指称，将中越两国置于南北平等的语话架构之中。同时又往往忽略历史真实，通过虚构诸多文化争胜的故事情节，向处于中华文明优势地位的他者传达自己的文化理想。

王皓《越南〈四书五经性理大全节要〉及其与科举的关系》认为，《四书五经性理大全》在越南有着较为广泛的传播，其版本主要包括中国传入的印本和越南的重印本，其传播形式主要有统编式和专书式两种。尤其是裴辉璧，他将这套书删节为《四书五经性理大全节要》，以一种更为简洁明了的方式将《大全》的精要集中起来，形成了一部受越南士子所青睐的举业教材。从内容看，裴氏《节要》"训释详核，援引该博"，是删节《大全》的典范之作。从功用看，"节要"是科举之学，可以"便记诵备决科"。所以，在面对《大全》等科举教材严重不足的情况下，裴氏《节要》等私家删节《大全》之作就成为一套极其重要的读本。

（七）观念、方法、史实及其版本考订

方志远《学术研究的"问题意识"与"非问题意识"》

指出，文、史、哲等"人文"学科和数、理、化等"自然"科学之间，有着巨大的差异。对于"人文"，与其称之为"科学"，倒不如称之为"学科"，除非我们建立起划分"自然科学""社会科学""人文科学"的不同的界定标准。否则，按自然科学的要求，人文是无法进入"科学"范畴的。而包括历史学在内的人文学科，完全没有必要硬挤进以"自然科学"为标准的"科学"行列，也没有必要用自然科学般的"问题意识"来考察其科学性。否则，或许成为"科学"了，但"人文"也就剥离了。近几十年人文学科在发展的过程中所遭遇的各种问题、各种困境，与用"自然科学"的理念进行要求、用"自然科学"的办法进行管理不无关系。这对于人文学科来说，并非福祉，而是灾难。没有"问题意识"，不可能有好的作品；没有"非问题意识"，不可能有大的制作。而缺乏人文情怀的作品，则不可能奢望得到社会的人文认同。

蒋瑞《"地方"观念起源的天文观察背景》认为，天圆地方是周秦汉唐间最流行的知识信仰之一。这个"地方"是建立在"四方"之上的。在对日月东升西落的视运动的观察中，先产生了东西方和东西边的观念，然后在观察上中天时的太阳和日影的过程中，南北方和南北边得以萌芽，最后在测日影的活动中，才逐渐明确了南北方和南北边，使四方以及地方得以最终形成。对于四象等其他恒星的观察，则可在一定程度上有助于地方观念的形成和巩固。而从天文观察与方位判断的关系来看，从测影活动的发展来看，从史前建筑所寓含的四方知识来看，尤其是从陕西石峁遗址等史前祭坛所寓含的天圆地方思想来看，地方观念应该就是起源于上述天文观察的途径，其起源的时间当不晚于新石器时代晚期。

曹柯平《茶托、发酵茶和汤剂——以考古发现切入中国早期茶史》认为，商周时期，巴蜀地区的人们从菜蔬中认识了苦菜，又在苦菜中辨认出了茶。就是在这个"煮茶"的阶段，中国茶文化获得了其药用的功能，它规定了六朝、隋唐时期，"煎茗"阶段的煎煮方法；亦决定了五代、宋时期，"点茶"阶段的制茶技术；还影响了元明，自元明以降，"泡茶"阶段的饮用方式。可以推定，南朝时期才是中国茶文化符号正式设立和稳定为日用生活方式的时期，并且自南宋开始，茶文化的药用功能逐渐向保健养生功能转化，进而又对造茶、茶具、茶艺表演等产生了一系列新的规定。

潘建国《明代公案小说的文本抽毁与版本流播——以余象斗〈皇明诸司廉明奇判公案〉为例》认为，明余象斗编撰《皇明诸司廉明奇判公案》是明代诸司体公案小说集的第一部，存世版本达九部。最新发现的朝鲜燕行使旧藏明末金陵大业堂刊本，独家保存着一篇曾因触犯地方权贵而被抽毁的小说《王巡道察出匿名》，它揭开了一段隐藏在书叶背后的明代小说出版史秘闻，而且，以此为版本标记物，考察其在诸版本中的存删痕迹，可以清晰简便地厘清存世九部版本的学术关系。不仅如此，《廉明公案》在中国、日本、朝鲜半岛的东亚流播史，也从书籍史和小说史的角度，带给研究者新的思考与认识，海外存藏汉籍对于明代小说研究的特殊文献意义，仍需深入认知开掘；明代公案小说的时事因子和现实品格，有待进一步关注探讨；而公案小说的文体性质与小说史价值，或许亦可在小说知识学的维度下，获得新的观照、评估和阐释。

崔炼农《从赵均刻本编目体例探窥〈玉台新咏〉古本之遗》对《玉台新咏》赵均刻本的编目实况进行细致考察，发现其卷首目录的编辑体例包括 [作者名 + 诗题或诗类名 + 总篇数] 和 [作者名 + 总篇数] 两种格式，前者属于中古时期习用的体例，具有相当明显的时代性；其正文编目体例包括“题附辞后”和“题置辞前”两种格式，其中“题附辞后”的编目格式以及双重编目格式并存一书的现象至唐以后已属罕见。较之五云溪馆本和冯班抄本，赵均刻本更多地保留了徐陵旧本原始痕迹，当为目前最可靠的覆宋本。

樊昕《赵烈文〈落花春雨巢日记〉的文史价值》考察赵烈文尚未披露的《落花春雨巢日记》，该日记现藏于南京图书馆，共有赵氏稿本、能静居钞本、南京图书馆钞本三个版本，而其中以能静居钞本最为完整。该日记记录了咸丰二年（1852）至咸丰六年（1856）间，二十一岁至二十五岁的赵烈文的乡居生活，如最后一次赴江宁应试、太平天国兴起及与湘军在长沙、武昌、南昌等地的攻战，以及受曾国藩聘，第一次赴南康大营的始末与细节、在家乡参与绿梅庵词会的文学活动等等，内容与《能静居日记》适相衔接，具有十分重要的史料价值。

（八）宗教及其艺术研究

周广荣《当真言遭遇王权》指出，从古至今，世界上恐怕没有哪个国家或民族像古代印度那样对"语言"问题作持续不断的探求与思索，进而把梵语置于至高无上的神圣地位。本文以最能体现梵语神圣属性的真言与王权之关系为题，分别探求婆罗门教、印度佛教、汉传佛教传统中，真言与世俗王权之间的不同关系，揭示不同社会文化传统中蕴含的政教关系。

何剑平《佛教论义的记录本及其东传——以敦煌遗书及日本的维摩会为中心》通过对敦煌遗书中所存之佛教论义相关文献的考察，探讨了敦煌佛教论义材料的印度源头及其与日本中世维摩会之间的关系，认为敦煌遗书中存在一批佛教论义的记录本。从这些记录本中可以看出中土佛教论义的过程及论义规则，并展现中土论义和印度佛教论法（因明）一脉相承的联系。当中土的佛教论义在北宋日趋衰微之际，敦煌佛教论义体式在日本维摩会的论义场中得到了延续和发展。

尚丽新《刘萨诃与番禾瑞像——中古丝路上的"两种

佛教"》指出，在不同社会背景下番禾瑞像的起源和演变都与佛教向世俗统治阶级争取正统地位有关，而刘萨诃信仰则典型地展现了佛教入华后在民间传播的原始状况和传播方式。这"两种佛教"因刘萨诃预言番禾瑞像的传说而产生交集，从而典型地体现了佛教在中古上、下层社会的传播和发展变迁。

金溪《北魏石窟寺伎乐形象的出现、演变及其原因》认为，北魏石窟寺伎乐形象类型的出现与演变是在"象教"观念的指引下，带有明确目的性的官方整体规划的产物，并与以佛诞日庆祝仪式为代表的国家性佛教庆典活动的成形同步。或者说，它是国家佛教仪式的逐步完善在佛教美术中的体现。较早出现的伎乐天类型是根据佛经记载描绘出的以伎乐供养佛的场面，而连环画式的佛传画则具有在仪式中为信众讲述佛传故事的作用，它们共同构成了佛教庆祝仪式的内容，可以与记载相互印证；迁洛后的伎乐人与礼佛图等图像类型，则比较忠实地记录了佛诞日庆典等大型佛教仪式的形态，因此具有更为明确的史料意义。

这次论文有如下特点：1. 时间跨度长，从先秦到明清。2. 空间范围广，大量论文以海外汉籍为研究对象，或者在论文中运用了海外汉籍资料。3. 覆盖领域宽，包括文学、音乐学、文化学、叙事学、天文学、考古学等。学生的成就综合体现出王老师学术视野宽广、因材施教、治学严谨，重视材料与追求创新等特点。或言："小盾先生究天人之际，通古今之变，成一家之言。其弟子亦有善可陈，或卓有成就。"良有以也。

此次写序，感触很深。王师学问博大精深，或云"夫子之墙数仞，不得其门而入"。王师讲文献学三阶，用及门、登堂、入室作比方，吾等能及门，实在幸运。

就我个人而言，1994年入门读博士，让我对学术有了更深入的理解。我在应约撰写的个人小传中提到："王老师招收博士，不拘一格，不限学科。学生中有戏剧、外国文学、历史学、音乐学、文艺学等专业方向。王老师招我是因为《唐方镇文职僚佐考》的工作。记得有人问王老师为什么招我，老师说，《唐方镇文职僚佐考》五六十万字，是重要的文献工作，你不服，可以把这本书抄一遍试试。王老师自谓行走在文学研究的边缘，让文学和其他学科结缘，解决文学问题。王老师带学生有一套自己的方法。有些学生进门已有学术成绩了，为了让学生知道有新任务，要写好博士论文，他把学生已在《中国史研究》《历史研究》《文学遗产》等刊物发表过的论文拿来讲解分析，指出文章结构、用词用语的问题，特别指出如何用恰当的语言表达思想，学生收获很大，后来我自己也常用这一方法指导学生。分析文章的过程，是警示学生的过程，指出不当或错误，毫不含糊，学生当面难堪，私下不得不佩服老师的学术眼光和对辞须达意的追求。王老师治学路数独特，也让我们认识了不同学科的学者，见识了他们的治学方法。比如音乐学的'南赵北黄'，都是第一次从王老师讲课中知道的音乐学大家。南赵，指赵宋光；北黄，指黄翔鹏。赵宋光先生曾应邀到扬州大学讲乐律学，他讲得太专门、太深奥了，我听得云里雾里。如果懂一点也好，可以用乐律学去阐释《淮南子》所述十二律吕与二十四节气对应，与《史记》以'为调称谓'提到的各均的逻辑结构。因王老师关系，赵宋光先生也参加过前几年我组织的音乐与文学专题对话，让参会者开了眼界。这是一个很好的群体，王老师的学术理想和境界、建树以及工作忘我的状态，是我们最好的精神财富。同门都学有所成，出版了很多重要著作，成为各个行业有影响的学者。在这样的群体中，有很多好处，如我在考虑文学问题时，常常试图和其他学科建立联系。比如我会关心音乐与文学、语言与文学的关系，最关心的还是历史与文学的关系。在研究中，我经常会琢磨历史叙事与历史解释、历史想象与历史真理等关联性，史料辨析、考证、比较等方法也会尝试运用。王老师常说，要能从看似无联系的材料中寻找其间的联系，以探究事物本质。"

我和王师真有缘分。我听王师在多个场合说："伟华和我有缘，我考博士时，是伟华把床铺让我睡的。"其实，在老师读博期间，还有几件事。一是我和辅导员好友邀王师在师院文科大课室做过一次学术演讲，我估计这是王师博士毕业前在扬州师院的唯一一次演讲，我很幸运参与和聆听。二是王师推荐我做任先生助手。一次在教工餐厅，王师简单对我说："我推荐你去任老那做助手，系里会通知你的。"和任先生见面时，依例先在来客登记簿上签名，注明单位。因为紧张，说过什么大多不记得了，但有几句话我记得很清楚。任先生说："你来了。我会发你补助，但你就要为我工作了。一天工作 12 小时，一年工作 360 天，不打折扣。"我不置可否地"嗯"了一声。回家后，我和夫人商量。夫人说："机会好，但工作一紧张就睡不了，也没法工作，要不还是不去了吧。"我也觉得有理，就托人回话不去了。没有做任先生的学术助手，真是失去了一次机会；而我因失眠的状况确实也承担不了责任，完成不了任务，甚至会耽误任先生的学术研究。这样一想也就原谅自己了。不过有了这次经历，自己对学术研究也有了新的要求，以后做《唐方镇文职僚佐考》时，稍有懈怠，就会想要坚持，因为再苦也没有当任先生助手辛苦。

王师有严格要求的一面，也有温暖可爱的一面。于我能感受王师的两面，大致以博士毕业为界。读博期间，王老师要求很严，比如，初入师门，我婉转提出，我的导师只要王老师一人，王师当即严厉批评，导师组是需要的；再比如，在呈交的论文批语中有"胡说八道"几个字。那时，王师经常晚上讨论问题，我睡觉不好，过了 10 点才睡，大概率是一夜无眠，实在难以坚持。我鼓动我爱人去找王师，王师应允"伟华10点可回"。可见王师遇到"不可教"的学生也是气愤之极，而又无可奈何！

更多是温馨的画面，离开扬州时，王师率同门诸位在楼下送别，一直到师院大门合影留念。特别是到了广州后，王师给予我很多支持和帮助。比如，刘禹锡学会在连州召开，王师从白云机场坐近5小时车才能到达会场，南开大学卢盛江教授说："你真了不起，把王老师都请来了。"王师每次到广州，都能来学校做演讲，组织学术对话，让人羡慕。

王师很看重学生的成长，我和张之为作《唐声诗》校理，并要求将张之为署名在前，在我担心王师能否同意时，王师说："你这样做很好！"2017年4月在扬州纪念任先生学术会上，王师作总结时还特别在青年学者中表扬了张之为。最近商务印书馆出版任先生《唐声诗》，王师约我一起写导言，我把王师相关论述聚集，稍有发挥，恳请王师独立署名，王师不允，幽默回复说"抄的不多，但抄的很有功力"，而且把我的名字署前。

王师的幽默，时有逗乐之处。很巧有几次在境外看望王师，在首尔出地铁站打探去机场方向路线，王师英语和手势并用，比画和对方交流片刻，对方不明白，王师稍弯腰，头上仰，然后左右伸展双手，灵活摆动手掌，作飞机飞行状。

在读书期间，我因住在家里，又要上本科的课，和胜华交流甚少。胜华和王师住一起，得王师教诲尤多，《导师训诫笔录》留下一笔精神财富，从中可知胜华给王师带来的喜悦和安慰。胜华兄早逝，令我们痛心，我两次去麻园看望嫂夫人及其家人，卞佳发在朋友圈，修延兄点了七个赞，云"有情有义"。其实我常想到他，想到在餐桌上他那口哨的表演，流利而独特，旋律优美，细腻深情。王廷洽20多年不见了，1997年春节他送我《中国印章史》，我时常会拿出来看看，多想他提交一篇论文，放上自己的近照，头发还是那样浓密而有力吗？广荣的理想是经常喝点啤酒，骑着摩托去兜风，但尚未见他骑行的照片，清华园可能不会给他发行驶驾照。剑平向我展示过塞长春先生送他的李贺诗集，扉页是塞先生的题记，心里想着，请他拍照传给我，至今还没有得到他的回音。有次去南昌，曹柯平很兴奋地对我说："傅老说，这次我们打的去。"修延兄官居正厅，廉洁自律，让我感动，他同意打的，也让柯平如此高兴。志远兄也多时不见了，好在存有一张和《百家讲坛》宣传广告中的志远肖像合影。同门故事多，我离开扬州前，曾在《扬州日报》副刊发表《五仙居》，写楼下兄弟的，报纸找不着了，但修延讲故事的神情历历在目，可惜那时没有手机，没有摄像和录音工具。

年岁大了，比较喜欢写不需要深入思考的往事，故将本该写入问学杂忆的内容放在这里了。再说讲些故事，让老师开心；同门提供的论文，本该有评述，却未写成。在此深表歉意。

特别要向王师说一声"对不起"，本来想在中国学术史中写王师的学术成就和重要地位，但学生学识有限，心有余而力不逮。王国维《沈乙庵先生七十寿序》云："其所以继承前哲者以此，其所以开创来学者亦以此。使后之学术变而不失其正鹄者，其必由先生之道矣。"静安先生所论所评意味深长。

马银琴编，凤凰出版社，2022 年

与同学书（4则）

一、谈经典阅读

承问"经典"诸义，经典并不局限于文学的范畴。"经典"，字典上狭义的解释为具有典范性、权威性的著作。我以为经典并不限于著作，只要在历史过程当中沉淀下来的文化，代表了一种典范性，给人以示范的功能，就叫作经典，比如说古典音乐。

对经典的理解一旦超出了著作或者文字材料这样一个载体，我们就会发现：经典是无处不在的。也就是说当人们对精神产品、文化产品进行认知或者欣赏的时候，我们就称之为经典阅读。因此，我们可以给阅读加个引号，"阅读"音乐，"阅读"书法，"阅读"绘画。所以我认为人生可以算是一个不停止的阅读过程。当然，由于经典狭义上就是指经典书籍，所以我们还是主要谈谈阅读经典书籍。

今天，我们不得不正视这样的现实：传统的东西，我们丢失得太多了。所以，孔子在那个时代就讲了，周礼已经丢失，做梦都见不到周公，他说："不复梦见周公矣。"当前的现实虽不能等同于孔子那个时代，但也有着一定的相似性。

你问我是否有许多独特的阅读经典的经历和感悟，那我就来分享一下在大学读经典的经历和故事。我是 77 级的学生，那时候大家都很爱读书。在我们读大学的时候，有很多我们现在非常常见的书，都是很珍贵的。一个大学图书馆，像《人间词话》可能就只有一两本，所以说每个人特别是文科的学生都会密切关注这部名著目前在谁的手上，然后就跟他约定，他还书的时候自己立马又借过来，就是这种如饥似渴的感觉。古人讲究秉烛夜游，说的是人生要及时行乐，我们读经典的时候叫作"秉烛夜读"，走廊上、厕所里，有灯的地方就有人读书，灯越亮人越多。

宋濂的《送东阳马生序》大家应该很熟悉。他小时候很爱读书，但因家里穷，没书看，他就向有书的人借来抄，天特别冷的时候，手指都不能展开，但他不敢有一点松懈，抄好了以后赶紧送给人家，这样人家才会把书借给他。虽然我们那时候没有宋濂那么窘迫，但也流行抄书，图书馆的书总是要还的，只有抄下来的才永远是自己的。还有买书的经历，我现在还记得当时为了买到一本书，早上四五点就去新华书店排队，站在寒风中，瑟瑟发抖，书买到手之后就觉得一切的付出都是值得的；当然更常见的情况是，买不到书，因为新书一次只来几本，而要买的人却是它的很多倍。

你问："流行文化与经典阅读可以并存吗？"从图书馆的热词搜索排行榜上面，我们可以发现现在的大学生相对而言更热衷于"厚黑学""职场官场小说"之类的书籍，看来流行文化和经典阅读都是大学生读书的两个方面。刚才说的古书，四书五经，人们需要耐心，现在到了读图时代，要成为一个有学问的人是要下功夫的，需要长时间专注地阅读。所以我就觉得：流行文化之所以能够风靡，也是有它的内在原因的。普希金说："怎样看待流行文化和经典阅读之间的关系，两者之间是一种对立的关系。"这两者之间，我个人认为还是可以并存，当一个人进行经典阅读的同时也可以欣赏流行文化，所以一方面我们对经典阅读还是要下功夫，但另一方面也要看一些小品，因为小品短，人有需求。

我期待流行文化对经典的阐释，希望经典阐释能在流行文化中得到体现，这样我们的阅读也更轻松。

虽然当今社会经典的存在现状不容乐观，但我们还是欣喜地看到，当前的大学正在尽其所能来改善这一现状。一些老师在课堂上有意引导学生去读经典，一些兴趣相投的同学也会自发组织在一起，互相分享阅读经典的心得，有的学校还又重新开始了博雅教育，而我们学校也开办了国学勤勤创新班，国学班也是学校做的一种努力。现在大家对国学班的定位都在它所学习的内容上，国学班就意味着要学的是中国文化中最经典的著作。我以为不止如此，学什么固然重要，但更重要的是如何去应用。从经典的源头看，《论语》当中特别强调"身体力行"这个概念。孔子强调，言行一致，他讲了一句话叫"君子耻其言而过其行"，君子最看不起的就是言不符实。因此，国学班不能简单地被理解为一个经典阅读的特区。国学班的学生不仅要学好经典，更重要的就是要用经典的那种精神引导自己向前，应该是把最优秀的文化变成自己的一种行为，进而影响和带动其他人。所以我期待国学班的学生成为我们校园一道亮丽的风景线，在人格塑造上起到一种示范作用，在美好人格的养成上要见成效。经典具有一种权威性和示范性的特质，那么国学班的同学，也自然应该具有这种示范性。

而对于普通大学生来说，要以一己之力改变经典阅读缺失的现状是困难的，但我们可以从自身做起，阅读经典，用经典来规范和引导自己的行为。希望我们每一个大学生都要珍惜"大学生"这三个字，所谓的"大学生"，不只是读书之多和学问之大，也可以理解为一种文化阶层，有一种表率和典范的作用，这也是当代大学生肩负的历史使命。

二、古诗让人心灵安顿

你说来采访我的路上，正是异木棉开花的季节，每一棵树的枝干都缀满大簇的粉红花朵，让人情不自禁地放慢脚步，移不开目光。"桃李不言，下自成蹊"大概就是如此吧，勤勤恳恳地将自己最好的一面呈现于世人面前，即使不能言语，也能让人动容。

古诗应该和花一样美丽动人。有人曾赋予中国"诗国"的称号，一言道破古诗在中国文学史上的地位。毫不夸张地说诗歌在整个文学史上称得上是半壁江山。从《诗经》《楚辞》到汉乐府民歌、南北朝民歌再到唐诗宋词元曲，一直延伸至民国。古诗的流传同时也造就中国文化与历史延绵不断的脉络。一个朝代能够以诗歌作为这个时代文学成就的代表，这本身就说明诗歌的重要。古诗可以理解为古代的诗歌，古代诗歌就应该承载着中国文化的一些精髓。

在如今求速度、求速效的时代，人们以现实主义的目光来思考古诗的有用性，虽然社会上对古诗保护的声音依然有力，古诗在教育中所占的位置依然不可动摇，但这一文化精髓是否因此就能得到传承依然无法断言。

诗教这个传统，从古代便有。今天对于诗教的理解与古代有所出入，能够由我们赋予它新的定义。诗教，就是诗歌的教育功能。诗歌的教化应当如杜甫所说的"随风潜

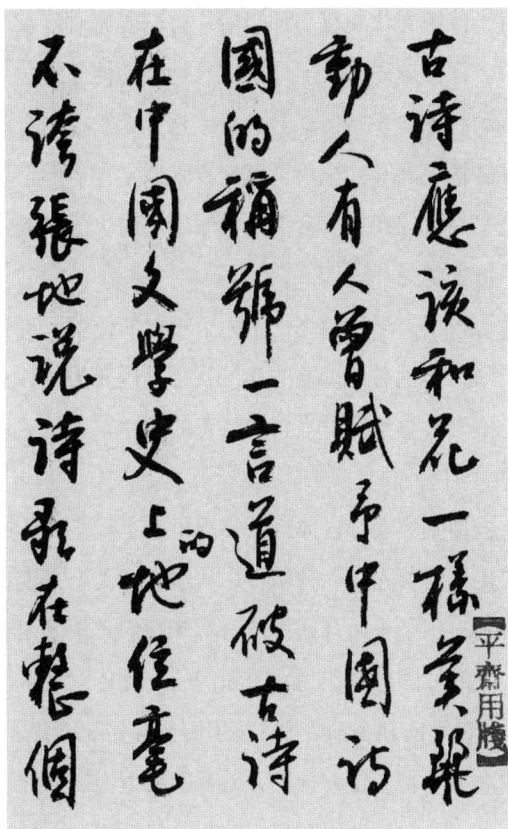

古诗应该和花一样美丽

动人有人曾赋予中国话

国的褡裢一言道破古诗

在中国文学史上地位住毫

不夸张地说诗歌在整个

〔平斋用牋〕

戴伟华《与同学书》手迹

入夜，润物细无声"，在快乐中去享受诗歌的美，你们慢慢地接受它的熏陶，也就达到一种教育的目的。诗作为一种字句简洁精练的艺术，如何让学生感受诗的张力，真切感悟其美感，并不是一件容易的事。教师本身对于古典文化，对于传统文化要有一种激情，自己要先对诗歌产生一种感悟。让诗歌先感动了你，你再把感动传递给学生，让学生感动起来。我站在课堂上，总感觉无法控制自己，全身心都舒畅地展开，全心全意地投入课堂；仿佛手上拿着一件艺术品，像在拍卖会上一样展现它的价值和魅力，让大家尽情去享受。

在诗教中，学生始终处于一个被动的位置，待到有所积淀之际，学生对于诗歌的学习就会慢慢转为一种主动的需求。不少大学都有学生自发组织的诗社，这是一个很好的现象。

从被动到主动，古体诗歌实现了从上至下的传递。古诗所要传承的首先是一种精神。从这个意义上来说，不能仅仅看到小孩子开始背诵古诗，看到我们大学里面有与诗歌相关联的社团，就认为它跟我们的文化传承发生了怎样的关系。在学前和小学阶段，孩子们便开始朗读背诵古诗，这好像埋下一颗文化的种子，是否能够生根发芽并不能够确定；不少大学校园内有与诗歌相关的社团，而且得到关注，但这毕竟还是少数。因此这些行为所产生的影响，不仅是传承，更多的是一柱希望的烛光。我想，任何一种微小的行为，都可能会对社会产生比较大的影响，因为这来自现实生活的一些干扰和压力。在当下社会中，理想主义悄然消退，现实主义抬头，人们衡量一种事物存在价值的标准就是有没有用。我对于古诗的传承始终怀抱着一种乐观的期待。实际上我们现在并不期盼着这种星星之火可以燎原，但是我们觉得有这么一个星星点点的火，就像夜空当中那几颗明亮的星一样，让我们看到光明的存在。这无疑也给我们社会带来了一种多元化的需求。

古代诗词在教育中一直有一个好传统，就是诗教。在大学、中学甚至是小学，古诗都在适当的位置，只不过不同的阶段，要求不一样。

古典诗歌教育，与其在数量上增加，不如在教育质量上提升，这样更为有效。我们的课时是固定的，大学教材选择作品的面也比较广。我们就不得不思考怎样去处理这种关系，即哪些由老师在课堂上讲，哪些是通过讲解从而引起大家对诗人及其作品的关注。通过讲授作品让大学生对古诗产生一种兴趣，使得学生在学习古诗当中把那种被动的学习态度转换为积极的主动态度，这是很重要的。当成为一种自觉要求时，增强对古诗的阅读和理解以及对古诗的量的拓展，就成了顺理成章的事情。

如果一所学校能够有意识地在不同的专业，尤其是理工科专业，通过讲座的形式去介绍或者推介中国优秀诗歌来达到一种教育的目的，这对大学生是极有裨益的，我觉得大学是可以做到的。有的学校通过社团去覆盖不同专业的学生，取得了较好的效果。也可以通过讲座、诗词写作比赛、办刊物来营造一种氛围。

很高兴看到大学校园里有很多同学喜欢传统文化，这样的社团存在具有很多方面的意义。首先，是高雅的兴趣可以代替庸俗的追求。其次，是可以营造一种良好的校园文化氛围。社团建设好了，就能营造出一个好的氛围，让有兴趣的人去讨论古代的诗词。此外，古诗相关联社团的存在也是文学写作的需要。虽然古诗的写作跟当下的文学创作不太一样，但如果能懂得古代诗歌的谋篇布局、遣词造句以及推敲，再配上平仄，能够押韵有节奏，对提高写作能力是有帮助的。

很多人都会问，诗好在哪？这是一种感觉，读过以后，就会感觉到这首诗的好与不好，所以感觉很重要。一首诗的好坏在于是否有情有理。首先要看内容，能否激励人们或者抚慰心灵。比如说，当你心情烦躁时读到王维的"明月松间照，清泉石上流"，浮躁的心就会慢慢安定下来。一首诗，能引起我们共鸣是很重要的。此外，鉴赏一首诗，用文学分析的手段去揭示它的美感尤为重要。这个要求会比较高，需要反复吟诵诗歌，才能自然而然地理解和感悟。

在如今的快时代，我们还能品味到诗歌的"美"吗？这个问题提得好。我们的确是处在快时代。因为快，心灵想要找一个安定之所都困难，来不及感受古人诗歌当中的一种美。人毕竟需要一个暂时的休整，我觉得读诗歌是一个很好的办法。慢慢地吟一首诗，哪怕是一首简单的诗歌，心灵还是能得到安慰，得到一种安顿的。这种情况下，你才能够慢慢地品尝诗歌好在什么地方。因此，时代越是快，我们越是要珍惜在品读古诗时的悠闲时光。

三、文学传播正能量

在数千年的人类文明进程中，文学始终作为一种重要的文化形式承载记录人类文化活动、反映时代现实，肩负着传递文化精神的伟大使命。《礼记·王制》载有"命大师陈诗以观民风"，《左传》记有吴季札观周乐探讨各国风俗民情，《周易》反映古人"观乎人文，以化成天下"，《典论·论文》认为"文章经国之大业，不朽之盛事"，而《左传·襄公二十四年》更将"立言"上升到人生"三不朽"的高度，认为修辞立言能致身不朽，虽久不废。这些古老的文化遗产无一不彰显着文学的作用，更进一层来说，作为民族文化积淀，它们都反映了文学传播正能量的积极功能。

文学传播正能量的深刻意义在于，通过独特的语言艺术，引导人们学会独立思考、陶冶高尚情操、树立高远志向。然而，自二十世纪九十年代以来，理想主义在社会思潮转向中呈回落之势，拜金主义、享乐主义抬头。由于市场经济的高速发展，人们的传统价值观不可避免地受到了某些负面冲击。因之，部分带有凶残暴力、钩心斗角、色情献媚等负能量的文学创作时有出现。在"娱乐至上"的时代，部分作品为迎合读者，并没有反映时代的主流，或油腔滑调毫无逻辑只为博得读者购买，或以献媚情色只为抢得读者关注。尽管我们认同文学应该多样化，并致力于推动艺术的百花齐放，但是我们应以充分的理由和自信去拒绝平庸和庸俗。我们应该推动的，是能够深刻反映现实，传递正能量的作品。目前热播的《平凡的世界》，反映了"后文革"时代，平凡而又不平凡的中国人与命运抗争，执着追逐梦想的经历。这样的作品所承载的感动与力量，当是能代代流传下去的精神财富。

其实，从文学接受的角度进行观照，传播正能量并非所谓惟"喜"是从，也不是所谓"报喜不报忧"，更不是"颂圣"文学。中国自古以来就有"美刺""骚怨""讽喻"等优良传统，早在数千年前的《诗经》，已有"变风""变雅"，这些作品事实上反映的是人民生活疾苦、国家战乱肆虐。这些作品从本质上看，也表达了人们对美好生活的向往和追求。他们之所以成为流芳百世的文学遗产，根本原因在于其内核为引人向善，促进社会进步。

中国文学史上有许多作家是有担当、有奉献精神的。一千多年前的韩愈、百年前的梁启超，或自觉肩负起振兴儒道之责，或自觉背负起振兴家国之任，以积极的文学样式，用或犀利，或优雅，或古典的语言艺术引导人们向前看。作为高校文学教育工作者，其一应该积极引导文学学科发展，充分挖掘传统文化中既善且美的内容，弘扬优秀的中华文化，特别要在人文素质提升中发挥主导作用；其二应将人才培养与国家建设有机统一，文学学科人才培养不仅要突出学术性和专业性，更要培养有利于推动改革开放和国家建设的新型人才，培养出能够践行社会主义核心价值观的时代标兵；其三是要把理论研究与社会服务相结合，学术研究和文学创作应进一步服务中华民族伟大复兴的时代主题，在提升国家文化软实力过程中发挥更重要的作用。

曾子说："士不可以不弘毅，任重而道远。仁以为己任，不亦重乎？死而后已，不亦远乎？"作为中文人，我们认同这样的生命方式和价值体现。

四、用诗构建新时代的文化自信

唐诗以隽永的情韵、丰富的内容，反映了特定时代中华民族的心理状态、精神风貌、审美意趣。唐代的远去只是时空上的，今人在心灵上依旧与它有情感的共鸣。唐诗让我在喧嚣的尘世里找到一块诗意的栖息之地。在这片天地里，文人情怀、盛世气魄都蕴含其中。

小时候我看父亲抄写的"借问酒家何处有，牧童遥指杏花村"，就觉得诗很美。1977 年考入大学，遇见赵继武先生，他喜欢带领学生吟诵古诗、创作旧体诗，认同晋人陆机"每自属文，尤见其情"的观点，这对我以后从事唐代文学研究影响颇深。在扬州学习、工作二十余年，这座文化底蕴浓厚的古城培育了她的文化气质。扬州是"水城"，水是有灵性的，通过水能表达细腻的情感。古代文学学科是一个关注古代文学文化遗产的学科，"遗产"的当代意义在于保护和传承，青年人要珍惜这个重视传统文化的新时代。

学唐诗需要广泛的、交叉学科式的阅读。要先读诗，再写诗，广州大学最近组织的"经典百书"推荐书目活动就很好，喜爱唐诗，就可列出关于唐诗的特色书单，有针对性地开展阅读推广，让阅读成为一种习惯。我在大学期间阅读了大量有关唐代的文献，做了近百万字的读书笔记。不要在一个方面或一个朝代里小范围读书，交叉学科的阅读常能为唐诗研究者提供不一样的视野和灵感。现在青年学子用互联网研究诗词，比起以前查阅资料更方便了，要注意把学问做扎实。诗是一种意境，是含蓄的、有启发的。诗与人之间能够产生一种沟通、一种共鸣，留给你无穷尽的想象。而中国是诗的国度，中华民族五千年文明延续不断，唐诗如烙印一样打在中华民族的文化记忆中。我认为关键点在一个字——爱。古典诗词是中华民族优秀传统文化的典型代表。你爱诗，才会自发接近它、了解它，用诗歌颂新时代美好生活，构建我们的文化自信。关注当下，用唐诗培养当下生活意趣是学者文化自信的表现。闲时练字、画兰，静心看世界。诗里有情义、道义、侠义，唐诗情美、理真，展现的是那个时代的人最真实的个性、创造和进取的激情，以及有责任有担当的人性光辉。从事古代文学研究，在旁人看来或许有点单调，但能于闲时栽花院落、种树亭边，把生活经营成一首好诗。研究领域即使是古代，也要关心当下。关注社会热点，呼吁重视人文社科研究，改变"唯期刊论"的考核标准以及学科考核标准太过单一的现状。

　　"道不欲杂"，事实上有一种方法论上的意义：人生天地之间，做人做事的总体原则和精神不能乱，要一以贯之，有始有终。这个"道"就不再仅具有形而上的意义，而可泛指人生在世立身处世的态度。从立身来讲，人应该树立正确的世界观、人生观和价值观，建立崇高的人生理想，培养对真理孜孜不倦的追求精神和服务社会、奉献自身的价值取向。从处世来讲，人做事应专心致志，坚持的"道"越多，顾虑越多，干扰就会越多，很多事情反倒无从下手。学者应该精诚专一、心无旁骛。在学术研究中注重秉持专精的理念，认真做好每件事。学术的要义在于创新，发前人所未发现。如以陈寅恪、饶宗颐等学者为代表的主流观点认为，四声发现与佛教转读及梵文有关，对此存有疑问。我在钻研了古代音韵研究中最基本的问题后，了解了音韵学专家们解决问题的手段和方法，在《四声与南北音》一文中提出新观点：四声的发现是在汉语语音内部运动中完成的。

从事中国诗学、唐代文学研究过程，建议从两种思维导向入手，从纵向的思维来看，应当努力达成古典性和现代性或当代性的承接；从横向的思维来看，必须在遵循本学科的发展规律的同时，在跨学科的视野下促成各学科的共同发展，推动学科体系、学术体系、话语体系的建设和创新。

我是理想主义者，生活、学习、工作都盛满了诗意，一直追求这样一种诗歌研究、诗歌教学的境界——到诗歌写作现场去。我的硕士生说我乐于登山临水，挥洒诗书以自娱。为了让学生感受唐诗的魅力，提倡营造诗歌的环境，采用情景教学，把诗歌放在古人生活情景里去体验。带学生登高，为了去感受李白创作诗的意境，让学生体验相似的诗歌创作的现场，吟诵欣赏，细细品味，享受唐诗的乐趣和魅力。

人文学科要注重积累与沉潜。在当今社会重压之下，社科学者易缺失从容的心态，急功近利，造成学术的虚假繁荣。应该倡导一种实事求是、科学严谨、真理至上的学风，摒弃学术研究中的浮躁之心和功利之心。

因此，不要一味以指标衡定人才，建立一套更为科学、合理、完善、符合人文学科自身发展规律的人才评价体系，改善净化人文学者生存的学术环境，提供充足的人力、物力条件来保障学者生活，使其无后顾之忧，潜心治学。

优秀的社科文化是中华儿女共同的情感寄托和思想空

间，让人们超越时间和地域产生共鸣。中国语言文学的涵盖面十分广泛，因而可以适时充当协调各学科共同发展的"黏合剂"。古代文学学科是一个关注古代文学文化遗产的学科，"遗产"在当代的意义莫过于保护和传承。

对传承文化怀抱一颗虔诚与执着的赤子之心。义务参加一些讲坛，为市民提供公益讲座，传播社科文化、弘扬人文精神。诗歌是没有门槛的，大门为所有人打开，希望越来越多的人在欣赏诗歌的过程中得到升华，把优秀文化传承下去。

坚守是一个学者的本分，常年积累，方有收获，应放宽视野，有意识地关注、吸收多学科的知识、经验作为储备。传承文化不能囿于自己的世界，要关注当下，尽社会责任。

传承无小事，生活中每个人的每一幅书法、每一次吟诗、每一次写作，都赋予了传统文化焕彩生辉的魅力。

我们靠阅读来完成资料的搜集、整理和考辨工作，人和书之间经历了一种感情的联系。"有温度"是人与书之间的情感联系。唐代的远去只是时空上的，今人却可以在心灵上走近它、亲近它。

《唐方镇文职僚佐考》（修订本）后记

当广西师范大学出版社决定重版《唐代使府与文学研究》时，我就有了将《唐方镇文职僚佐考》修订本同时再版的建议，这一要求竟然得到出版社领导的同意，真让我兴奋不已。原计划分上、下编出版的唐代幕府与文学研究以现在这一形式分册同时再版，了却了我多年的心愿。

1993 年《唐方镇文职僚佐考》稿成去请傅璇琮先生作序是很冒昧的，当时我还未见过傅先生，其实情正如傅先生序文开始所描述的那样。但我仰慕傅先生的学术成就，而且他在其著作《唐代科举与文学》自序中谈到要从事唐代士人是怎样在地方节镇内做幕僚的专题研究，请傅先生赐序最为合适。傅先生在百忙中能拨冗作序，对我进一步从事唐代幕府与文学的研究是莫大的鼓舞。其后傅先生在《唐德宗朝翰林学士考论》（《燕京学报》新第十期）、《唐永贞年间翰林学士考论》（《中国文化研究》2001 年秋之卷）等著述中多次提到我做的工作，并对我的研究给予充分肯定，他在《唐玄肃两朝翰林学士考论》中说："戴伟华先生即专注于唐代方镇幕府与文学的研究，撰写有《唐方镇文职僚佐考》《唐代使府与文学研究》等书，在这方面极有开拓之功。"（《文学遗产》2000年第4期）回想拙著出版之时，许多学者给予热情洋溢的鼓励，令我感动。如王达津先生云："此书补前人之阙，大有利于搞唐史、唐代文学的人，可谓功在国家，遥表敬意。"（1994年3月27日）王运熙先生云："大著材料丰赡，内容翔实，用力甚勤，对唐代文学研究者很有裨益，是一本很有价值的工具书。"（1995年4月24日）在从事这一课题的研究中，能得到傅先生以及其他学者的鼓励和帮助，实在是人生最大的幸福。在我已经出版的著作中，这是唯一一部请人写序的书，值得珍藏在心间，她留给我太多的回味。

《唐方镇文职僚佐考》出版后，我又陆续收集了许多资料，并做了考辨。这次再版对原著做了较大修订，除改正原书中一些考辨及校勘错误，还将新考证出的方镇文职僚佐补充进去。其实这一次工作所费时间和精力很多，甚至超过了第一次工作的付出。

本次对唐方镇文职僚佐的增订补考工作获得全国高校古委会立项资助，广西师范大学出版社热心支持学术事业，谨致以诚挚的感谢。

《唐代使府与文学研究》（修订本）后记

1998 年拙著出版，唐代幕府与文学的研究也就暂告一段落。回想起这一课题的工作，真是漫长的跋涉。1986年以中唐边塞诗为题做硕士论文，其中提出中唐边塞诗繁荣实由于幕府兴盛的观点，多年来由此而不断拓展，先后写成《唐代幕府与文学》《唐方镇文职僚佐考》《唐代使府与文学研究》等著作，这一研究进程也是努力实践自己的学术理想和学术方法的过程。长时间去关注一个问题，长时间去做一个专题的文献资料考辨，收获是不言而喻的，《唐方镇文职僚佐考》的完成对我的学术工作具有不同寻常的意义。

可能是因为发行渠道和发行数量的关系，《唐方镇文职僚佐考》和《唐代使府与文学研究》二书在国内一些大学和地方图书馆二书存量极少，甚至没有一本。比如广州的中山大学、暨南大学和广州大学学校图书馆即无此二书。海外学人得之亦不易，马来西亚学者赖瑞和教授辗转多时才得到二书，遂感慨地说："此两书在海外不易购得，甚至连海外许多大型中文研究图书馆也遗漏未购置。如今《唐方镇文职僚佐考》成了我经常需要翻查的一本工具书，极为有用。"（《唐代基层文官》，台湾联经 2004 年，自序第 7 页）多年来一些学界朋友和在读的研究生不时写信索要二书，我都不能满足他们的要求，唯表歉意而已。事实上近年来不少著作、论文，特别是学位论文在引述唐代幕府与文学方面的成果时，通常只能引用 1990 年出版的《唐代幕府与文学》，对此我深表遗憾，毕竟《唐方镇文职僚佐考》和《唐代使府与文学研究》是后出的研究成果，比较全面系统，也比较深入，二书对《唐代幕府与文学》不仅有补充，也有修正。现在二书能在广西师范大学出版社修订重版，我十分高兴。这次修订除了个别字句和小节的修改外，主要在《文人入幕与盛唐边塞诗》后附录了《再论盛唐文人入幕》一文以表述我对盛唐文人入幕这一问题的一贯认识。

在二书重印之时，我要感谢学术界多年的支持和帮助，《中国社会科学》1994 年 6 期、《唐研究》第一卷、《唐代文学研究年鉴》95—96 合辑等对《唐方镇文职僚佐考》发表专文评介；《书品》1999 年 1 期"书苑撷英"《唐代文学研究年鉴》、《江海学刊》1999 年 3 期、《中国文化报》1998 年 12 月 6 日、日本《中唐文学会报》2000

年刊等对《唐代使府与文学研究》发表专文评介；《海峡两岸唐代文学研究史》《20世纪中国文学研究·隋唐五代文学研究》等学术综述论著也给予重点介绍。不少学者在自己的研究论著中也给拙著以好评，如马自力先生在大著《中唐文人之社会角色与文学活动》中提到："对于唐代的文职幕僚，戴伟华先生进行过系统深入的研究，无论是相关材料的挖掘整理，还是对其整体特征的把握，都有独到的发现，取得了一系列重要成果。"（中国社会科学出版社，2005年，第205页）李浩先生在大著《唐代三大地域文学士族研究》中说："戴伟华指出，文人的空间聚合与分离给文化带来刺激，给文学发展带来生机。见其所撰《唐代文学研究中的文人空间排序及其意义》，《扬州大学学报》1999年第1期。实际上，伟华兄之《唐代使府与文学研究》本身就是这方面的一部扛鼎之作。"（中华书局，2002年，第6页注3）赖瑞和教授在大著《唐代基层文官》中提到："《唐方镇文职僚佐考》则从墓志和唐史料中，挖掘出曾经担任过文职僚佐的大约两千多人次，按任职方镇排列，是一项重要的基础研究，为后来学者提供不少方便。""《唐代使府与文学研究》就文人入幕风气、幕府文学与唐代文学的发展作了深入研究。"（第288—289页注3）衷心谢谢他们的评价，感谢学术界朋友的鼓励。也许这里的陈述未免俗套，甚至有显摆之嫌，但对他们的感谢是常拥心间的。在学术研究日益浮躁的今天，能真正坐好冷板凳其实并不那么容易，傅璇琮先生提倡"在目前这样一种特殊学术氛围中相濡以沫"的精神令后学动情，同道间的相互信任和支持实在是难得的精神慰藉。

《地域文化与唐诗之路》跋

　　拙著有幸列为《唐诗之路研究丛书（第一辑）》出版，感慨颇多。作《戏题〈地域文化与唐诗之路〉》二首：

　　　　唐诗之路许浪言，路转峰回步步难。
　　　　南北东西勤勘问，翻飞叠嶂度重峦。

　　　　老生应避在常言，新义深微议转难。
　　　　文化唐诗漫漫路，高风朗月照冈峦。

　　我想用诗的形式来表达对唐诗之路研究的认识。其一，"许浪言"。尽管对"唐诗之路"的概念还有待探讨完善，但模糊的概念还是有认识价值的，模糊概念不等于没有概念，可能根本不能准确定义成如"唐诗"这样清晰的概念，但接近或基本接近可以做到。用传统治学的方法来说，可以在模糊概念之下，先研究大量具体的事实，然后再作归纳，那个模糊概念中的"模糊"也会慢慢清晰起来。其二，"步步难""议转难"。因为唐诗研究积累较丰厚，开辟新域并不容易。但难有难的好处，一是会认真对待，不会掉以轻心；二是在"难"中必然要寻求突破，也必然有所突破；三是"难"中有学术机遇，而且唐诗之路研究是个庞大的学术系统，要求有多学科的参与，可在合作中求发展。其三，"勤勘问"。可以借鉴社会学、民俗学、音乐学、语言学等学科的田野作业的方法。脚踏实地，必有所得；其四，"高风朗月"。对做唐诗之路要有信心，立意高远，追求"别有洞天"的境界。

虽说是旧著再版，还是花了很多时间修订，除了改正原书字句之误，重点放在完善注释，任务艰巨。著作初版不需要详细注释，如诗歌基本使用《全唐诗》本，现在补充注释，部分作品换成通行整理本，引文核对和加出处，其工作量不低于写一本新著时引用古籍。

我用3万多字的自序，想写进一些新思考、新探索。其中，特别强调了《唐方镇文职僚佐考》对唐诗研究的意义。唐方镇文职僚佐可以理解为某一特定人群的文士活动而形成的诗路，在时间和空间上也是比较系统地反映出文士活动的大致面貌。如从唐诗之路角度去考察，所谓"浙东唐诗之路""浙西唐诗之路""巴蜀唐诗之路""河西唐诗之路""西域唐诗之路""岭南唐诗之路"等都与幕府僚佐分布相关，根据幕府文士空间活动踪迹可以描绘出唐诗之路地图。幕府文士活动对唐诗之路形成做出了特别贡献，尤其值得关注的是西域唐诗之路，没有唐代方镇幕府制度是不可能出现岑参这样的西域诗人的。《唐方镇文职僚佐考》有时间和空间坐标，清晰地呈现使府文士活动的时间范围和地点。活动在大唐各镇的文士，他们周围还有一批诗人，他们对诗歌传播所产生的作用，也可以说对唐诗之路的形成产生不可估量的作用。以幕府为例考察诗路，人和地都非常重要。府主和幕府核心成员推动了诗路的形成。方镇幕府僚佐和地方文人交往密切，大历浙东唱和诗人中就有地方文士。

《唐方镇文职僚佐考》呈现了幕府文士时、地分布，为研究唐诗之路提供某个层面的研究基础，其中仍隐含着大量的信息，以幕府为中心的文士活动及其诗歌创作意义尚待探究。比如大历年间《状江南》唱和，对江南文化研究有独特的价值。

关于研究方法值得探讨，方法取决于研究对象，但可以从个案入手，找到合适的方法。中国文学研究是重视文献资料考订的，形成了优良的学术传统。通常所说的文史结合的研究方法，也是缘于研究对象本身的需要。

当时课题研究虽以实证为主要手段，多数地方仍然是宏观描述。实际上在宏观描述中可以不断深化细部的研究，这样对宏观描述和理论探讨才有推进的作用。如在地域文化中去思考陈子昂在唐代的影响和接受的问题。从材料出发，也许可以得出一个结论，即以李商隐、杜牧、许浑、温庭筠等为代表的晚唐诗人基本没有提及陈子昂，这一结论大致正确。但如有更好的论证思路，使结论坐实而不空泛漂浮，从文学地理学角度去思考，应是最佳选择。李商隐大中九年前曾任东川节度判官，节度使治所在梓州，梓州是初唐诗人陈子昂的家乡。李商隐在梓州留下不少诗作，如《夜雨寄北》《梓州罢吟寄同舍》，李商隐并非短暂停留，而是在东川幕做幕僚的。在这一特定的地理空间，李商隐理应有悼念陈子昂的诗，或与陈子昂相关的诗作，可是没有发现。

盛唐诗人杜甫也在梓州生活过一段时间，可以做比较。有共同生活空间的比较更具价值，结论更为可靠。杜甫曾至东川梓州，作诗多首，其有《九日登梓州城》《送梓州李使君之任》《陪李梓州泛江》《陪李梓州使君登惠义寺》，《陈拾遗故宅》诗云："拾遗平昔居，大屋尚修椽。悠扬荒山日，惨淡故园烟。位下曷足伤，所贵者圣贤。有才继骚雅，哲匠不比肩。公生扬马后，名与日月悬。同游英俊人，多秉辅佐权。彦昭超玉价，郭振起通泉。到今素壁滑，洒翰银钩连。盛事会一时，此堂岂千年。终古立忠义，感遇有遗编。"表达出对陈子昂人格、诗作的赞美。

由此可知，晚唐人不关心陈子昂，这是一般的文学概念；如果以李商隐为例分析，就成了文学地理学的问题。

也可以说，因为有了文学地理学的观念，才能发现别人没有注意到的这一问题。文学地理学和唐诗之路密切关联，在唐诗之路研究中，希望能发现更多问题，并能得到合理的解释。

《文化生态与唐代诗歌》后记

　　窗外异木棉亦如往年。先开的那棵大树，以鲜红明亮，引领了季秋的风光，接着是一片一片地开放；而同是母本的那棵白异木棉，本可以依着水池与红树同时开放的。先前就是这样的：一红一白，花树饱满，在广州城也是无与伦比的风景。几年前，生科院用砖石砌成方形的养鱼池取代原先的自然状的池塘，动了根系，伤了元气。红的离池塘稍远，虽有点伤害，但还是顽强开放，依然灿烂。白的确实有了内伤，花期整整晚了红的约一个月，原约定彼此相守同时开放的蜜月，现在只能次第而开。世间本来有许多美好，一经人手，就留下了遗憾，总觉得多了凄凉与感伤。

　　我和她们相望相守已二十二年，读书、撰文、写字，时不时会看看窗外的两棵异木棉，无论是春夏深绿枝叶，还是秋冬花团锦簇。她们的些小变化我都能察觉，红树除花期稍许推迟，花貌也不及当年。现在远望，白的还是繁花盈树，但近看已非盛时容颜。

往年花开时节，呼朋唤友，在树下逐日赏花、留影欢歌；疫情以来，向时热闹，已成记忆，何日再聚？近写《忆秦娥·怀人》一首：

天朦胧。隔江相望几时逢。几时逢。云端又约，有影无踪。　三年不见旧形容。雨中异木棉花红。棉花红。吹开吹落，一任西风。

人们容易忽视当下，一旦失去，倍觉珍贵。

三年里，我校对了在中华书局出的两本书，这一本和《地域文化与唐诗之路》。看到花开花落，生出许多感慨。

想想大学读书和刚留校任教的青春年华，遇到了好的学习氛围和好的老师，一路辛苦，一路收获。《女媭非屈母》（1982年）是我发表的一篇像样的论文，是一篇商榷文字。1982年1月留校任教，备课时遇到的问题较多。《离骚》中有些争议点，"女媭"为谁，就是一例。上课要讲给学生听，自己必须先理清楚。现在又有"屈母"之说，觉得新奇，故在写入教案时，又查了一些材料。材料一梳理，发现"屈母"说还可以再讨论。听说商榷文容易发表，就花了些力气给材料做了分类。果然，刊物很快就用了，大概刊物也是想利用年轻学者的争鸣去扩大影响。发表后我也反思过，龚先生是楚辞研究专家，把对女嬃角色的思考写出来，提出新说，至少给研究者提供了新的思路，是件好事。自己可以在课上讲讲，何必写论文去商榷呢？但《楚辞》还是有不少神秘难解之处，舍不得放下，1992 年发表《试论〈离骚〉的创作契机与艺术构思》，完全是教学过程中的思考。后来又发表《楚辞音乐性文体特征及其相关问题》（2014 年）、《〈离骚〉"女嬃"为星宿名的文化诠释》（2015 年）、《楚辞体音乐性特征新探——音乐符号"兮"的确立》（2017 年）等文。即使研究唐代文学也会联系楚辞，如《屈赋与唐诗——对唐诗"文""质"之变的理论考察》（1990 年）、《柳宗元贬谪期创作的"骚怨"精神——兼论南贬作家的创作倾向及其特点》（1994 年）、《放情咏〈离骚〉——柳宗元永州创作心态试论》（1994 年）。"屈平辞赋悬日月，楚王台榭空山丘"，念念在兹，何日忘之！

写柳宗元永州创作心态时，已开始关注文士的日常生活。知识分子在参与政治遭遇失败后，开始转场，由公共空间叙事转向私人空间叙事。政治与文学的关系，这是传统话题，我们能否跳出，多关心文士的私生活。我甚至把"政治上失败的人往往把精力转移到自身生活、家庭、子女教育上，这算是一种补偿"视为"一种常见的现象"，也是呼吁学界从关注政治与文学中，分出一部分精力去关注知识分子的日常及其私生活，"远贬之时，柳宗元更多在思考柳氏家族的历史和荣誉，思考自己在家族延续上所应承担的责任"。《新唐书》载柳宗元欲替刘禹锡往播州一事，常为刘、柳友谊一证，但更深一层意义在于："柳宗元这样做是由于自己的经历和切身体验所决定的，他自己'不孝'已无法挽回，可不能让朋友蹈自己的覆辙。""绝嗣之忧"是柳宗元之大痛所在，"老母的死使他不能自拔地沉溺于深刻的自责之中，身体的众疾交加，同样使他感到一种忽忽如亡的威胁，因而产生对生命的渴望、对生子续嗣的企求"。进入文士内心世界，应对文献资料作细致的分析和阐释。《文化的顺应与冲突——以李白待诏翰林前的生活和思想为例》（2006年）讨论过李白的婚姻，也是在关注文士的私人空间。

进入文学研究，大致有两条路可走，一是文理分析，一是文献整理。无所谓选择，如种子发芽、生长、开花、结果一样。人们以为考据是枯燥无味的，其实考据也是要才性的，一样可以抒情、浪漫。通常文理分析与文献整理融为一体，方可有趣味地进行。

本科论文《许浑研究》，侧重许浑诗歌内容和艺术形式分析。现在找不到文稿了，但还记得上面有赵继武先生的许多批注。赵先生蝇头小楷隽秀，有功力，流溢出一股文人气息。硕士论文是《中唐边塞诗研究》，其中的创新之处在于两点，一是将敦煌伯2555卷视为中唐边塞诗的一部分加以阐释；二是将文士入幕视为中唐边塞诗繁荣的重要原因。这一研究可向两个方向发展，文人入幕成了我十多年用力所在，出版了《唐代幕府与文学》（1990 年）、《唐方镇文职僚佐考》（1994 年）、《唐代使府与文学研究》（1998 年）。这也是我从 1982 年 1 月留校任教至 2000 年调入广州工作近二十年集中精力完成的研究课题。而关于敦煌文献的研究，虽然兴趣较浓，但无成果。因为任中敏先生在扬州师院建成新时期第一批博士点，图书馆购置了《敦煌宝藏》。我从做硕士论文起，就喜欢去图书馆翻看这套书。徐俊先生《敦煌诗集残卷辑考》甫一出版，我在认真拜读后写了《十年一剑的佳作》书评，发表在《中华读书报》（2000 年 12 月 20 日）上。收入本书的《〈状江南〉月令组诗叙事喻物特征——兼论敦煌〈咏廿四气诗〉的性质与写作时间》（2020 年）一文，也是利用敦煌文献来审视《状江南》月令组诗的文化价值。敦煌文献中有无可替代的历史资料，我经常去抚摸《敦煌宝藏》，看看唐人的手迹，让人心驰神往。别人以为你坐在窗下，呆呆地看着远方，其实我是在一页一页和古人交谈、对话，共享跨时空的喜怒哀乐。敦煌文献不再是枯燥的物质存在形式，而是文化遗产的活态，有鲜活的生命、温度。

我由于对敦煌文献的入迷，甚至迷恋上旧物。好在自己知道安身立命所在，没有玩物丧志。曾有一段时间，我会走到扬州老巷中去寻找唐代扬州繁华的遗迹，其实唐代的扬州城在北郊。有一次看到一块唐代墓志被砌在墙中，只露出残缺的一面，抚摸辨识，从中午到黄昏，夕阳由古巷一端照进来，余晖打在布满苔藓的青砖墙壁上，巷子尽头一位少女撑着伞渐渐走近，不由想起杜牧诗，"娉娉袅袅十三余，豆蔻梢头二月初。春风十里扬州路，卷上珠帘总不如"。多少年过去了，那块被嵌入高墙中的墓志还在吗？唐代墓志有许多可用的材料，我在做《唐方镇文职僚佐考》时用了很多。写过《出土墓志与唐代文学研究》（1998 年），而《从贞元元和墓志谈韩愈研究中的三个问题》（2002 年）一文是利用中唐墓志讨论了文士的知识传授及《师说》"耻学于师"的背景等问题。

《千唐志斋藏志》是手头常用之书，那是文物出版社1984 年 1 月出版的，定价 160 元，大约是当年大学毕业生的三个月工资，现在网上售价三四千元，这是我书柜中的精品，很多图书馆并未购置。我去过两次千唐志斋，第一次是参加由中国唐史学会和千唐志斋博物馆联合主办的"千唐志斋建斋 80 周年国际学术研讨会"（洛阳，1999 年11 月 6—8 日），会议组织考察，经过汉函谷关时还捡到两块瓦当残片以为纪念。有了这次考察，我对函谷关有了立体认识，函谷关有古和新之分，敦煌诗卷中题名杨齐悊的《晓过古函谷关》，比《初学记》《全唐诗》等所载诗题《过函谷关》的地理位置更明确，作者经过的是古关，而"圣德令无外"句，"令"一作"今"，从诗题名中"古函谷关"可知，作"今"合情合理。参观千唐志斋也大有收获，终于见到墓志实物。印象最深的是北京大学荣新江先生带着学生用手电筒照着千唐志斋原石，核对拓片，反复勘对，甚至俯伏在潮湿的地上抚摸原石，仔细推敲模糊残缺的文字，如此敬业，由衷佩服。这对我也有很大影响，纸质书得之容易，摊卷夜读也是愉快的，真不能错过书中一字一词所传达出的含义，应像荣先生一样，摸着志石一字一字排查过去。研究中利用墓志，可以从不同方面做出很多文章，我早期指导一位硕士生写过《论中唐文士的价值观——以〈唐代墓志汇编〉为研究中心》学位论文（96级）。记得李廷先老师把我拉到墙角，善意地责备道："怎么选这个题目让研究生做？这是历史学专业的题目。"李先生写过《唐代扬州史考》，其中亦有文学内容，想不到李老师也觉得选题不妥。学校不大，想必也不是李老师的个人意见，只是他出于爱护而提醒我。我在文、史、艺之间没有明显的学科界限，以学术意义、问题意识为重。近十多年我指导硕士生做过《龙朔墓志校注》《圣历墓志校注》《大历洛阳墓志校注》《贞元女性墓志校注》《元和墓志校注与研究》《会昌墓志校注》等，每篇论文篇幅较大，大概在 40 万至 60 万字之间，成了一个系列，不断总结经验，不断提高。好在学生没有选题的烦恼，入门稍做时段或类型选择，接下来就开始踏踏实实做，基本成功，好像没有遇到是文是史的争论。现在风气有变，也比较重视并提倡在学科交叉中解决问题。

我的工作经历，可概括为"两地三校"，两地即扬州、广州；三校即扬州大学、华南师范大学和广州大学。三校两地，皆我所爱，素心执念，或诉诸谈吐，或见诸文字。通过扬州和广州生活对比，才知道广州冬日犹暖，读书的时间有了延长。冬日的扬州，差不多和淮北一样寒冷，并无暖气，冷入骨髓，那是用体温和严寒搏斗，再顽强的人晚上也读不了书，起码读不好书，真是在"熬"过寒冬，盼望着湖边柳枝抽出新芽，由黄转绿。当然，在长江下游长大，有剪不断的情丝、忘不了的乡恋。"能不忆江南"系列论文正是这种情感催成的：《杜牧诗中"扬州"非"江南"考述》（2019年）、《王湾〈次北固山下〉诗学史意义确立——兼论"海日生残夜，江春入旧年"政治寓意》（2020年）、《白居易、刘禹锡"春深"唱和诗中的江南与长安》（2020年）、《〈状江南〉月令组诗叙事喻物特征——兼论敦煌〈咏廿四气诗〉的性质与写作时间》（2020年）、《〈状江南〉唱和诗核心人物及其咏物创新形式》（2021年），这几篇都已收入此书（按，《文化生态与唐代诗歌》）。还有讨论文人词产生的《中日文献互证的理路和方法——张志和止作〈渔歌〉一首考》《文人词发生期唱和史实及其意义——以刘禹锡〈忆江南〉及其"曲拍为句"释读为中心》二文，都与江南相关，张志和等人的《渔歌》唱和地点在湖州，而白居易和刘禹锡《忆江南》唱和，主题就是江南。

关于《渔歌》《忆江南》的写作，也是夙愿所驱使。任中敏先生作唐艺发微，昆吾师在音乐文献学研究方面享有盛誉。私愿想做点与音乐相关联的工作，《音乐与文学研究的深层拓展》（1997 年）是为昆吾师《隋唐五代燕乐杂言歌辞研究》写的书评，是汇报学习后的收获。《论五言诗的起源——从"诗言志""诗缘情"的差异说起》（2005 年）、《论两汉的"歌诗"与"诗"》（2008 年）二文撰写也因对音乐与文学的思考而成。《唐宋词曲关系新探——曲调、曲辞、词谱阶段性区分的意义》（2013 年）应是音乐史的研究，而《佛教转读与四声发现献疑》（2013年）、《四声与南北音》（2013 年）二文也因音乐而生。当然，我从音乐角度思考《楚辞》形制，也属同类成果。

2018 年 3 月 14 日，我写过一首名为《牵手》的诗："当我文思与诗情 / 枯竭如一口老井 / 请你 / 在雨水的季节 / 月光照影的子夜 / 丢一粒有温度的种子 / 明年春天就可以发芽 / 只要你耐心等待 / 她会很快绿蔓井面 / 静静地 / 去牵你的手 / 吻你青葱的红腮 / 听你的低吟。"本是一时情动，形成文字。现在读来，真是一首写给广州大学的诗，贴切的隐喻。广州大学让我在学术上又有了新的要求，有关"江南"的论文正是写于进入广州大学以后。谢谢广州大学的厚爱包容、帮助和支持！

做学术研究与其说是兴趣所在，不如说是行当使然。近十年我们基本不看电视，更不会去追连续剧。好在有诗书相随，人生有了更多情趣！看书撰文累了，写诗习字，发发朋友圈，也是一乐！云端常日见，转发寄深情，无线传声远，悬空对语惊。你的远方是我，我的远方是你，窗外浮现的白云，书前飘落的红叶，可能就有我的问候。"此时相望不相闻，愿逐月华流照君。""我寄愁心与明月，随风直到夜郎西。"切身的体验，让我们对古人托物虚会、怀远遥想有了更多的同情理解。有朋友圈在，就有朋友在，你我的名字都在。

书编成后，已没有兴趣写序了，想想应对自己的工作有所交代，交稿之前，仿效杜工部戏为六绝句，并书写于书前以代序。

天有阴晴，月有圆缺，感触良多，多出了这一篇后记。谢谢硕士生罗瑾怡、梁夏萌、卢杰以及程诗淇诸位的认真校对，学生永远是你可信赖的朋友。

时间过得真快，这一年又要过去了。依农历算，癸卯春节后十三天才立春，春天来得有点晚了。

后记

　　此集编成，有两点可交代：一是事件，疫情发生，让我有时间收拾往事，在心里装满阳光；二是地点，青春相伴的扬州，古老而浪漫，让我能寻找到柔软的往日温情。

　　壬寅岁末，疫灾突起，人心惶惶，抢药备粮，以应感染之需。闻一友人至夕无恙则小饮以庆，我也是这样，并以诗写一时心事："网络近来声渐低，转攻本草配姜齑。莲花有种清瘟快，金橘传言补气齐。微信时时症候报，公号处处药方题。持杯小饮今无恙，挨到有阳应轻迷。"据言延迟感染，症状会轻，不料三日后我即感染。诗中有酒者未必善饮，而"持杯小饮"又为人所知，除夕友人赋诗相约一醉，我和其诗云："除夕杂尘尽，新年瑞气来。明窗几度问，晚蕙一枝开。肢力渐恢复，乡情已急催。持杯谁敢饮，期醉待君回。"感染恢复期忌饮酒。虽不能说我的诗篇篇有酒，但涉"酒"甚多，自己确实不能饮。

白居易诗云"户大嫌甜酒",我实为酒中"小小户",与饮者皆知。可见,以诗语考证,多有不能解处,误识了庐山面貌。

感染及康复中,特别想找到一剂心灵安慰的药方,这便把自己已发表的随笔短文收集整理出来,在字里行间寻找逝去的岁月。曲径通幽,安静地和过去的"我"对话,便有点顾影自怜而敝帚自珍了。一路走来,或移步换形欣赏春夏秋冬变幻的风景,或心猿意马错过了无数的精彩瞬间。

前几篇文章皆与扬州相关,明月在,扬州情结就在。任中敏先生《诗可以歌》为《名家谈诗词》十种之一,我为新书发布会写《桂枝香》一词:"共生珠楼。正一辑十书,遥接云麓。高耸奇峰静远,九垠深绿。主编老少殷情约,事功成、如此神速。历程原质,灵光活力,先贤堪祝。 忆修禊、虹桥相续。诗可以歌乎,笛吹风竹。听半塘荷,尚辨字间清浊。声腔也喜巴人闻,冷寒来、酒边相逐。想依江畔,月圆时辰,唱西洲曲。"虹桥修禊,半塘荷语,牵扯的是扬州梦、故乡情。在新书发布会上,杜晓勤、康震、陈斐诸公现场展示《桂枝香》,谓诗书双美。其高谊盛情,铭感于心。我的诗词、书法,可与饮酒同观,实不足道!

有意识写"散文",最早的当是《五仙居》,那是入王小盾老师门下读博士时,与王胜华、傅修延、赵塔里木诸君的生活剪影。较早写扬州事的散文还有一些，记得有一篇是写向李圣和先生学习作诗、改诗的。没有找到原文，但细节都记得，以后如印诗集或诗选，还真不知道哪一句、哪一字是先生改的，无法标注，愧对先贤。在朋友圈中曾以《扬州书画录》为题发过一些相关图片，并配上文字，比如有一则云："偶读任中敏先生与魏之祯先生往来书信，知任先生曾请魏先生刻'任半塘'印，余收藏任先生篆书一幅，即补用此印。承本科恩师赵继武先生推荐我向魏之祯、李圣和两位学诗，因此有幸得到两位先生墨宝，魏先生赠我一隶一行，李先生赠我月季并题诗，这成了我结婚时唯一可以炫耀的财富。后来魏先生又在我的大、小两本册页上赐赠墨宝。去过两次探花巷，聆听魏先生教诲。先生臧否人物，直言无忌，颇为痛快！那次他翻看我的册页，题写了苏轼'试君眼力看多少，数到云峰第几重'，意味深长。李先生曾出示《漆室吟》并诸家题赞，叹为观止。其中，林散之老人、魏先生题写，尤为醒目。李先生为'工书善画，才女一流'，扬州瘦西湖正门隶联即为先生撰书。余移穗之次年，李先生仙逝，其女自印《追思集》，亦收拙文《随李先生学诗》，当日情景，历历在目。谨此以怀念先生。"余喜欢书画，也受到他们的熏陶，很想写一些与文化人交往的故事，但未敢轻易动笔。关于米芾的一篇，是有意识写的。原有计划写书法史、绘画史上的艺术家系列，米芾是艺术家中有故事的人，从他写起，让更多的人关注艺术，但没有继续写。

平斋乃我书房名，亦以为号。父母赐名"伟华"，伟者，大也；华者，花也。花虽大，但求结出果实，小亦可，故字"小实"，亦取平凡、平常、平静、平安之意而号之。我喜平安欢乐、佳时清晨，"晨话"种种，形诸文字，姑且名为《平斋晨话》。

癸卯立春　戴伟华于平斋窗下

壶兰轩杂录	游自勇	著
己亥随笔	顾 农	著
茗花斋杂俎	王星琦	著
远去的星光	李 庆	著
梦雨轩随笔	曹 旭	著
半江楼随笔	张宏生	著
燕园师恩录	王景琳	著
鼓簧斋学术随笔	范子烨	著
纸上春台	潘建国	著
友于书斋漫录	王华宝	著
五库斋清史存识	何龄修	著
蜗室古今谈	丰家骅	著
平坡遵道集	李华瑞	著
竹外集	朱天曙	著
海外嫏嬛录	卞东波	著
耕读经史	顾 涛	著
南山杂谭	陈 峰	著
听雨集	周绚隆	著
帘卷西风	顾 钧	著
宁钝斋随笔	莫砺锋	著
湖畔仰浪集	罗时进	著
闽海漫录	陈庆元	著
书味自知	谢 欢	著
三余书屋话唐录	查屏球	著
酿雪斋丛稿	陈才智	著
平斋晨话	戴伟华	著

朗润舆地问学集	李孝聪　著
夏夕集	李　军　著
瀛庐晓语	王晓平　著
知哺集	宁稼雨　著
莲塘月色	段　晴　著
我与狸奴不出门	王家葵　著
紫石斋说瓠集	漆永祥　著
飙尘集	韩树峰　著
行脚僧杂撰	詹福瑞　著